LES INEXISTANTS

Pour Juliette

Êtes-vous prête à inexister le temps d'une nuit ?

Belle lecture

Catherine Rolland

Mise en page :
Mooly & Bloom Visual Arts, Lausanne

Correction :
Emmanuelle Narjoux Vogel, Paris
enarjoux@hotmail.com

Photographie de couverture :
Anders Samuelson, Getty Images

ROMAN NOIR

LES INEXISTANTS

CATHERINE ROLLAND

fictio

BSN PRESS

De la même auteure :

Emma Paddington, Tome 1 *: Le Manoir de Dark Road End*, BoD, 2021
La Dormeuse, OKAMA, 2020
Le Cas singulier de Benjamin T., Les Escales, 2018
Sans lui, Mon Village, 2016
La Solitude du pianiste, Les Passionnés de bouquins, 2016
Après l'estive, Les Passionnés de bouquins, 2015
Ceux d'en haut, Les Passionnés de bouquins, 2014

Pour ma maman, première lectrice et première fan.
Je t'aime.

Après le boulot, c'est ici que je viens.

Les fenêtres sont très hautes, c'est l'unique inconvénient. Pour observer, il te suffirait de monter sur une chaise. Moi, je n'en ai pas besoin, je n'ai qu'à me hisser sur la pointe des pieds et je peux voir tout le parking. Nous sommes plutôt grands dans la famille.

Il fait froid, ce soir. Ce serait très possible qu'il se remette à neiger, d'ailleurs le chasse-neige est passé. Elle ne craint pas le froid, je l'ai remarqué. Souvent, même quand il gèle, elle sort sous l'auvent dans son uniforme de serveuse et elle fait les cent pas, comme une pute qui attend le client.

Le paternel allait aux putes. Il disait que c'était normal et que, du moment qu'on paie, même pour un homme marié, ce n'est pas tromper. On peut se demander ce qu'en pensait sa femme. Il m'emmenait, parfois. À quinze ans, il n'était pas question de monter. Je devais attendre en bas, dans une sorte de boudoir sordide, où les filles trompaient l'ennui en buvant et en ingurgitant toutes sortes de drogues qu'elles ne rechignaient pas à partager. Il y avait une rousse, Emma, aux longs cheveux et à la vulgarité joyeuse. Elle m'aimait bien. Un jour, à force d'insistance, elle a consenti à me montrer ce qu'elle appelait « son bureau ». La chambre était petite, les draps sales et froissés, des capotes usagées traînaient sur la table de chevet. Ça sentait le sexe et le renfermé. En contrejour, dans l'encadrement de la fenêtre à persiennes, Emma parlait d'elle, souvenirs d'une enfance bizarrement normale et heureuse. La mélancolie aidant, avec une maladresse adolescente, j'ai fini par tenter de l'embrasser. J'ai récolté une gifle monumentale.

Le paternel attendait dans la voiture. Il riait tout seul, le regard brumeux et la braguette ouverte. Il m'a demandé, la voix pâteuse, si j'avais enfin baisé. Ce soir-là, je l'ai haï pour la première fois.

Il n'y a pas foule, aujourd'hui.

Il y a le froid, bien sûr, mais surtout les gens ont peur. Avec les horreurs que la radio leur assène, c'est sûrement normal. Les journalistes débitent un sacré ramassis de conneries. Ça m'amuse, de les écouter. Je zappe entre leurs flashs spéciaux et leurs interviews exclusives qui n'apportent rien, ou des contre-vérités, et la fréquence-police pour me tenir au courant de leurs avancées. Pour le moment, ça brasse beaucoup d'air, d'un côté comme de l'autre, mais il ne se passe rien de tellement concret. Tant mieux.

Je la surveille. Dès qu'elle sort de la cuisine et qu'elle apparaît dans mon champ de vision, je ne la lâche plus des yeux. J'ai apporté des jumelles que je n'utilise pas. J'ai toujours eu une très bonne vue. Pour la chasse à l'affût, le paternel disait que c'était un sacré avantage.

Évidemment, elle n'a plus la fraîcheur de ses quinze ans, mais elle reste jolie, il n'y a pas à discuter. Le petit tablier, ça a un côté excitant, ça affine la taille et ça gomme les hanches. Elle porte comme toujours son corsage à rayures qui lui comprime un peu trop la poitrine. Elle a de gros seins qui ne tombent pas, bien que la plupart du temps elle ne mette pas de soutien-gorge.

L'idée m'excite et sans même y réfléchir, je glisse la main vers mon sexe et je me caresse un moment avant de sursauter, reprenant brutalement mes esprits, au bord de l'orgasme.

Merde. Quelle salope !

Quelques secondes de plus, et j'aurais tout à fait perdu le contrôle.

En colère, je recule et je m'adosse au mur, la respiration emballée. La cigarette que je viens d'allumer pend à mes lèvres, je l'arrache et je l'écrase sur mon poignet. Brûlure fulgurante, trait de souffrance pure, jouissive. Bien sûr, l'effet ne dure pas, mais ça marche foutument mieux que leurs saletés de médicaments pour garder l'esprit clair.

Je ne la désire pas, cette salope.

Je chasse.

Pour me distraire, je repense à toi, au moment délicieux où j'ai enfoncé mon couteau dans ton nombril et où je t'ai ouvert le ventre. J'ai regardé tes tripes dégueuler sur le trottoir, et je t'ai forcée à regarder aussi, à patauger dans ton sang et ta merde qui se répandaient.

J'entends encore ta voix quand tu suppliais, quand tu implorais mon pardon, juste avant de crever.

Il n'y avait rien à pardonner, mais je te jure, j'ai pris mon pied.

La première fois, c'est vrai, j'ai trouvé que tuer était une chose difficile. Mais ensuite…

Ensuite, c'est comme pour tout. On y prend goût.

21 : 00

1.

— Je vous sers aussi le café ? Ça ne vous coûtera rien de plus, c'est dans la formule « complète », indique Camille, en désignant la grande ardoise où sont détaillés leurs différents menus.

L'homme relève à peine la tête.

Pas très grand, plutôt frêle, il porte une casquette de baseball, enfoncée sur le crâne, qui empêche Camille de distinguer autre chose que son menton. Il n'a pas dit bonjour en arrivant et il y a des chances qu'il s'en aille sans un au revoir ou un merci. Elle, elle doit sourire, être gaie, polie, et s'excuser dès que l'attente dure plus de deux minutes, mais les clients sont rois et ils ont tous les droits. Certains l'ignorent et se contentent de montrer du doigt le sandwich qu'ils veulent puis de récupérer leur commande et leur monnaie sans lâcher un mot, d'autres l'engueulent, mais les pires, ce sont les dragueurs, les plus-que-lourds qui lui demandent son numéro de téléphone avec des œillades lascives, sans même ôter leur alliance avant de lui servir leur baratin ; de pauvres types, des abrutis persuadés que si elle est encore serveuse de nuit à son âge, alors elle est assez idiote pour croire au coup de foudre.

— Non, pas de café. Vous vendez des cigarettes ?

— Non, monsieur, désolée. Il y a un bar-tabac, plus bas dans la rue, ils restent souvent ouverts tard, mais en semaine...

— D'accord. C'est combien ?

— Sept cinquante, s'il vous plaît.

Il paie, elle lui rend sa monnaie, toujours sans voir ses yeux, lui tend le sac où elle a déposé son repas avec un sourire appliqué qu'il ne remarque probablement pas.

Il sort, sans au revoir ni merci. Elle l'aurait parié.

Elle soupire, rectifie dans la vitrine l'alignement de ses muffins aux myrtilles. Des clients qu'elle sert du crépuscule à l'aube, elle ne voudrait retenir que ceux qui la saluent, qui trouvent le décor joli, le menu appétissant, ceux qui reviennent régulièrement parce qu'ils aiment ses gâteaux, et peut-être parce qu'ils l'apprécient, elle aussi. Sandrine prétend qu'elle est idéaliste et naïve. Que les clients se foutent bien de savoir qui les sert. Elles sont transparentes, et ni l'une ni l'autre ne comptent. En soupirant, elle fait couler pour elle le café que Casquette de baseball n'a pas voulu. Ce serait dommage que personne n'en profite.

Demain, elle aura trente ans.

En dehors de Micky, qui les lui fêtera ? Sandrine a oublié, elle les lui aurait déjà souhaités. L'an dernier, pourtant, sa patronne y avait pensé, elle lui avait même offert une carte d'anniversaire et un bon pour un soin du corps – massage aux pierres chaudes et enveloppement – chez une esthéticienne. Camille n'est jamais allée se faire ni envelopper ni masser, mais l'attention lui avait fait plaisir. C'est l'inconvénient, avec la gentillesse. On s'y habitue, puis elle manque, après.

Au moins, Germaine aura retenu la date. Elle aura pris du temps, chaque soir, pour aider le petit à confectionner une carte-cadeau. L'an dernier, lorsqu'elle est rentrée du travail, ils lui avaient préparé un petit déjeuner d'anniversaire pantagruélique, si bien qu'ensuite elle n'avait plus rien avalé de toute la journée. Il y avait des crêpes, du jus d'orange, plusieurs sortes de thé et enfin une génoise fourrée à la confiture de cerise et surmontée d'un deux et d'un neuf en bougie, que Micky a réussi à allumer presque tout seul. Camille a soufflé, ils ont chanté, Germaine et lui, un *Joyeux Anniversaire* un peu cacophonique, ils se sont embrassés, ils ont mangé et ils ont beaucoup ri. Camille se demande comment ils vont s'y prendre pour la surprendre encore et l'émouvoir autant.

Vingt et une heure dix. Sandrine devrait déjà être partie. Camille l'entend qui s'affaire au sous-sol, dans la cave, où elles stockent les tables et les chaises pour la terrasse d'été et le vieux matériel qui ne sert plus. Un nid à poussière, sombre et bas de plafond, où Camille n'aime pas descendre, où elle a l'impression d'étouffer. En plus, le néon a claqué.

Un peu impatientée, elle regarde sa montre en se demandant ce que Sandrine peut bien fabriquer. Le soir, elle traîne toujours pour rentrer chez elle. Il est vrai que personne ne l'y attend, mais depuis dix-huit mois c'est encore pire. Depuis dix-huit mois, la ville entière est sous tension. Pendant un temps, Sandrine a même parlé de fermer la nuit, mais Camille a su la dissuader. On ne doit pas céder à la peur, sinon elle vous attrape et ne vous lâche plus jamais, comme un chien méchant qui vous mord au mollet.

L'affluence se calme. En semaine, les gens rentrent tôt et ils mangent chez eux autre chose qu'un en-cas acheté à la volée dans un restaurant de bord de route ouvert toute la nuit. Ce n'est pas qu'elle soit mauvaise, la cuisine du *Péché Gourmand*. Au contraire. Ici, on ne refile pas aux clients de la malbouffe industrielle, on ne noie pas le pain sous des hectolitres de sauce, et tout est préparé sur place, à la demande. Mais dans une zone d'activités où il n'y a que des entreprises, des immeubles de bureaux, un KFC et un Mac Do, une enseigne de restauration indépendante ne peut pas avoir une espérance de vie bien longue. Ce qui les sauve encore, c'est la station-service juste en face, ouverte jour et nuit. Comme la bretelle d'autoroute est à trois cents mètres et qu'ensuite, sur la voie rapide, les prix du carburant font la culbute, beaucoup de gens font le plein ici et, en voyant la devanture proprette, ils se découvrent un petit creux.

La nuit, pourtant, on ne peut pas dire qu'il y ait foule et, à en croire Sandrine, le jour, ce n'est pas tellement mieux. Depuis six mois, elle ne renouvelle plus les contrats des employés qui arrivent à leur terme. Camille craint pour sa place. Ce travail est le meilleur qu'elle ait trouvé pour pouvoir consacrer le maximum de temps à Micky, son petit garçon, l'amour de sa vie.

Le matin, en rentrant, elle a tout juste le temps de l'embrasser avant qu'il monte dans le taxi qui l'emmène à l'école. Ensuite, elle dort un peu puis elle s'occupe du ménage, de ses courses et de celles de Germaine. Micky déjeune au Centre et il a ses soins sur place : le kiné, l'ergo, l'orthophoniste, puis la psychomotricienne. C'est beaucoup plus pratique qu'avant, lorsque rien n'était organisé et qu'elle passait son temps à pousser le fauteuil roulant d'un spécialiste à l'autre, d'un bout de la ville à l'autre.

Vers quinze heures, quand Micky revient, tout est propre et rangé, tout est fait, et il lui reste tout l'après-midi pour se consacrer à lui. Ils jouent, ils chantent et ils travaillent un peu à lire, à compter, à réciter des poèmes. Micky a une très bonne mémoire, il connaît Eluard et Prévert, quelques fables de La Fontaine, aussi, dont les mots sont une mélodie, et les vers dessinent mille mondes imaginaires, peints de couleurs vives.

Les soirs où elle est de repos, ils cuisinent des recettes extravagantes qu'ils inventent au fur et à mesure. Lorsqu'il pétrit la pâte, lorsqu'il fonce un moule, les gestes de Micky sont presque aisés, presque souples, presque normaux.

Il dit qu'un jour il rachètera le *Péché Gourmand* pour qu'ils y travaillent tous les deux.

— Tu seras mon patron ?

— Oui.

— C'est étrange, non, une maman embauchée par son petit garçon ?

Même s'ils savent tous les deux que Micky ne sera jamais patron ni du *Péché* ni d'aucun autre restaurant, l'idée de ce futur commun suffit à les rendre heureux.

Elle aime travailler de nuit. Ici, elle se sent bien. Le comptoir-vitrine occupe toute la longueur de la salle, il y a du bois, de la tommette au sol. Aux murs rose pâle pendent des gravures anciennes et des broderies encadrées. La plupart des clients ne restent pas, ils ne font que passer et veulent un repas à emporter mais, pour ceux qui s'attardent, il y a quatre tables rondes et des chaises confortables avec des coussins. On peut manger des sandwiches et des salades, des gâteaux dont le glaçage fond sous la langue, des muffins aux myrtilles et d'autres au praliné craquant, et toutes sortes de sablés, aux raisins secs et aux fruits confits, à la noisette et au chocolat blanc.

C'est tout de même autre chose que le décor aseptisé et la nourriture insipide de leurs concurrents.

— Il est parti ?

Sandrine s'est enfin décidée à émerger de sa cave. Camille lui adresse un regard interrogateur.

— Qui ?

— Le type à la casquette. Il n'était jamais venu.

— Comme la plupart de nos clients.

— Il avait l'air louche. Je devrais peut-être rester cette nuit. Je n'aime pas l'idée de te laisser toute seule, fait Sandrine, suivant des yeux une voiture de police qui arrive à la station-service. Les flics sont nombreux, ce soir...

— Ils ont peut-être du nouveau.

Leurs regards se croisent et sa patronne crispe les mâchoires, tendue. Pour être honnête, Camille ne se sent pas très sereine non plus, mais elle s'efforce de ne rien en laisser paraître quand elle reprend, faussement enjouée :

— Au moins, avec toutes ces patrouilles de police, je ne risque rien !

— Sans parler de la protection de ton beau vigile.

Camille rougit, et Sandrine, contente de son effet, se laisse aller à sourire. Elle attrape son sac dans le placard sous l'évier, cherche ses clés.

— Le gaufrier est vraiment en bout de course, il m'a brûlé deux fournées et m'a laissé la dernière quasi crue. Arrange-toi pour leur refiler des pancakes, si tu peux. J'appellerai le fournisseur demain matin.

— C'est entendu.

Dernier regard circulaire, Sandrine l'embrasse, hésitant encore un peu.

— Vraiment, Camille, tu es sûre que… ?

— Je suis sûre. À demain !

Elle s'est attelée à vider le lave-vaisselle pour couper court et elle ne se redresse qu'en entendant la porte se refermer. Elle contemple la salle vide puis l'horloge.

Vingt et une heure quinze.

L'échange qu'elle vient d'avoir avec Sandrine l'a mise mal à l'aise. Elle a hâte que Noam arrive.

Il sera bientôt là. Elle attend.

2.

Vingt et une heure quinze.

En débutant son tour de garde, Noam s'est senti plus inquiet que d'habitude. Difficile de savoir à quoi ça tient, l'équipe de jour n'a pourtant rien signalé de particulier au moment de la relève. Quant à la bande de rôdeurs qui traînait dans le coin depuis trois ou quatre jours, elle n'a pas été aperçue.

Comme tous les soirs, Noam a raccompagné Greg jusqu'à sa voiture, une Volvo break déglinguée qu'il gare sur le parking de la station-service. Il l'a regardé ouvrir le coffre, en sortir une bière, boire au goulot, roter puis demander, insistant :

— Vraiment, tu es sûr ? Même pas une ?

— Allah réprouve l'ivresse, je te l'ai expliqué cent fois.

— Une Kro, ça n'a jamais saoulé personne, bougonne Greg.

Noam hoche la tête, dans le vague, attendant sans impatience qu'il finisse sa deuxième bouteille puis s'installe au volant. Couché à ses pieds, Uruk fait semblant de dormir, mais ses paupières tressautent et des frissons parcourent ses flancs, trahissant sa vigilance et une certaine nervosité. Les bêtes savent lire les signes que les hommes ignorent. Ce soir, Noam en est sûr, quelque chose va se passer. Bon ou mauvais, il ne sait pas encore.

Greg a fini par partir. Pauvre vieux, il n'est jamais pressé de rentrer chez lui, retrouver sa femme acariâtre et ses gamins bruyants. Un jour, il a invité Noam. Déjeuner dominical, c'était elle qui avait fait les courses, ne prévoyant, en plus de la salade de riz, que des saucisses et des côtes de porc. Sans oser rappeler qu'il était musulman, il a subi le repas en se contentant du riz pas tout à fait cuit et d'un yaourt en dessert puis il s'est éclipsé dès qu'il a pu.

Il n'en a pas voulu à Greg, dont il n'est pas certain qu'il ait remarqué quoi que ce soit. C'est un brave garçon, à l'horizon restreint aux frontières de son intelligence. Noam aimerait avoir la même innocence, gommer le passé, négliger l'avenir, vivre au gré des remous indolents d'un présent terne mais sans déconvenue.

La lune éclaire le parking presque comme en plein jour. À la station, une voiture de police fait le plein. Au moment où il passe, le flic, à la pompe, lève les yeux et le salue, avec cette connivence machinale que confère l'uniforme. Noam n'est rien, pourtant, juste un gardien de nuit chargé de veiller sur des bâtiments vides. Maîtrisant sa flambée de stress, il vient serrer la main tendue.

— Bonsoir.

— Salut. Tu bosses dans le secteur ?

— Chez Carpentier.

Le policier a les yeux très noirs, enfoncés loin dans les orbites, une barbe de trois jours, le crâne rasé qui lui donne la même allure patibulaire que les voyous qu'il traque. Il raccroche le pistolet de la pompe, récupère sa carte.

— ... Sinon, tu n'as rien noté de particulier, dans le coin ?

— Je viens de prendre mon service. Les collègues de jour ne m'ont rien dit. Pourquoi ?

— Un témoin a signalé un individu suspect dans les environs de la zone industrielle. On pense que ça pourrait être lui.

— Lui ? Vous voulez dire... l'Éventreur ?

L'expression du flic se durcit, et il perd son sourire.

— Si tu repères quelque chose, tu nous appelles, ordonne-t-il en tendant sa carte au vigile. Le bonhomme est dangereux, ne joue pas les héros, d'accord ?

Noam hoche la tête, mordillant inconsciemment l'intérieur de sa joue. Les recommandations du policier ont fait surgir par surprise les dernières paroles échangées avec son frère Djamel, à la frontière turque.

Profil bas. Sauve ta peau. Abandonne ceux qui tombent. Ne joue pas les héros.

Trois minutes plus tard, c'était Djamel qui tombait, le corps soufflé par un tir de mortier. Noam lui a obéi. Il n'a pas essayé de jouer les héros.

Il l'a abandonné. Il les a tous abandonnés.

Le flic le regarde d'un drôle d'air.

— Ça va ?

— Oui. Ça va. On sait un peu à quoi il ressemble, votre gars ?

— Pas vraiment. Personne ne l'a jamais vu.

Noam opine à nouveau. Il peine à se reprendre, à s'arracher au souvenir des terres ottomanes où, deux ans plus tôt, il a laissé son âme.

— Sois vigilant, conclut le flic. Et pas de risque inutile.

Noam les suit des yeux tandis qu'ils quittent la station puis s'éloignent à bonne allure en direction de l'autoroute.

L'Éventreur. Un surnom emprunté à son célèbre homonyme britannique, qu'en cruauté leur assassin n'est pas loin d'égaler. Depuis des mois, le monstre bouleverse la quiétude de la petite ville. De lui, on ne sait rien, sinon qu'il éviscère ses victimes avec assez de savoir-faire pour que l'agonie soit interminable et qu'il les viole, avant la mort et parfois même après. Trois filles, deux serveuses et une employée de banque, aucun autre point commun que leur âge, autour des trente ans.

Un tueur en série, ce n'est pas commun pour une banale petite ville de province. Au début, la délectation fascinée l'a emporté sur la conscience du danger, mais trois filles sont mortes et, maintenant, les gens ont peur. Ils rajoutent des verrous aux portes, les femmes ne sortent plus seules, la psychose s'installe. Des journalistes campent nuit et jour devant le commissariat en espérant un nouveau meurtre, les faux témoignages affluent, et les gardes à vue s'accumulent.

En vérité, les flics piétinent, mais les collègues de Noam sont persuadés de pouvoir faire mieux. Greg en tête, ils rêvent tous d'être le glorieux héros qui débarrassera la région de la menace de l'Éventreur. L'histoire ne précise pas comment ils comptent s'y prendre, et Noam se garde bien de poser la question. Tout ce qu'il espère, lui, c'est que Dieu le préserve de croiser la route du meurtrier.

Des assassins, des criminels et des fous, il en a connu bien assez.

Vingt et une heure trente. Le chien s'impatiente, il a déjà pissé deux fois contre la pompe à essence et il couine en sourdine, pressé de commencer la première ronde. D'un air de regret, Noam jette un regard à la devanture du *Péché Gourmand*, à l'autre bout du parking. S'il n'avait pas traîné avec Greg puis avec le policier, il y serait déjà, accoudé devant le haut comptoir en bois, humant le parfum sucré de son thé chaud tout en écoutant, comme chaque soir, le babillage ininterrompu de Camille, sa délicieuse, sa merveilleuse Camille.

Le chien excédé lâche un jappement, étouffé par la muselière que Noam s'empresse de décrocher. Le règlement l'interdit, mais Uruk est une brave bête de chien, et Noam est bien certain qu'il ne choisira jamais de mordre que ceux qui le méritent.

Quant aux règlements... Quelquefois il est bon de les suivre, d'autres fois, non.

3.

Vingt et une heure trente.

À travers la vitre du restaurant vide, Camille le suit des yeux. Le chien dans son ombre, elle l'a vu raccompagner jusqu'à sa voiture son alcoolo de copain puis revenir sur ses pas, la démarche lente, altière, traversant ce parking triste, comme, dans sa vie d'avant, en conquérant, il traversait les plaines, les montagnes et les déserts. Elle l'a vu parler à ce policier chauve et en a éprouvé une appréhension vague. Elle le voit, maintenant, libérer le chien de la muselière puis regarder dans sa direction. Bien qu'il n'y ait que peu de chances qu'il puisse l'apercevoir, embusquée derrière la caisse tout au fond du restaurant, elle se tasse sur elle-même, se moquant de sa propre attitude, sentant le rouge lui monter aux joues.

Façons de collégienne, qui ne sont plus de son âge mais qui rythment ses nuits, depuis que Noam travaille ici.

Noam.

Elle aime son prénom, sa plénitude gourmande. Pour le prononcer, il faut faire rouler la langue et entrouvrir les lèvres, comme on goberait une cerise ou un chocolat. Noam, c'est un prénom doux, deux syllabes tendres accolées l'une à l'autre et qui ne peuvent que désigner un homme bon.

Il est arrivé il y a deux mois. L'Éventreur, après presque six mois d'inaction, venait de tuer à nouveau. Le milliardaire qui possède les entrepôts d'à côté, et à peu près la moitié de la ville, a soudainement décidé qu'il lui fallait un gardien de nuit pour protéger ses hangars et ses bureaux vides. Comme s'il était possible qu'un assassin s'en prenne à des bureaux ! Sandrine et Camille ont d'abord trouvé cette idée passablement idiote puis elles se sont rendu compte que les vigiles appréciaient, entre deux patrouilles, de trouver au restaurant un havre chaleureux où le péché de gourmandise n'est pas réprouvé.

L'autre gardien de nuit s'appelle Jules, c'est un homme obèse, proche de la retraite, dont Camille assouvit le besoin constant de nourriture sucrée au prix d'une légère culpabilité. Alourdi par les éclairs, les millefeuilles et les religieuses, qu'il engloutit en quantité improbable, il est assez impensable qu'il puisse tenir tête à qui que ce soit, et à un assassin encore moins.

Même si c'est horrible à dire, elle n'est pas si pressée qu'ils l'attrapent. L'Éventreur sous les verrous, qui dit que le milliardaire ne supprimera pas le gardiennage de ses locaux, qui dit qu'il ne remerciera pas Jules et surtout Noam ?

Elle ne le voit plus. Il a dû contourner le bâtiment, rejoindre le sentier qui cerne l'entrepôt Carpentier au sud. Sur un peu plus de trois mille mètres carrés, ce sont des hangars et un quai de chargement où les poids lourds défilent. Ils embarquent et débarquent de mystérieuses cargaisons, des caisses volumineuses, estampillées « Fragile », dont personne ne sait ce qu'elles contiennent vraiment. À propos du milliardaire, on raconte beaucoup de choses, des médisances et des rumeurs, que Camille entend sans vraiment en faire cas. Son argent viendrait de Russie ou de Chine, il puerait le travail illégal et l'exploitation des enfants, les trafics indicibles, les soldats qu'on arme et les guerres qu'on encourage en soutenant, l'une après l'autre, l'idéologie meurtrière des deux camps. En ville, on ne l'aime pas. Camille, elle, n'a pas d'avis. Elle déteste juger les gens, surtout ceux dont elle ignore tout. Le milliardaire lui a permis de rencontrer Noam. À choisir, elle aurait plutôt tendance à lui accorder une opinion favorable.

Le four sonne, les gâteaux sont prêts.

Les muffins du jour sont à la pomme, avec ce qui convient de cannelle et de vanille, et de la nougatine émiettée dans la pâte pour créer le contraste et donner du croquant. Lorsqu'elle ouvre la porte du four, elle reçoit au visage une bouffée d'enfance, un parfum de compote mijotant à feu doux. Elle revoit sa mère, un magazine à la main, touillant la casserole d'un mouvement distrait. Camille a trois ans, elle est assise par terre, elle joue avec le chien, une boule de poils noirs frisés dont on ne voit pas les yeux. Elle sent sous ses cuisses nues la fraîcheur des tommettes, une petite brise entre par la fenêtre, soulevant mollement les rideaux de cretonne. Le chien s'appelle Rôticuit, une idée de son père. À l'époque, elle ne saisit pas la signification du nom mais il la fait rire, elle le répète à l'infini tandis que le bâtard lui lèche les orteils et la chatouille avec sa grosse langue qui râpe.

Les léchouilles de Rôticuit, l'odeur des pommes qui compotent et le sourire de sa mère.

Si précieux moments. Elle les sublime, elle s'en rend compte, peut-être même ne l'a-t-elle jamais vraiment vécu, ce bonheur parfait, cette atmosphère d'Épinal. Et après ? Les souvenirs ne sont qu'à elle, et du passé elle peut faire ce qu'elle veut.

— Camille ? Vous êtes là ?

Elle sursaute, laisse tomber plus qu'elle ne la dépose la plaque de cuisson sur le plan de travail.

— Dans la cuisine ! crie-t-elle, songeant que c'est la réponse d'une femme à son époux, plutôt que celle d'une serveuse à l'un de ses clients.

L'idée la fait sourire.

Les muffins sont encore trop chauds pour qu'elle les démoule. Elle installe sur un plateau les cookies au parmesan et aux olives qui refroidissent sur une grille, jette un coup d'œil à son reflet dans la paroi métallique du réfrigérateur. Elle repousse derrière l'oreille son éternelle mèche rebelle et elle passe en salle.

— Bonsoir, Noam.

— Bonsoir, Camille.

Elle dépose son plateau sur le comptoir puis elle le contourne pour venir l'embrasser, consciente que son cœur bat un peu trop vite. Aussitôt, il glisse du tabouret avec sur les lèvres un demi-sourire d'enfant timide, dévoilant ses dents parfaites dont la blancheur contraste avec sa peau cuivrée. Elle dépose sur sa joue un baiser à peine effleuré, se hissant sur la pointe des pieds pour y parvenir, parce qu'elle n'est pas très grande, Camille, et que Noam est un colosse. Il sent bon, une odeur un peu boisée et très masculine.

Lorsqu'il sourit, ses tempes se strient de fines ridules qui accentuent encore son air bienveillant. Il a les pommettes hautes, les joues creuses et le nez très droit, le profil noble et fier d'un prince ou bien d'un roi. Camille se plaît à croire que, parmi ses aïeux, il s'en soit trouvé un pour régner sur les déserts sans fin qui constituaient le monde, à l'époque de la splendeur de l'ancienne Mésopotamie.

— Un roi parmi mes ancêtres ? Je ne crois pas, dit Noam, après avoir réfléchi à la question avec beaucoup de sérieux.

Il lorgne du côté des cookies. D'autorité, elle dépose deux biscuits dans une assiette qu'elle pousse devant lui. Les bras croisés, il la regarde par en-dessous.

— Cette fois, Camille, je paie.

— Vous n'allez pas recommencer.

— Nous en avons déjà discuté. Vous ne pouvez pas me nourrir éternellement à l'œil. Et n'essayez pas de m'embobiner avec cette histoire d'ardoise, je sais très bien que vous ne notez pas ce que vous m'offrez. Si vous continuez, votre patronne va vous faire des ennuis.

Elle sourit, enjôleuse, tandis qu'elle soulève l'assiette et l'agite légèrement, juste sous son nez, pour laisser s'exhaler le fumet appétissant des biscuits. L'estomac de Noam réagit immédiatement par un grondement très explicite. Il vire à l'écarlate, elle éclate de rire.

— Ne faites pas l'enfant, Noam. Faites-moi plaisir, et mangez ce cookie.

— Pour vous faire plaisir, alors.

Il croque dans le biscuit et ne proteste pas quand elle pose devant lui un verre de jus de pomme.

— Il est légèrement pétillant, vous verrez. J'en ai toujours à la maison. Micky en raffole.

— Comment va votre fils, Camille ? Il a finalement commencé les leçons d'échecs ?

— Vous avez retenu ça ?

— Bien sûr. Les échecs modernes sont dérivés du *shatranj*, un jeu perse que les Arabes se sont appropriés autour du IXe siècle, quand ils ont envahi l'actuel Iran. Vous le saviez ?

Elle lui remplit à nouveau son verre vide, sans qu'il l'en empêche. Elle se sert aussi, contemple un moment le liquide couleur bronze, légèrement opaque, dont les bulles minuscules piquettent la surface.

— Vous êtes une personne étonnante, Noam...

— Parce que je connais l'origine du jeu d'échecs ?

— Parce que vous savez écouter. C'est si rare, un homme qui écoute...

— Le père de Micky ne vous écoutait pas ?

— Oh ! Le père de Micky...

Elle s'est rembrunie. Il s'en rend compte et se redresse, confus.

— Excusez-moi, Camille, ça ne me regarde pas.

Elle soupire, remuant doucement son verre dont le contenu oscille d'un bord à l'autre, son expression si mélancolique qu'il pose spontanément sa main sur la sienne. Elle tressaille.

— Excusez-moi, répète-t-il. Je ne voulais pas vous faire de peine.

— J'avais vingt-deux ans lorsque je l'ai rencontré. Il était beau, brillant, un étudiant en pharmacie qui connaissait tout sur tout... Un peu comme vous.

— Je ne connais pas tout sur tout, proteste Noam, à mi-voix.

Les yeux dans le vague, elle continue, sans qu'il sache si elle l'a entendu.

— Nous étions très amoureux. Nous voulions passer notre vie ensemble, nous marier, avoir des enfants... Timothée aurait hérité de la pharmacie de son père, j'aurais écrit des livres de cuisine dont j'aurais inventé les recettes...

— Vous cuisinez très bien.

— Lorsque j'ai su que j'étais enceinte, il était en cinquième année. L'enfant venait un peu tôt, il craignait de l'annoncer à ses parents, pour qui un bébé hors mariage... Enfin, vous comprenez. Il m'a convaincue de remettre à plus tard nos projets d'emménagement commun. Il ne me laissait pas tomber, il lui fallait juste un peu de temps pour se retourner. J'étais amoureuse, je l'ai cru. Ma grossesse a été difficile.

Micky ne grandissait pas bien, j'avais des contractions qui m'obligeaient à rester couchée l'essentiel du temps. J'ai perdu mon travail. Timothée assurait l'intendance, il s'occupait de tout, il payait le loyer, les courses, il m'emmenait aux consultations, à la maternité... Le jour de l'accouchement, il a été formidable, il m'avait même apporté des fleurs, les sages-femmes avaient dit qu'il serait le meilleur des papas. Et puis... Et puis en plein travail, le cœur de Micky s'est brusquement arrêté de battre. Lorsqu'il est sorti de mon ventre, on m'a d'abord dit qu'il était mort. Ensuite, les pédiatres l'ont réanimé, mais ils ont prédit qu'il ne serait jamais comme les autres enfants.

— Vous deviez être effondrée.

— Je l'étais, oui, jusqu'à ce que la sage-femme revienne, alors que je pleurais comme une madeleine, en salle de réveil. Elle a déposé Micky dans mes bras. Il était si beau, Noam, il avait l'air si... normal. Il me regardait avec ses yeux immenses, de ce gris particulier qu'a l'iris chez les nouveau-nés. J'ai compris alors ce qu'était l'amour d'un parent pour son enfant. J'ai su que je ne serais plus jamais seule et que je n'aimerais jamais personne comme j'allais aimer Micky.

Remué, Noam retire sa main, avale une gorgée de jus de pomme avant de demander :

— Et Timothée ?

— Il n'était plus là. Quand le chirurgien a dit que le bébé ne respirait plus, il a quitté sa blouse, son masque et il s'est volatilisé. Dans la panique, personne ne s'en est vraiment aperçu.

— Vous voulez dire que vous n'avez plus jamais eu de nouvelles ? Vous ne savez même pas ce qu'il est devenu ?

— Jamais. Micky est né en avril, au moment des changements de stage des internes. Il s'est fait muter dans un nouvel hôpital, dans une autre ville. C'était mieux comme ça. J'ai mis du temps à l'admettre, mais je crois que nos épreuves ont toujours un sens. De tout malheur, il y a du bon à tirer. Vous ne pensez pas ?

La sonnette de la porte tinte à l'entrée du restaurant et Camille se lève, lissant machinalement les plis de son tablier. Elle arbore à nouveau ce lumineux sourire qui a foudroyé Noam, la première fois qu'il l'a vue. Elle s'avance au-devant des clients, la démarche aérienne, le pas léger, aussi jolie qu'une fée.

Sa fée, si adorable, si gaie malgré les difficultés, si forte et capable d'émerveillements auxquels il ne se sent plus capable d'accéder. Elle aborde avec entrain le couple un peu morne qui vient d'entrer, leur désigne une table, détaille les menus.

Camille l'a oublié, mais il répond tout de même :

— Non, Camille. Je ne pense pas.

4.

Uruk est un gentil chien.

Lorsqu'ils se sont trouvés, Noam avait taillé une bonne partie de la route. Il était en Autriche, déjà seul, parce qu'il lui avait semblé que rester avec les autres était le plus sûr moyen de se faire remarquer par les gardes-frontières et les trafiquants, sans relâche sur leurs traces. Il était parti au nord, presque en Tchéquie, très loin de la route que les clandestins empruntent habituellement, trop hébétés pour être inventifs, trop peu instruits, aussi.

Noam est instruit.

Avant, à Mossoul, il était professeur de français à l'université. Il enseignait Voltaire, la pensée des humanistes éclairés, la sagesse des poètes et l'infinie beauté des textes de ses maîtres, Hugo ou Baudelaire, Balzac, Zola. D'un trait de plume, ils magnifiaient le monde et cette terre de France qui, de toujours, était d'asile ; ou tout au moins c'est ce qu'il pensait. Djamel, lui, aurait voulu l'Angleterre. Avant le grand départ, ils n'avaient eu de cesse de se disputer à ce propos. Noam cédait toujours, songeant que lorsqu'ils seraient en Europe, sol béni où l'on ne voulait plus de guerre et où les hommes étaient tous frères, il serait temps de le convaincre. Il ne saura jamais s'il aurait pu le faire changer d'avis, ni ce qu'il aurait pensé de cet Eldorado où on laisse des assassins assassiner, en toute impunité.

Il pense beaucoup à Djamel. Il se demande si son corps est resté là-bas, près de Zakho, ou bien si quelqu'un est venu, s'il a été dignement mis en terre, sous un rite ou un autre. Peu importe dans le fond, les prières qui viennent du cœur montent toutes vers le même Dieu. Maintenant, son frère est en paix, Noam en est certain. Il sent sa présence, dans son ombre, partout où il va. Très souvent, il lui parle, mais Djamel ne répond jamais aux questions qu'il lui pose, surtout lorsqu'il s'agit d'elle.

Peut-être qu'il vaut mieux ne pas savoir.

Peut-être qu'il vaut mieux être seul, n'avoir pour compagnon qu'un chien et, pour uniques amis, un collègue de travail un peu simple et trop souvent ivre et la serveuse d'un restaurant qui ne ferme jamais.

Il marchait le long du Danube, se reposant le jour et progressant la nuit, cherchant sans le trouver le meilleur endroit pour traverser, quand il est tombé sur le chien. Il se noyait. Au beau milieu du fleuve, il cherchait désespérément à se hisser sur un rondin charrié par le flot. Le bois roulait à chaque tentative, et l'animal passait sous l'eau, de plus en plus long à émerger comme l'épuisement le gagnait. Noam s'est arrêté sur la berge et il a observé. Sans compassion d'abord, parce que d'avoir vu tomber tant de malheureux, d'avoir dû quitter tous ceux qu'il chérissait et de vivre en ermite, son cœur a fini par geler, et les émotions n'y viennent plus.

Noam regarde la bête, qui sait qu'elle va mourir et qui lutte, et il en éprouve une sorte d'impatience, un agacement face à cette obstination absurde, une hâte, enfin, qu'elle meure et que ça finisse. Puis avec horreur, il prend brutalement la mesure de ses propres pensées, il se rend compte de ce qu'il devient, une âme noire et aussi insensible que ceux qu'il cherche à fuir.

Alors il se jette à l'eau.

Elle est froide ; il ne nage pas très bien, même s'il a appris, enfant, dans les courants sombres de l'Euphrate. Tant bien que mal, il rejoint le chien, empêtré par le poids de ses vêtements, il le saisit par le cou en songeant que la bête va paniquer et le mordre. Ce n'est pas ce qui se produit. Le chien a abandonné le tronc d'arbre et, remorquant l'homme, animé par une vigueur insolite et nouvelle, il se met à nager en direction de l'Allemagne.

Noam suit.

Depuis, ils ne se sont pas quittés. Noam a nommé le chien Uruk, en hommage à la ville sacrée de Sumer, où régnaient en égaux les déesses et les rois. Un noble patronyme pour cette bête sans origine, bizarre mélange de plusieurs espèces, poils longs, museau court, modeste en taille et en carrure mais courageuse et prête à braver la mort pour peu que Noam le lui ordonne.

Un gentil chien, une bête intelligente qui ne s'inquiète que de ce qui compte et ne donne l'alerte qu'en cas de vrai danger.

Uruk s'est mis à gronder.

Ils viennent juste de finir leur ronde. Tout était calme. En passant devant les pompes à essence, Noam a vu Camille, occupée à servir à ses clients ses muffins à la pomme dont, tout à l'heure, le parfum suave envahissait tout le restaurant. Il en a l'eau à la bouche, encore sur la faim du cookie au parmesan qu'elle lui a offert, sans réaliser que, depuis la veille, il n'avait rien avalé d'autre. La simple idée de nourriture suffit à faire gargouiller son ventre vide et, d'abord, il pense stupidement que le bruit vient de son estomac, avant de réaliser que c'est le chien.

Noam se fige à la porte du hangar sud, aux aguets.

— *Ruhe*[1]... souffle-t-il, employant comme souvent l'allemand pour s'adresser à l'animal, au prétexte qu'il doit mieux le comprendre puisqu'il est né sur les berges du Danube.

---

[1] Silence.

De fait, Uruk comprend et se tait, scrutant le fond de l'entrepôt avec une attention de fauve. Noam pense à l'Éventreur, à ces rôdeurs que, plusieurs jours de suite, Greg et lui ont aperçus ; quatre ou cinq hommes qui parlent arabe et que, peut-être, il a connus. L'idée le tétanise, comme celle de devoir appeler la police si par malheur il les trouve. La police, et ensuite, inéluctable, la reconduite à la frontière et un retour vers l'enfer dont il sera seul responsable.

Il fait un pas de côté pour se fondre dans la pénombre du mur et s'y aplatit, immobile. Le chien s'allonge, le museau en l'air et les narines frémissantes.

C'est un entrepôt semblable à n'importe quel autre, un hangar rectangulaire de six ou sept cents mètres carrés qu'en plein jour des dizaines de barres de néons éclairent d'une lumière très crue, mais qui la nuit dort dans le noir, la seule clarté dispensée par les blocs verdâtres des issues de secours. Au fond, s'entassent des dizaines de caisses de marchandises, déjà empaquetées dans leur film plastique, dans l'attente d'être expédiées tôt demain matin. À gauche, trois transpalettes ; près de la porte, un bureau sur tréteaux, encombré de dossiers, de feuilles volantes et d'un ordinateur flanqué d'une énorme imprimante, le bordel plus ou moins organisé d'une secrétaire que Noam imagine aussi débordée que devait l'être la sienne, à l'université.

Il chasse la pensée inopportune tandis qu'il inspecte l'autre côté de l'entrepôt, toujours statufié contre son mur. On y a aménagé un espace de détente pour les salariés, avec un canapé, une plante verte un peu poussiéreuse et un distributeur de boissons. Juste derrière, une porte donne sur l'extérieur pour les pauses cigarette, mais la nuit elle est cadenassée. Ensuite, une fontaine à eau et ses bonbonnes de réserve empilées à côté, les toilettes, le local technique, et la salle d'archives.

Presque inconsciemment, il serre la main sur la matraque qui pend à sa ceinture, la seule arme qui lui soit autorisée, et il se met en marche, immédiatement rejoint par Uruk dont le poil est hérissé. Sur la pointe des pieds, veillant à ne faire aucun bruit, il pénètre dans les toilettes, ouvre l'une après l'autre les deux cabines pour s'assurer qu'elles sont vides, ressort. Rien de suspect non plus aux archives, dont il parcourt pour la forme les rangées d'étagères débordant de dossiers, pâle résurgence de la bibliothèque universitaire de Mossoul, où dans sa vie d'avant Noam aimait musarder, feuilletant les vieux volumes au hasard et finissant bien souvent assis par terre, absorbé dans sa lecture jusqu'à la fermeture, quand les employés du soir venaient le flanquer dehors. De ce passé-là, il ne reste rien, la deuxième université d'Irak n'est plus qu'un champ de ruines et la bibliothèque a brûlé en janvier, avec tous ses livres, toute l'histoire d'un peuple aux origines du monde disparue en fumée.

Noam respire vite, engoncé dans le col de sa chemise, soudain trop serré et qui l'étouffe. L'angoisse lui tord le ventre, noue les muscles de son cou. Il transpire, son cœur bat trop fort. N'y a-t-il donc aucun lieu sur cette foutue planète où un homme honnête et son chien puissent simplement vivre en paix ? Haletant, il s'oblige à se reprendre, à se concentrer sur la tâche et sur l'instant présent. Toujours suivi par Uruk, il ressort de la pièce encombrée et se dirige vers le local technique.

Il entend alors, de l'autre côté du battant, le choc d'un objet qui tombe par terre, et juste après un juron.

Je me débrouillais bien en classe.

Pour n'importe quel parent, un enfant comme moi aurait dû être l'objet de toutes les louanges, une inépuisable source de fierté. N'importe quel parent aurait vanté les succès de son rejeton prodige, aurait rappelé en toute occasion les deux classes sautées, les mentions « excellent » partout. Dans une famille normale, j'imagine que j'aurais continué mes études, visé le prestige de hautes écoles et fait partie de l'élite.

N'y pensons plus.

Le paternel travaillait dans une usine de pâtisseries industrielles, sur la chaîne des petits pains au lait. Toute la journée, il triait des milliers de petits pains qui défilaient devant lui sur un tapis roulant. Il éliminait les trop cuits ou les pas assez, ceux dont la forme n'était pas réglementaire ou les stries, sur le dessus, pas assez marquées.

Lui aussi était bon, dans son domaine. Il n'avait pas à se forcer. Ce qui n'était pas conforme, il détestait.

Il y a des clients. Ils se sont installés à la table du fond, vue sur les pompes à essence, spectacle excitant. Le clandestin n'est plus là. Il nous agace, celui-là, à lorgner sur elle. Étonnant que les flics ne l'aient pas encore soupçonné d'être leur assassin. Des incapables, décidemment, encore à croire que l'Éventreur est un vulgaire maniaque sexuel, avec un faible pour les serveuses. On se demande s'il faut en rire ou en pleurer.

Le paternel n'avait qu'un seul ami. Il s'appelait Jérôme Voulte. Physiquement, il ressemblait vaguement à l'Évêque, cheveux en tonsure, visage bouffi, pas de cou, ventre alourdi, et jambes arquées. Bref, pas gâté.

Voulte travaillait aux brioches. Son boulot était encore plus débile que celui du paternel ; il vérifiait qu'il y avait le bon nombre de brioches dans chaque paquet. Six pour les standards, dix pour les formats familiaux et douze, en septembre, pour la gamme promotionnelle « spéciale rentrée ». Septembre, c'était un mois stressant, pour Jérôme Voulte. Trois formats différents, pour ses capacités de concentration, c'était au moins un de trop.

Lorsque je suis en pause, au boulot, j'aime m'installer dans la salle du restaurant et me faire servir, exactement comme les autres clients. C'est comme ça, d'ailleurs, qu'elle se comporte avec moi. Exactement comme avec tous les autres, les touristes de passage, les collégiens matinaux, les chauffeurs de poids lourds qui ne savent que brailler, qui puent le gasoil et la sueur et qui l'aiment tant, leur garce de serveuse préférée.

Quelquefois, je fais semblant de lire un journal qui traîne, mais en réalité je la surveille, je l'observe, je décortique le moindre de ses gestes. Elle me fait souvent attendre, elle aime prendre du temps avec chacun, bavarder sans fin. Lorsque c'est vraiment trop long, je sors discrètement la vieille lame de rasoir que je garde dans mon portefeuille et je taillade, toujours au même endroit, pas loin du coude à l'intérieur du bras, là où la peau a fini par devenir si épaisse que tous les nerfs sont morts et que je ne sens même plus la douleur.

En hiver, sous la manche, rien ne se voit.

Elle finit par venir, et il me semble, quand elle s'adresse à moi, que son regard est un peu narquois, un peu goguenard, comme si elle me perçait à jour, comme si elle savait bien la raison pour laquelle je suis là.

Absurde, évidemment.

Je replie mes doigts sur la lame ensanglantée.

Je demande un verre d'eau et un chocolat chaud.

Elle hoche la tête et me fait payer, comme n'importe quel client. Il n'y a pas de raison qu'elle ne le fasse pas. Et, comme avec les autres, elle s'attarde un instant pour faire une réflexion sur la météo, pas brillante, pour la saison.

— Ils disent que ça va empirer, ajoute-t-elle, l'air navré.

Quand elle énonce ce genre de foutues platitudes, je dois me faire violence pour ne pas me jeter sur elle et lui écraser la gueule contre son putain de gaufrier.

Chaque chose en son temps.
J'approuve, en récupérant ma monnaie.
Bien sûr que ça va empirer.

22 : 00

1.

Les clients ont adoré les muffins. Ils en ont mangé deux chacun et en ont acheté quatre autres pour plus tard. Ils vantent le restaurant comme s'il avait une ou deux étoiles au Michelin, ils ont fait la bise à Camille, ont promis qu'ils reviendraient, et ils lui ont laissé un joli pourboire. Elle s'est sentie vaguement étourdie par leur enthousiasme. Ensuite, une dame dont le mari faisait le plein à la station est venue voir si Camille vendait des chewing-gums et elle est partie avec trois autres muffins, si bien qu'il n'en reste qu'un. Celui de Noam, s'il se décide à réapparaître.

Il devrait déjà être là.

Camille hésite, son regard incertain balayant la salle familière et, au-delà, le parking vide et la nuit. Ce soir, il y a peu d'étoiles et la lune boit, signe qui ne trompe pas et qui annonce la pluie. D'ailleurs, il fait plus froid.

Il ne viendra plus grand monde, maintenant. Le passage reprendra avant l'aube, autour des quatre heures, quand ceux pour qui rouler est un métier démarreront leur journée et s'arrêteront au *Péché* pour le petit déjeuner. Elle aura fait cuire des brioches, des cakes au chocolat et au citron et elle tiendra au chaud des crêpes épaisses, à l'américaine, à déguster noyées sous le sirop d'érable. Jusqu'aux heures où le soleil se lève et dessine des écharpes rose d'or accrochées aux nuages, la salle fourmillera de monde, rendez-vous incontournable des journaliers de l'asphalte. Camille passera de l'un à l'autre, comme la mère d'une marmaille innombrable, d'une troupe d'enfants joyeux et très indisciplinés à qui elle servira du café en les appelant par leurs prénoms.

Certains repartiront vite, vers des destinations lointaines, des pays étrangers, mais d'autres s'attarderont, tireront les chaises à l'extérieur et s'installeront à leur aise, comme à la maison, pour fumer dans les vapeurs d'essence, protégés de la pluie par le petit auvent. Sandrine arrivera vers six heures, elle les houspillera d'avoir mouillé les chaises, et ils s'empresseront de les rapporter en salle, penauds comme des gamins qu'on réprimande.

Avant, pour Camille, les heures qui précédaient le débarquement en masse des routiers étaient les plus longues, les plus pénibles. Elle les passait en cuisine, affairée, débordante d'énergie pour ne pas céder à l'angoisse de la solitude. Frénétique, elle mesurait, remuait, pétrissait, mélangeait, elle remplissait les moules et étalait les pâtons, elle cuisait dans une chaleur d'enfer, fournée après fournée, bien trop de gâteaux pour espérer tous les manger, mais, au moins, au matin, les étals débordaient. Maintenant, quand Sandrine arrive à six heures, très souvent la vitrine est quasiment vide, parce que lorsque Camille est avec Noam, elle en oublie ses devoirs et ne voit plus le temps filer.

Où diable est-il passé ? En plus, son muffin est froid.

Contrariée, elle ferme la caisse et rejoint la cuisine. Près du radiateur, la pâte à brioche a fini de gonfler. D'un geste vif, elle la renverse sur le plan de travail, augmente un peu le son de la radio où vient de débuter le *Boléro*, de Ravel. De la pulpe de l'index, elle teste l'élasticité de la pâte puis, satisfaite, la divise en petites boules qu'elle place dans les moules. Elle ne résiste pas, au passage, au plaisir de croquer un morceau de pâte crue, savourant le goût un peu acidulé de la levure fraîche. Le mélange est parfait, aérien, la saveur sucrée légèrement relevée d'un trait d'eau de fleur d'oranger. Tout à l'heure, au pinceau, elle badigeonnera chaque brioche d'un peu de lait pour qu'elle prenne une belle couleur dorée, ensuite elle les saupoudrera de sucre en gros grains, mais, pour le moment, il faut les laisser reposer. Avec des gestes précautionneux, Camille soulève la plaque où elle a aligné ses moules, l'approche du radiateur et règle le minuteur.

La pâtisserie, c'est avant tout une histoire de patience. Qu'il s'agisse de la préparer ou bien de la manger, depuis l'enfance, elle a toujours préféré le sucre au salé, ses légères rondeurs en sont assurément une preuve. Sans être grosse, sa silhouette bien en chair l'a longtemps complexée, et elle ne soignait guère son apparence jusqu'à ce qu'elle rencontre Timothée. Lunettes moches, cheveux qu'elle taillait elle-même, d'un coup de ciseaux à la va-vite dès qu'ils gagnaient en longueur, sans s'embarrasser du secours d'un miroir, vêtements amples et sombres pour dissimuler la générosité de ses formes. Et puis il y a eu Timothée, et le miracle s'est produit. Il s'est trouvé un homme, et pas parmi les plus laids, pour la juger belle et l'aider à s'en convaincre. Grâce à lui, elle s'est décidée à aller chez le coiffeur pour la première fois de sa vie, en ressortant avec quelques mèches blondes dans sa chevelure châtain et une coupe courte et gaie qu'elle garde encore. Elle a abandonné les lunettes pour des lentilles de contact et elle a changé sa garde-robe, émerveillée de découvrir que de jolis vêtements pouvaient mettre en valeur ce corps dont, si longtemps, elle avait eu honte.

Elle était devenue une autre femme, sur qui les hommes se retournaient, mais pour elle il n'y avait que Timothée, l'amour de sa vie, celui qu'elle épouserait et chérirait jusqu'à ce que Dieu les sépare, celui dont elle porterait les enfants.

Songer à sa naïveté d'alors lui arrache un soupir, une petite grimace d'amertume. Même si elle s'ingénie à ne retenir de toute expérience que ce qu'elle a apporté de bon, concernant Timothée, le jeu n'est pas des plus faciles. Parler de lui à Noam, tout à l'heure, l'a davantage troublée qu'elle n'aurait pensé, ramenant en surface des souvenirs odieux, et surtout des pensées qu'elle aurait préféré ne pas avoir.

Elle sait pourtant qu'on peut haïr avec autant de force que, jadis, on a aimé.

Elle regarde ses mains, très fixement. Si elle reste sans cligner assez longtemps, il lui semble distinguer les traces, presque invisibles, du sang qui les a maculées au tout premier des jours terribles. En se concentrant, elle parvient quelquefois à sentir sur sa peau sa tiédeur un peu poisseuse, à en capter l'odeur si particulière au moment où il coagule, acide, rouillée. Les premiers temps, l'idée même suffisait à la faire vomir, mais elle s'est endurcie, il y a longtemps que cette sensiblerie lui a passé.

Elle devrait, sans doute, manifester quelque remord, ou tout au moins du dégoût.

Le restaurant n'est pas assez calme. La radio, les sirènes incessantes des patrouilles de police, deux routiers, à la station-essence, qui ne savent communiquer qu'en braillant. Elle n'est pas assez détendue, sans doute, pas assez concentrée.

Ce soir, sur ses mains, nulle trace de sang. Elle replie ses doigts, poings serrés, les enfouit dans la poche de son tablier pour ne plus les voir.

Elle se sent frustrée, angoissée, déçue.

2.

Djamel est là.

Avec Noam, dans sa tête et dans son cœur pour lui donner du courage au moment où il ouvre la porte du local technique. Son frère, de son vivant, veillait déjà sur lui et, encore maintenant, il le protège, et rien ne peut lui arriver de mal. Les néons sont éteints, l'unique fenêtre est trop étroite pour que les lampadaires du parking éclairent la pièce. Il lui faut quelques secondes pour habituer ses yeux à l'ombre et pour donner du sens aux formes qu'il distingue à peine.

Dans l'obscurité, assis sur une chaise, un homme le regarde fixement. Dans sa main gauche, il tient un revolver collé contre sa tempe. Noam se fige, le cœur battant à une allure folle. Uruk s'est assis, inclinant légèrement la tête en signe d'incompréhension curieuse, observant lui aussi cet humain immobile et muet. Il ne grogne plus.

Noam ouvre la bouche, la referme.

Il est jeune. Vingt-six, vingt-sept ans, tout au plus. Blond, une barbe pas très épaisse, des cheveux longs, noués au sommet du crâne en un chignon très serré. Une chemise blanche, un pantalon de costume gris, des chaussures en cuir fin. Elles valent cher, ça se remarque tout de suite à la qualité du grain et à la finesse des coutures. Noam s'y connaît en matière de chaussures, son père était maroquinier avant qu'il y ait la guerre, et que ceux de leur pays aient soudainement beaucoup d'autres choses à penser que ce qu'ils portaient aux pieds.

— J'ai besoin de personne, balbutie l'intrus, l'air hagard. On t'a rien demandé, tire-toi !

— Vous... Vous ne devriez pas être là, réplique Noam, aussi conciliant que possible.

Pendant quelques secondes, l'homme le dévisage d'un air d'incompréhension puis arrache le canon de sa tempe et le braque. La bouche asséchée, le vigile recule d'un pas, les yeux fixés sur l'arme. La main tremble, il est aux abois. Il a peur ou il est fou, mais, dans tous les cas, le coup va finir par partir si Noam ne trouve pas très vite les mots qu'il faut. Mourir sous le feu d'un Viking aliéné ? Après avoir survécu à la guerre, aux bombes et aux privations de toutes sortes, ce serait le comble ! pense-t-il avec un curieux détachement.

— Je ne vous veux pas de mal et je ne suis pas armé. Posez ce revolver, s'il vous plaît.

— ... Où est l'autre ? finit par demander le Viking, en se penchant pour regarder derrière Noam.

D'instinct, celui-ci se retourne vers l'entrepôt vide.

— Quel autre ?

— Celui qui était avec toi.

— Il n'y a personne. Juste moi, et le chien. Ça ne compte pas.

— Les bêtes comptent.

— C'est vrai, admet Noam, songeant à la manière dont il s'était jeté à l'eau pour sauver Uruk de la noyade. Les bêtes comptent, tu as raison. Mais en termes d'homme, il n'y a que moi. Je suis le vigile.

— C'est arrivé de nouveau, alors, soupire l'autre, le ton très las.

— Qu'est-ce qui est arrivé ?

Songeur, le Viking replie le bras qui tient l'arme et retourne vers son visage la gueule sombre du canon. L'espace d'un horrible instant, Noam pense qu'il va tirer, et des images de corps déchiquetés, de chairs torturées, de souffrance, et de sang le submergent, abominables. Il vacille, le cœur au bord des lèvres.

— Non ! Ne fais pas ça !

— Pourquoi ?

— J'ai vu trop d'hommes mourir qui auraient voulu vivre.

— Justement, moi je n'y tiens pas.

— Le prophète a dit qu'Allah condamne le suicide.

— Ton Dieu n'est pas le mien.

— Mais, si tu te tues ici, je perdrais mon travail ! s'exclame Noam, à court d'idées.

L'autre hausse les sourcils, déconcerté.

— Je t'accorde que c'est un argument.

— Alors je garde le revolver, ose-t-il, tendant la main.

— Tu as peur que je change d'avis ? Ton prophète, encore, qui t'a enseigné de ne pas croire la parole d'un homme désespéré ?

— Tu ne me sembles pas vraiment désespéré.

— Je ne sais pas ce qu'il te faut, réplique le Viking en déposant l'arme dans la paume de Noam, avant de se lever.

Aussitôt, Uruk s'approche de lui en remuant la queue, s'attirant de la part de son maître un regard surpris. D'habitude, le chien est plutôt sauvage, mais il se comporte avec cet étranger comme s'il l'avait toujours connu.

— Alors ? Qu'est-ce que tu comptes faire de moi, maintenant que c'est toi qui as le revolver ?

— Je m'appelle Noam, fait-il en tendant sa main ouverte. Et lui, c'est Uruk.

L'autre hésite, une demi-seconde, avant de répondre à son salut.

— Maxime.

Maxime, ça ne sonne pas très viking. Beaucoup de questions viennent à l'esprit de Noam. Il voudrait savoir pourquoi le faux guerrier blond voulait mettre fin à ses jours, qui il est et comment il est entré dans l'entrepôt, où il n'a repéré aucune trace d'effraction. D'un signe de tête, il l'invite à passer devant lui pour sortir du local technique, ferme la porte et demande, un peu incongrument :

— Tu as mangé ? Je veux dire, avant de décider que tu allais te tirer une balle dans la tête ?

— Je crois qu'au moment où l'idée m'est venue je n'avais pas très faim, rétorque Maxime d'un ton neutre.

— Je connais une femme formidable dont les pâtisseries réconcilieraient n'importe qui avec la vie.

— Tu as une façon plutôt singulière de faire ton job. Tu proposes un repas à tous les rôdeurs que tu surprends sur les lieux que tu es censé garder ?

— Je ne sais pas encore. Tu es le premier.

Ils traversent l'entrepôt, le chien entre eux deux. Maxime avance d'un pas régulier, les mains enfoncées dans les poches de son pantalon, le regard lointain. Noam a glissé l'arme dans son blouson. Il a vidé le chargeur, mais le contact de ses doigts sur le métal froid lui donne une sensation de malaise et il a hâte de s'en débarrasser. Reste à savoir de quelle façon. Il faudrait appeler les flics, évidemment. C'est ce qu'il est supposé faire, en pareille situation, appeler les flics et certainement pas ramener au *Péché Gourmand* ce type dont il ne sait rien et qui, il y a moins de cinq minutes, lui braquait un revolver sous le nez.

— … Irakien, donc, fait soudain Maxime, comme s'il poursuivait une conversation que Noam ne se rappelle pas avoir commencée.

Il le dévisage, interloqué.

— Comment est-ce que tu le sais ?

— Tu as nommé ton chien Uruk. Une des plus anciennes cités de Mésopotamie et la plus sacrée, sans doute. Je déduis.

— Tu déduis juste, lâche Noam avec réticence.

— Tu as fui la guerre ?

— Comme des milliers d'autres. Je n'ai pas eu le choix.

— Ce n'était pas un reproche. Dans certaines situations, la fuite se comprend. Il y a combien de temps que tu es en France ?

— Deux ans.

— Tu parles un français presque parfait. C'est étonnant, après si peu de temps…

— C'est un interrogatoire ? questionne sèchement le vigile.

— Non. Excuse-moi. Nous avons tous nos secrets.

Ils viennent de sortir de l'entrepôt, que Noam verrouille avant d'enclencher l'alarme en s'appliquant à dissimuler le code aux regards de Maxime. Celui-ci ne lui prête aucune attention, de toute façon, occupé à allumer une cigarette à l'abri du vent. Quand Noam se retourne, il lui tend le paquet ouvert.

— Je ne fume pas, refuse-t-il avant de reprendre, s'expliquant malgré lui, ma mère était française. Et moi, avant la guerre, j'enseignais ta langue.

— Professeur ? Et tu te retrouves vigile ?

— Et je me retrouve vigile. Je m'estime heureux. D'autres sont morts.

— Noam ? les interrompt une voix de femme, inquiète.

Ils sursautent tous les deux et se retournent, suivant des yeux la petite silhouette qui trottine vers eux.

— Camille, vous allez attraper froid !

Noam amorce un geste pour se débarrasser de son blouson et le poser sur les épaules nues de la serveuse, qui frissonne dans sa tenue trop légère. Il sent alors le poids du revolver dans sa poche et interrompt son mouvement, gêné. Le regard sombre de Camille oscille entre les deux hommes, partagé entre curiosité et méfiance.

Le cœur de Noam accélère, puis il tend la main et ose attraper celle de la jeune femme, du bout des doigts. Depuis deux mois qu'il la connaît, c'est la première fois qu'il s'autorise un geste aussi hardi, dont il a conscience qu'il n'est lié qu'à la présence de Maxime et au besoin très mâle de marquer le territoire. Bien sûr, elle ne s'est aperçue de rien, mais une lueur fugace dans les yeux bleu-vert du Viking lui confirme que le message est passé.

— Venez, Camille. Rentrons.

— Il est près de onze heures, vous ne reveniez pas, alors...

— Vous vous inquiétiez de moi ?

— Noam, ne vous moquez pas, s'il vous plaît. Qui est-ce ? ajoute-t-elle, un ton plus bas.

— Je l'ai trouvé dans l'entrepôt.

— Un voleur ?

— Je ne pense pas. Je lui ai proposé de venir goûter vos pâtisseries.

— C'est une drôle d'idée. Vous ne devriez pas plutôt appeler la police ? Ou votre patron, au moins ?

— Je n'ai pas l'impression qu'il soit dangereux. Il semble juste... un peu bizarre.

— Bizarre ? Bizarre comment ?

Tout en parlant, ils cheminent en direction du restaurant, Maxime quelques pas en arrière, faisant mine de ne pas écouter leur conversation, dont il doit cependant saisir quelques bribes. Noam baisse encore le ton.

— Certains de ses propos ne semblent pas... disons... pas tellement cohérents.

Sans discrétion, Camille jette un regard à Maxime pardessus son épaule.

— Un vagabond ? Il n'en a pas l'allure, ses vêtements valent leur prix.

— Je crois aussi.

— Ma foi, nous ne craignons rien à lui offrir quelques pâtisseries, j'imagine. Mais pas de muffins, Noam, il n'en reste qu'un seul à la pomme et je l'ai gardé pour vous.

Un jappement bref d'Uruk les interrompt. Le chien s'est brusquement figé et montre les dents. Noam se retourne d'un bond. Le corps agité de soubresauts, Maxime gît les bras en croix au milieu du parking.

3.

— Tu veux bien m'expliquer ce qui s'est passé ?

— Ce n'est rien. Un malaise... Ça m'arrive, de temps à autre, depuis que...

— Depuis que quoi ?

— Rien. Oublie.

Ils n'ont pas vraiment eu le temps de comprendre, encore moins d'appeler un médecin ou les pompiers. À peine l'avaient-ils rejoint que Maxime s'était déjà redressé sur le bitume, un peu vaseux mais conscient. Il s'est relevé seul et, sans un mot, il a repris la direction du restaurant. Il marchait droit, talonné par Noam et Camille, plus éprouvés que lui par l'incident.

Ils ont dépassé la station-service, où un chauffeur de taxi faisait le plein, mâchouillant mollement un chewing-gum. Même pendant les quelques secondes où le Viking était par terre, il n'avait pas jugé utile de bouger, et son indifférence a rappelé à Noam l'inhumanité des passeurs. La bouffée de haine qu'il a éprouvée par surprise l'a laissé pantelant.

Maxime s'est repris. Il s'est installé au fond de la salle, a calé sa chaise dos au comptoir et a laissé sa tête aller en arrière contre la paroi. Il est resté immobile pendant quatre ou cinq minutes, n'émergeant de sa prostration qu'au moment où Camille revenait avec son plateau. Elle a déposé sur la table trois tasses fumantes, une assiette de sablés et l'unique muffin aux pommes qu'elle a ostensiblement poussé vers Noam puis elle s'est assise, dévisageant Maxime.

— Du thé noir. Soyez généreux en sucre, il est très infusé. Si j'avais pu, j'y aurais ajouté un trait d'eau-de-vie, ma grand-mère disait qu'il n'y avait rien de tel pour se remettre les idées en place, quand on tournait de l'œil. Mais nous n'avons pas la licence pour les alcools forts.

— Ça ira très bien sans la gnôle, sourit Maxime. Je me sens beaucoup mieux.

Il s'est redressé, les mains serrées autour de sa tasse de thé. En tombant, il a déchiré sa chemise au coude, s'est légèrement éraflé la peau, déclenchant chez Camille des réflexes de secouriste que Noam a jugés quelque peu disproportionnés. Il s'est plié à ses directives, pourtant, allant chercher dans l'armoire à pharmacie en face des toilettes de quoi désinfecter, des compresses et une bande. Au passage, il a posé le revolver au-dessus du petit meuble, une cachette pas tout à fait idéale mais qui suffira bien, le temps qu'il ait décidé ce qu'il doit faire de l'arme. Bien entendu, il n'a aucune intention d'en parler à Camille ni de lui dire ce que s'apprêtait à faire Maxime quand il l'a trouvé. Déjà qu'elle se met dans tous ses états pour une simple égratignure…

— C'est drôle, dit Maxime. Je n'avais jamais remarqué qu'il y avait un restaurant, ici. Il est à vous ?

— Bien sûr que non ! Je ne suis qu'une employée.

— C'est un joli endroit, en tout cas. Beaucoup plus raffiné que ce qu'on s'attendrait à trouver dans une zone industrielle… Et vos gâteaux sont excellents ! ajoute Maxime en croquant dans son sablé.

Dans sa chute, tout à l'heure, ses cheveux se sont détachés et ses longues mèches blondes lui balaient les yeux chaque fois qu'il remue la tête.

La présence de Maxime agace Noam, comme ses compliments auxquels Camille semble sensible. Il n'y a qu'à voir comme elle lui sourit. Mécontent, il interrompt sans s'excuser le Viking au milieu d'une phrase pour demander à Camille s'il peut aller en cuisine remplir la gamelle d'eau d'Uruk. Elle acquiesce distraitement, sans prendre la peine de le regarder, totalement absorbée par sa conversation.

Foutu Viking qui vient lui voler sa Camille, son rayon de soleil et sa seule joie dans sa vie d'ici. Voilà Noam piètrement récompensé de l'avoir empêché de se faire sauter la tête... Il ne va pas jusqu'à regretter de l'avoir fait, mais tout de même ça n'a rien d'agréable de se sentir à ce point transparent.

Il sort, apporte l'eau au chien, qui l'accueille avec des aboiements de bonheur comme s'il n'avait rien bu depuis dix jours. Attendri, il s'assied par terre, sur le petit rebord de trottoir qui longe le restaurant, caresse le flanc d'Uruk, sentant ses muscles rouler sous ses doigts, tandis qu'il boit goulument.

Quelque chose ne colle pas. Perturbé, Noam porte son pouce à sa bouche, attaque l'ongle, se retournant à demi pour observer Camille et Maxime à travers la vitrine. Assis l'un en face de l'autre, ils discutent en buvant leur thé, en tout point semblables à un couple, alors qu'il y a une demi-heure ils ne se connaissaient pas. Le Viking semble parfaitement détendu et très satisfait de se trouver là, en agréable compagnie. Il parle avec les mains, des mots sans doute charmeurs que Noam ne peut entendre à travers la vitre, ce qui vaut sûrement mieux. Il sourit, et quand il sourit ses yeux couleur d'eau s'illuminent et pétillent. Il est carrément beau, le salaud, le fait ne peut pas échapper au vigile, et à Camille encore moins. Maxime est beau, et non content d'avoir sur Noam cette supériorité indiscutable, voilà qu'en plus il semble heureux.

Peut-on sembler aussi heureux quand, vingt minutes plus tôt, on était au bord du précipice ? Peut-on retrouver l'envie de vivre aussi vite et d'une façon aussi radicale ? Noam a quelque expérience en matière de désespoir. Des sentiments assez sombres pour ne laisser que la mort en issue, il ne lui semble pas qu'on puisse s'en défaire avec une telle facilité, à moins d'être un menteur ou bien un fou.

Et que dire de ce supposé malaise, dont pourtant le Viking a récupéré aussi vite qu'il était venu ?

Quelque chose ne colle pas, décidément. Noam ferait mieux d'appeler les flics, pour qu'ils l'embarquent et qu'ils l'éloignent de Camille. Il l'aurait déjà fait depuis longtemps s'il était tout à fait sûr que Maxime n'avait rien vu. Le vide-sanitaire est situé juste derrière le local technique où il l'a trouvé. La trappe d'accès s'ouvre à côté de la chaise où le jeune homme était assis. Et s'il l'avait déverrouillée ? S'il s'était faufilé à l'intérieur et qu'il ait découvert ce qu'il y a au bout de l'étroit passage où personne, à part Noam, ne se glisse jamais ?

Carrément improbable. Il faut qu'il se calme.

Uruk a senti l'anxiété de son maître, a abandonné l'eau pour venir le gratifier d'un coup de langue dégoulinant. Mais une bête, pour affectueuse qu'elle soit, ne peut être d'un grand secours quand il s'agit de décider ce qui est bon ou pas.

Il voudrait tellement que son frère soit là. Djamel saurait quoi faire ou, du moins, ses suggestions donneraient à Noam une matière, un terreau sur lequel réfléchir de façon un peu plus constructive, un peu moins passionnée, et il arriverait probablement à prendre une décision.

Il n'avait pas rêvé de ça. Ils n'en avaient rêvé ni l'un ni l'autre. Djamel voulait aller en Angleterre ou en France. Il avait abandonné l'école très tôt pour suivre l'enseignement de leur père et reprendre son affaire de maroquinier. Il ne savait lire et écrire qu'à peine, juste assez pour tenir un livre de comptes et rédiger les commandes et les factures. En aîné, pourtant, c'était lui qui avait décidé de partir, de quitter l'Irak, où rien n'était plus possible. Djamel avait décidé, et ils avaient suivi, Noam puis Yasmine, ni l'un ni l'autre ne doutant que ce choix fût le bon.

En Angleterre ou en France, peu importait à Yasmine tant qu'elle était avec Noam. Depuis toujours, ils étaient promis l'un à l'autre, et le destin avait voulu que cette union arrangée soit aussi celle de l'amour. Ils s'étaient mariés lorsqu'elle avait treize ans, et lui douze de plus. Par respect pour son père, Noam s'était plié à une tradition archaïque qu'en tant qu'homme érudit il ne pouvait cautionner, acceptant pourtant d'épouser une adolescente, presque une enfant. Mais obéissant à sa mère, dont les arguments d'Occidentale lui semblaient beaucoup plus acceptables, il avait attendu quatre ans pour consommer leur union, que Yasmine devienne femme et veuille bien de lui.

Cette nuit de noces venue si longtemps après l'heure avait été leur secret et un enchantement. Yasmine était sa vie, son souffle, son amour absolu. Lorsqu'elle apparaissait, sa gorge se nouait, son cœur s'emballait à la simple idée qu'elle était sienne, sa femme, son aimée, et qu'il était à elle. Par sa simple présence, elle illuminait le monde de Noam, elle donnait sens à tout ce qu'il faisait, et tout ce qu'il faisait n'était que pour lui plaire. Il mesurait la chance qu'il avait eue quand, chez les couples ordinaires, après quelques années le désir s'émousse, l'amour et la passion cédant la place au mieux à une tendresse un peu distraite, au pire à l'indifférence ou même à la rancœur. Sa si parfaite béatitude avait été à la hauteur de la détresse qu'il éprouvait désormais, un tribut presque insupportable, une rançon de souffrance en paiement de son bonheur d'avant, un manque abominable qui tôt ou tard finirait par le tuer ou par le rendre fou.

Respirer, à goulées amples, reprendre de l'air comme on se noie. Il s'était promis de ne plus penser à elle, pas tant qu'il ne serait pas sûr, pas tant qu'il ne saurait pas.

Les larmes sont vaines, l'apanage des perdants et des faibles, c'est ce que son père a toujours dit.

Mais, à part pleurer, que faire d'autre lorsqu'on a tout perdu ?

Est-ce que le Viking peut se douter de quelque chose ? Noam ne sait pas, il ne sait plus. Il voudrait bien poser la question à Djamel, mais il sait que son frère ne lui répondra pas. Entendre ce que disent les morts, ce n'est pas un pouvoir qui est donné à tout le monde.

4.

Par certains aspects, Maxime ressemble à Timothée.

Le fait n'a pas frappé Camille sur le moment. Lorsqu'elle l'a vu d'abord, il se tenait dans l'ombre et l'instant d'après il gisait par terre, si bien qu'elle n'a pas eu tellement le loisir de le dévisager. Elle ne s'avise que maintenant de la ressemblance, tandis qu'il dévore tous les sablés aux amandes et au chocolat qui lui restaient. Quelques miettes de biscuits se sont piégées dans les poils de sa moustache pourtant fine. Sans réfléchir, elle attrape une serviette et l'en débarrasse, comme elle le ferait pour un enfant, comme elle le fait pour son Micky, qui, malgré tous ses progrès, a encore bien du mal à manger proprement.

Comme toujours, songer à son fils la fait sourire, et Maxime lui coule un regard interrogateur.

— À quoi est-ce que tu penses ?

Il l'a tutoyée, sans qu'elle s'en formalise. Il doit avoir à peu près son âge, et sa familiarité lui semble très naturelle. C'est surprenant, alors que Noam et elle ne s'adressent jamais l'un à l'autre autrement qu'en se disant « vous ». Mais Noam possède un charisme, une noblesse que n'a pas Maxime. Même après deux mois de fréquentation assidue, Noam l'impressionne encore un peu.

— À Micky.

Maxime incline la tête, son expression se fait plus grave.

— Qui est Micky ?

— Mon petit garçon. Il doit dormir, maintenant. Je n'ai pas eu le temps de lui envoyer un texto de bonne nuit, ajoute-t-elle, le ton légèrement coupable.

Maxime reste sans répondre, les yeux fixés sur la chaise inoccupée à côté de Camille. Elle a déjà remarqué cette façon dont le vide le happe quelquefois, ces moments d'absence où on dirait qu'il n'est plus là. Sans s'émouvoir, elle attend, rassemblant distraitement les miettes répandues sur la table.

Après une ou deux minutes, il s'ébroue enfin et marmonne sans la regarder :

— Il aura compris que tu étais prise par ton travail.

— Sans doute. Germaine dit que je devrais le laisser grandir, ne pas le couver autant. Elle a raison, sûrement, mais j'imagine que toutes les mamans dont le petit souffre d'un handicap sont un peu mères poules… Et puis, il n'a que sept ans. Il est si débordant d'affection ! Demain, en plus de mon gâteau, je recevrai une liasse de dessins pleins d'amour, de cœurs du rouge au rose et de petits bisous…

Elle s'aperçoit, avec retard, qu'à ces cils perlent quelques larmes. Elle les essuie du dos de la main, gênée de s'épancher devant un étranger.

— C'est un peu ridicule d'être sensible à ce point-là… murmure-t-elle en excuse.

— S'émouvoir d'être aimée, ça n'a rien de ridicule. C'est ton anniversaire, alors ?

— Demain, seulement.

— Je n'ai pas prévu de cadeau.

Camille le considère, amusée.

— Il te reste quelques heures pour y remédier.

— C'est vrai. Qu'est-ce qui te ferait plaisir ?

La mine concentrée, il pioche à nouveau dans l'assiette de sablés sans la lâcher des yeux, et elle se demande presque s'il est sérieux, avant de se raisonner, se moquant d'elle-même. On n'offre pas de cadeau d'anniversaire à quelqu'un qu'on connaît depuis une heure, surtout le genre de cadeau qu'elle voudrait, si elle pouvait choisir. Elle éclate de rire pour tempérer la frustration qu'elle sent poindre à l'évocation de la vie, trop souvent rêvée, qu'elle n'aura jamais.

— Eh bien, en fait de cadeau… Quitte à m'offrir quelque chose, et en compensation de tous les gâteaux que tu as engloutis depuis tout à l'heure, tu pourrais m'acheter la jolie maison avec une tourelle qui borde la rive ouest du plan d'eau, à Autun.

Décontenancé, Maxime interrompt sa mastication, observe le cookie à demi croqué qu'il tient à la main puis le repose au bord de l'assiette, hésitant.

— Je suis désolé, je pensais…

— Je plaisantais, Maxime ! Ils sont faits pour être mangés, même par une seule personne ! Et puis je compte bien te faire régler la note !

— En plus de celle de la maison d'Autun, donc, complète Maxime, rassuré.

Résolument, il récupère son biscuit entamé et le fourre entier dans sa bouche avant d'ajouter, en postillonnant quelques miettes :

— Autun, tu parles d'une villégiature de rêve… Où est-ce, d'ailleurs ?

— Pas très loin d'ici. En Saône-et-Loire.

— En Saône-et-Loire, Seigneur Dieu ! répète Maxime, luttant contre le fou rire.

— Je ne vois pas ce qu'il y a de drôle, remarque Camille, un peu pincée.

— Rien. Tu as raison. C'est moi qui suis idiot de penser que les rêves n'ont de valeur que parce qu'ils sont inaccessibles. Parle-moi de cette maison et de sa tourelle.

— Elle est tout en bordure de l'étang, sur ce plan d'eau idyllique où on peut canoter et se baigner aux beaux jours. Le jardin est petit, mais il y a un orme, deux forsythias et des roses trémières, et aussi une glycine. En-dessous des fenêtres, on trouve une très petite plage avec des jeux d'enfants et un toboggan pas trop haut où, en l'aidant, Micky pourrait certainement monter. Quand j'étais petite, j'aimais beaucoup glisser sur tous les toboggans que je croisais, pas toi ?

— Je ne me souviens pas.

— La maison est ancienne, reprend Camille, sans relever. XIVe ou XVe siècle, des fenêtres à meneaux, des linteaux sculptés.

— En pisé ou en pierre ?

— En pierre, évidemment. Je doute que le pisé aurait tenu aussi longtemps.

— Ça dépend. Les anciens construisaient pour durer, le plus souvent. Et la tourelle, poursuit-il, l'air sincèrement intéressé, elle a été rajoutée après ?

— Fin XIXe. L'excentricité d'un des propriétaires les plus loufoques de l'endroit, un marquis, dont on disait qu'il était fou. Il devait l'être car, au sommet de la tourelle, il avait installé un piano à queue. Les soirs d'orage, il jouait du Wagner sous la pluie.

— Cohérent. Ce type de météo ne convient pas à des compositeurs trop délicats, approuve Maxime, impassible.

— Tu trouves cohérent de jouer du piano à queue dehors en plein orage ?

— Ton marquis ne nuisait à personne. Ce qui est moins acceptable, c'est l'hérésie architecturale, évidemment. La maison est classée, j'imagine ?

— Euh, je n'en sais rien…

— Il faudra se renseigner. Elle l'est sûrement, les Monuments historiques sont subventionnés au rendement, et leurs salariés n'ont pour la plupart aucun discernement. Ils protégeraient des baraques de chantier pour peu qu'elles soient en place depuis assez longtemps pour que le lierre y pousse… Tant pis, on fera avec la tourelle, et puis j'imagine que tu y tiens. Il reste des cookies ? Je veux dire, si je les paie, bien entendu ? précise Maxime en récupérant l'assiette vide.

Il se lève, ne semblant prendre conscience qu'à ce moment-là de l'œil dubitatif de Camille, fixé sur lui.

— Depuis quelque temps, je ne mange pas grand-chose pendant la journée, alors j'ai des sortes de fringales nocturnes… explique-t-il d'un ton d'excuse. Mais si tu penses qu'il vaut mieux qu'on les laisse pour les autres clients, je…

— Il s'agit bien des cookies ! Enfin, Maxime, tu t'entends parler de cette maison ? On croirait bel et bien que tu te prépares à l'acheter !

Il se fige, à mi-chemin entre la salle et la cuisine, l'assiette vide en équilibre sur ses doigts en trépied comme un serveur stylé, puis il fronce les sourcils avant de répliquer avec lenteur :

— Ce n'est pas ce que tu m'as dit que tu voulais comme cadeau ? demande-t-il, l'air perdu, puis, d'une façon très enfantine, il force en avant sa mâchoire inférieure et souffle vers le haut, pour chasser la mèche de cheveux blonds qui lui cache les yeux.

Quel garçon bizarre ! Son ingénuité est déconcertante et pourrait presque passer pour une forme de simplicité d'esprit, mais Camille ne s'y trompe pas. Maxime est singulier mais il est loin d'être idiot. Et puis il a raison, dans le fond. Il vaut mieux rêver que s'appesantir sur les réalités affreuses de leur monde, les tueurs menaçants et l'avenir incertain.

— Nous gardons la tourelle, décide-t-elle. Il suffira de crépir la façade, pour restaurer l'harmonie d'ensemble.

Elle lui sourit, et Maxime lui rend aussitôt son sourire, soulagé.

— C'est une bonne idée.

Jérôme Voulte, donc, avait une fille.

Mélissa.

Souvent, elle manquait la classe et, quand elle revenait quelques jours plus tard, elle gardait les manches baissées et un foulard autour de son cou. Mais si on peut masquer les hématomes jusqu'à ce qu'ils disparaissent, pour ce qui est des bleus à l'âme, on ne peut pas faire grand-chose. Avec le temps, Mélissa s'était renfermée sur elle-même, indifférente aux murmures et aux rumeurs qui circulaient sur son compte.

Lorsqu'elle arrivait le matin, elle traversait la cour du collège et elle allait s'installer sous le tilleul, accroupie contre le tronc, les bras serrés autour de ses jambes, dans cette position inconfortable et bancale qu'affectionnent les tout petits enfants.

Les yeux grands ouverts, elle oscillait interminablement d'avant en arrière. Les autres gamins passaient au large, ils disaient qu'elle était folle.

On me l'a dit aussi.

C'est ainsi que ça se passe. On te dit et on te répète que tu n'as pas toute ta tête, que les voix au-dedans et puis les fantômes, c'est toi qui les inventes, et qu'ils n'existent pas. On insiste tant qu'à la fin, même l'esprit le plus solide finirait par douter. On te parle avec une voix apaisante, on prend ta main avec affection. Ça te déboussole. Et un beau jour, de guerre lasse, tu acceptes de prendre leurs drogues et leurs cachets.

Mais les voix sont là, et les fantômes restent.

Pour que les psys te laissent sortir, il suffit de jurer que tu ne les entends plus. Que tu prendras le traitement. Que tu rentreras dans le rang.

Tout ce qu'ils veulent.

Tout ce qu'ils veulent, putain !

J'ai appris à masquer, dissimuler, mentir. J'ai appris à coller à l'image qu'ils se faisaient de moi. Il fallait que je sorte. Je devais la retrouver.

Le paternel et Voulte, quand ils quittaient l'usine, la seule chose qui les intéressait, c'était la chasse. De mars à juin, ils rongeaient leur frein, trompaient l'attente en préparant leur matériel, en nettoyant sans fin leurs armes et leurs cartouchières. Ils passaient toutes leurs soirées, penchés sur leurs cartes d'état-major, à cercler au marqueur rouge les futures zones de battue, et ils finissaient ivres morts sur le canapé du salon.

Le contrôleur de brioches avait l'alcool mauvais. Quand il rentrait chez lui, il avait besoin de passer ses nerfs en cognant sur quelque chose. Les lendemains, Mélissa ne venait pas à l'école.

Le salaud. Si j'en avais été capable à l'époque, je l'aurais tué sans hésiter.

Il a fallu du temps pour que Mélissa me fasse confiance. Elle était comme un animal apeuré, elle se méfiait de tout le monde. J'ai dû faire preuve de patience, l'apprivoiser petit à petit. Les premiers temps, je me contentais de m'asseoir à quelque distance, je ne disais rien, je ne la regardais pas. Souvent, j'apportais un livre pour donner le change, quelque chose d'illisible, Les Chants de Maldoror, *ou l'*Ulysse *de Joyce. J'aurais été incapable de lire, de toute façon. Je comptais silencieusement jusqu'à cinquante puis je tournais une page, cinquante, une autre, je ne pouvais penser qu'à elle. Le ventre noué, la peau brûlante, j'imaginais le moment où sa main se tendrait pour effleurer ma joue, caresse timide et douce, préambule muet pour ensuite ne plus nous quitter, jamais, pour le reste de l'éternité.*

Cela ne s'est pas produit. La vie réelle ne se pare que rarement de ce genre de romantisme éculé.

J'ai aimé Mélissa très longtemps, avant qu'à son tour elle m'aime. Et encore. Je soupçonne, à présent, qu'elle n'était pas sincère.

Les femmes sont toutes des garces, il faut constamment s'en méfier.

Un jour, peu de temps après l'épisode des putes, Voulte et le paternel ont voulu que je les accompagne pour la première battue de l'année. Je ne sais pas lequel des deux avait eu l'idée. Je n'avais même pas l'âge légal pour tenir un fusil et, à l'idée de voir mourir quelque chose, même d'aussi stupide et peu attachant qu'un sanglier, je sentais mon estomac se révulser.

C'est difficile à croire, je sais.

J'aurais dû refuser.

23 : 00

1.

Avec une sorte de paranoïa anxieuse, Noam est revenu sur ses pas, s'assurant au préalable que Camille ne le voie pas. Aucun risque, elle discute toujours avec le Viking et elle le gave de biscuits. Maxime ne lui inspire aucune confiance, et il éprouve une certaine réticence à la laisser seule avec lui, mais il ne compte pas s'éloigner plus de quelques minutes. Tant qu'il ne l'aura pas fait, il ne vivra plus.

En entrant, il a allumé toutes les lumières, éclairant l'énorme entrepôt d'un jour blafard, même s'il sait que c'est contraire à tous les règlements. Tant pis. Il a besoin de chasser les ombres.

L'homme qui l'a embauché s'appelle Duval. De lui, il ne sait pas grand-chose, pas même son prénom ; simplement que c'est un homme bon. C'est le chien, d'abord, que Duval a pris en amitié. Tous les matins, ils se croisaient sur le quai de la gare où Noam dormait. Comme avec le Viking, Uruk s'est laissé approcher par ce gros type débonnaire qui, après l'animal, a su amadouer l'homme. Les premiers jours, ils se contentaient d'échanger un signe de tête, d'abord neutre puis plus chaleureux au fil du temps qui passait. Un matin, quand Uruk est venu à sa rencontre au pied du wagon, Duval a sorti de sa poche un de ces bâtons de viande compressée qu'on donne aux bêtes en gourmandise. Le chien n'en a fait qu'une bouchée. Noam, qui observait de loin, s'est alors demandé si Uruk n'allait pas se laisser acheter par le ventre et décider de changer de maître. Il n'aurait guère pu lui en vouloir, alors que l'un et l'autre, depuis des jours, ne vivaient que de l'aumône de rares passants pris de pitié. Son cœur s'est serré à l'idée que son compagnon d'errance allait l'abandonner, et il a dû se faire violence pour ne pas le rappeler. Il l'a regardé disparaître avec Duval, revigoré par la friandise et en mendiant une autre.

Voilà. Il était seul au monde, et il ne lui restait plus qu'à attendre le prochain convoi pour se foutre dessous.

Sa vie, bien souvent, n'aura tenu qu'à peu de choses ; l'amour fou d'une femme, l'affection d'un chien, la bienveillance d'un homme, ou l'absence d'un train au moment où il en aurait eu besoin.

Il se tenait sur le quai, scrutant les voies vides sans plus penser à rien, lorsqu'il a senti la langue d'Uruk lui lécher la main. Duval avait ramené le chien, un sandwich qu'il avait pris soin de choisir sans jambon et deux cafés qu'ils ont bus ensemble, en regardant passer le convoi que Dieu n'avait pas voulu assassin.

Alors, Noam a tout dit. Le besoin de parler était irrépressible. Il a raconté l'enfer, sa terre et son pays en ruines, son peuple massacré au nom d'une cause absurde, et puis le désespoir quand on a tout perdu. À cet inconnu, ce confesseur improbable, Noam a avoué la peur du présent incertain, de l'avenir auquel on ne croit plus et surtout le manque de sa vie d'avant et de ceux qu'il aimait.

L'affection d'un chien, ça ne peut pas remplacer l'amour des humains.

Duval a écouté en silence, les bras croisés sur son gros ventre, la mine grave et, quand Noam a terminé son café, il lui a donné le sien. Ensuite, il a expliqué qu'il était le chef de la sécurité chez Carpentier et il lui a proposé du travail. Noam ne lui avait pourtant rien caché des circonstances de son arrivée en France, du fait que, sans papiers ni titre de séjour, il n'avait pas le droit d'y rester et encore moins d'y travailler.

Duval est un homme bon.

Debout au milieu du local technique, c'est à lui que Noam songe, en observant la petite trappe métallique. Duval l'a assuré qu'il n'avait aucun compte à rendre, qu'il avait toute latitude pour décider de ceux qu'il employait et que les vigiles, en dehors de lui-même, n'avaient affaire à personne. Quant à ce qui se passerait si, sous la garde de Noam, un Viking un peu fêlé prenait idée de se faire sauter la tête au milieu de l'entrepôt, c'est un cas de figure que ni lui ni Duval n'avaient anticipé.

Un peu de calme. Après tout, le pire a été évité, le Viking n'est pas mort, et dès que Noam sera certain qu'il n'est au courant de rien, il le fera déguerpir. Cette perspective le rassérène et c'est un peu plus résolu qu'il fait coulisser la trappe et se coule dans l'étroite ouverture, fouillant les ténèbres des yeux.

La première salle mesure une vingtaine de mètres carrés. Si basse de plafond que Noam ne peut s'y redresser tout à fait, elle abrite l'énorme cuve à mazout qui assure le chauffage de l'ensemble des bâtiments de l'entreprise et tout un entrelacs de tuyaux sous lesquels Uruk, précédant son maître, se glisse avec assurance. Rassuré par la placidité du chien, Noam le suit, prenant garde à ne pas salir ni déchirer son uniforme. D'ordinaire, il le retire avant de passer, mais aujourd'hui la situation est particulière et, s'il doit faire une mauvaise rencontre de l'autre côté, il aimerait autant que ce ne soit pas en chaussettes et caleçon.

Ce n'est pas parce qu'il se retrouve gardien de nuit après une dizaine d'années d'études qu'il a perdu toute dignité.

La première fois qu'il a emprunté ce passage étroit, au ras du sol, délimité par les canalisations et les câbles, il n'y avait pas quarante-huit heures qu'il avait été embauché. Alors qu'ils patrouillaient dans l'entrepôt, Uruk a soudain filé jusqu'au local technique, grattant furieusement la trappe jusqu'à ce que Noam la lui ouvre, puis il s'est précipité sous les tuyaux et n'est plus réapparu. Le vigile a tergiversé un moment, rappelant le chien à voix basse dans toutes les langues qu'il connaissait. Mais la bête a fait la sourde oreille, alors il s'est résolu à aller la chercher.

Il a rampé, la lampe entre les dents, l'épreuve lui rappelant péniblement la guerre et les souterrains creusés d'une maison à l'autre pour circuler sans risque à travers la ville qui mourait juste au-dessus. Trois ou quatre mètres d'obscurité totale, puis il a émergé dans un vide-sanitaire de sept mètres sur six, dont le sol couvert de gros galets remontait en pente douce jusqu'à un mur borgne. Grâce à la proximité de la chaudière, malgré l'humidité, il y faisait bon, et tout prouvait que l'endroit n'était jamais visité. Un espace mort et oublié que Noam n'a pas été très long à s'approprier.

Une cave sans lumière, sans eau ni électricité, mais ça vaut beaucoup mieux que dormir dehors. À Duval, seule concession à la vérité, restant de dignité, il a raconté qu'il vivait dans un foyer d'accueil, de l'autre côté de la ville. Au tout début, c'est là-bas qu'il avait été demander l'asile. Mais, au foyer, ils ne prennent pas les bêtes, et Noam ne se serait jamais séparé de son chien. Petit à petit, il a meublé, si on peut dire, ce royaume de misère où il ne pouvait pas se tenir debout. Un matelas gonflable, un panier pour Uruk, quelques vêtements qu'il lave dans le lavabo des toilettes et qui, contre la chaudière, sèchent en un rien de temps, et puis des livres, qu'il stocke en hauteur sur une vieille caisse en bois pour les préserver de l'humidité. Après trois jours, il a osé se brancher sur le local technique et il a fait venir dans son antre l'électricité et surtout la lumière. En dehors des moments où il travaille et où il dort, il passe son temps à lire.

Ici, il est chez lui.

Depuis deux mois qu'il vit ici, il s'est souvent demandé ce que Duval déciderait, s'il l'apprenait. Est-ce qu'il lui pardonnerait d'avoir trahi sa confiance, d'avoir abusé de sa générosité en s'installant à demeure dans ce local pas très salubre, mais où il se sent enfin en sécurité ? Est-ce qu'il le mettrait à la porte ?

À l'idée que le Viking ait pu découvrir son secret, Noam sent son estomac se nouer. C'est idiot, impossible, la trappe ne s'ouvre qu'avec un passe, et la serrure n'a pas été forcée.

Uruk a sauté dans son panier et s'y est blotti, observant son maître en remuant la queue. Celui-ci sourit machinalement à l'animal, balaie du faisceau de sa lampe les recoins du local, sans rien remarquer d'anormal. Le poids qui lui comprimait le ventre disparaît d'un coup, et Noam lâche un long soupir de soulagement.

Il ne lui reste plus qu'à comprendre comment le Viking est entré dans le bâtiment sans déclencher l'alarme, alors que toutes les portes étaient fermées. Maintenant qu'il est rassuré sur son propre compte, les questions se bousculent, et il sent revenir l'angoisse en songeant qu'il a laissé sa Camille toute seule, sans défense, face à un homme pas vraiment net qui tout à l'heure était armé.

Et s'il ne s'agissait que d'une mise en scène ? Peut-être que le Viking n'a jamais eu l'intention de se suicider, peut-être qu'en entendant Noam arriver, il a mimé le désespoir pour endormir sa méfiance. Peut-être qu'il voulait juste se cacher parce qu'il avait quelque chose à se reprocher. Par le passé, Noam a croisé tant d'hommes armés que la vue d'un revolver, même dirigé contre lui, lui paraît presque banale, quasiment anodine. Mais on n'est plus en Irak, on est en France, un pays où il y a encore des lois et où ceux qui détiennent des armes, en général, sont les chasseurs, les flics et les criminels.

Il songe à la Turquie, territoire maudit, où, déjà, il s'est comporté en égoïste et n'a pensé qu'à lui. La culpabilité et l'angoisse le foudroient d'un coup. Comment a-t-il osé abandonner Camille toute seule avec Maxime ? Sa Camille, victime idéale, jeune, pleine de vie et de joie, exactement comme l'assassin les choisit.

Chancelant, Noam lève les yeux vers le plafond, adressant à Dieu une brève prière muette avant de pivoter sur lui-même, le souffle raccourci.

S'il arrive quelque chose à Camille, il ne pourra jamais se le pardonner.

Il plonge sous les tuyaux et le chien le suit.

2.

Sandrine a téléphoné deux fois pour s'assurer que tout allait bien. Camille lui en aurait presque voulu de lui rappeler qu'il ne s'agit pas d'une nuit comme les autres, qu'un meurtrier est là, embusqué quelque part, prêt à frapper à tout moment. Quand elle est ici, au *Péché*, il lui semble que rien de mal ne peut se produire, qu'aucun malheur ne peut la toucher. Elle a rassuré sa patronne, a répété qu'elle n'avait aucune raison de s'en faire ni de revenir. Bien entendu, elle n'a pas parlé de Maxime.

La pâte levée est prête. Le four est allumé, et il fait bon dans la cuisine, presque trop chaud. La fenêtre est saturée de buée et rend la nuit opaque. Camille a éclairé uniquement les appliques, omettant exprès le plafonnier à la lumière trop directe. Elle y verra moins bien mais à force d'habitude, pour façonner ses brioches, elle n'a plus vraiment besoin du secours des yeux.

Elle procède, rapide et appliquée. Déchirer la pâte avec délicatesse pour ne pas qu'elle retombe, former de petites boules et les placer dans les moules, badigeonner de lait chacun des gâteaux puis les recouvrir de perles de sucre blanc.

La pièce est saturée de parfums délicieux d'enfance, d'odeurs d'agrumes et de sucre candi. À la radio, Barbara chante *Madame* et son amour perdu. Camille aime la chanteuse, sa voix un peu fanée et tellement mélancolique, ses mélodies si souvent entendues qu'elle les connaît par cœur. Sa mère adorait Barbara, *Göttingen, Nantes* et la *Petite Cantate* l'accompagnaient aussi lorsqu'elle cuisinait, fredonnant les airs que Camille reprenait. Elle n'a pas une aussi jolie voix que sa mère, ni aussi juste. Elle chantonne pourtant en sourdine, entraînée malgré elle par le phrasé entêtant de la chanson, ses hanches rondes oscillant au rythme du refrain, dans un mouvement qu'elle réfrène, un peu gênée par le regard de Maxime.

Il l'a suivie jusqu'à la cuisine, offrant ses services comme un parfait commis. Ce garçon est décidément imprévisible, mais Camille n'est pas hostile à un peu de compagnie et à un coup de main, encore moins. Comme tous les soirs quand Noam est de service, elle a pris du retard sur son programme.

La confection des sandwiches et des salades demande moins de doigté que la pâtisserie. Elle laisse Maxime s'y atteler et, par-dessus l'îlot central, elle lui transmet ses directives, contente de voir qu'il se plie sans rechigner à ses consignes. Il possède même une certaine aisance gestuelle, dose avec justesse les ingrédients de la vinaigrette, sait tailler les légumes en julienne et couper des tranches fines de saucisson sans le déchiqueter complètement.

— Tu m'as l'air de t'y entendre assez, remarque-t-elle après un moment. Tu travailles dans la restauration ?

Maxime relève la tête, surpris. Par commodité et souci d'hygiène, il a rattaché ses cheveux sans qu'elle le lui demande. Le visage ainsi dégagé, sa ressemblance avec Timothée est beaucoup moins marquée.

— ... Non, pas du tout. Mais j'aime bien tout ce qui est manuel.

Il a mis quelques secondes à répondre, légère réticence que Camille a parfaitement perçue. Depuis qu'il est là, Maxime n'a finalement rien livré de lui-même, détournant la conversation chaque fois qu'elle lui posait une question et la relançant avec tant d'intérêt qu'au bout du compte elle n'a parlé que d'elle. Gênée, elle décide d'insister :

— Et donc, qu'est-ce que tu fais dans la vie ?

Sourire en coin, qui n'a rien d'aussi éclatant que celui qu'il arborait tout à l'heure quand il s'agissait d'évoquer les hypothétiques travaux de rénovation de la maison d'Autun.

— Rien de très intéressant.

— Tu ne veux pas me le dire ?

Barbara a achevé sa complainte. Camille éteint le poste. Silence brusque, résurgence des bruits de fond, le ronronnement du four, celui plus grave du frigo et dehors, sur l'asphalte, le frottement soyeux des pneus des autos qui défilent à la station-service. Pour qu'on les entende aussi bien, c'est qu'il doit pleuvoir, neiger peut-être, avec ce froid...

— La réalité est souvent décevante, reprend Maxime. Devine plutôt, ce sera plus drôle. Dans quel domaine est-ce que tu me verrais, toi ?

À elle de sourire, sa curiosité déçue, mais acceptant pourtant de bonne grâce de jouer le jeu. Elle prend le temps de disposer ses moules sur la plaque, lui jetant de brefs coups d'œil pleins de réflexion tandis qu'elle travaille. Elle ouvre le four, s'écartant légèrement de la porte au moment où la première vague de chaleur s'en échappe en bouffée, puis elle y glisse les brioches impeccablement alignées. Elle règle le minuteur, nettoie son plan de travail, se lave les mains.

Sans impatience, Maxime s'est remis à l'ouvrage. Il a déjà préparé une douzaine de sandwiches, ses salades sont belles, remarque Camille, la garniture harmonieusement disposée bien en vue, œufs durs, olives, croûtons ou bien anchois, comme la composition méticuleuse d'un artiste devant sa toile.

Coup d'œil à ses mains, doigts agiles et fins, empan plutôt court, ses ongles sont impeccables, exempts de la moindre tache de peinture, de la plus petite altération de coloration que provoque l'utilisation régulière de térébenthine et de produits dissolvants.

— Tu n'es pas peintre, décide-t-elle fermement.

Il la dévisage, visiblement amusé.

— Est-ce que je dois répondre ?

— Inutile. Je le sais.

— Très bien.

— Il y a assez de sandwiches. En semaine, il n'y a pas beaucoup de passage. Les gens les préfèrent frais.

— Très bien, répète Maxime, sur le même ton docile. Je les place dans la vitrine ?

Elle acquiesce, s'occupant des salades dont elle a fermé le couvercle en plastique avant de les empiler sur son plateau. Elle lui emboîte le pas, repasse en salle, où Maxime est déjà en train d'installer les en-cas à la vue des clients. De nouveau, elle note la façon parfaite dont il les dispose, jouant sur la distance entre les quelques gâteaux qui ont échappé à sa voracité pour donner un étonnant effet de profusion à l'étalage pourtant presque vide.

— Dans la vente, peut-être ? Quelque chose de raffiné... Des chaussures de luxe ou des montres.

— Tourner en rond, enfermé dans un magasin huit heures par jour ? réplique-t-il avec une petite grimace. Je ne crois pas que je supporterais.

— Alors en extérieur. Tu travailles sur les marchés, tu vends du miel, celui de tes propres ruches. Voilà ! Apiculteur ! s'exclame-t-elle, ravie de sa trouvaille. Tu as des centaines d'abeilles, tu sais les charmer, et elles ne te piquent jamais.

— On peut charmer des abeilles ? questionne Maxime, déconcerté.

— Je crois.

— Je suis allergique aux piqûres de guêpes. Apiculteur, dans mon cas, je ne pense pas que ce soit une profession tellement recommandée.

Camille esquisse une moue déçue, fronce les sourcils puis son visage s'éclaire de nouveau.

— Musicien.

— J'ai gratté une douze cordes, plus jeune. Mais c'était essentiellement pour emballer les filles.

— Ça fonctionnait ?

— Trop peu pour faire carrière.

— Artiste, tout de même. Acteur ?

Il semble hésiter un peu, puis lâche un rire qui se moque de lui-même.

— Par beaucoup d'aspects, sans doute. Mais non.

— Écrivain ?

— Cela, j'aurais aimé, convient-il. Puis, sans s'étendre, ton idée me plaît.

— Laquelle ?

— Apiculteur.

— Risquer de mourir chaque jour, à cause d'une seule piqûre ?

— C'est justement ce qui fait tout l'intérêt.

— Vendeur de chaussures, c'était tout de même plus sûr, rétorque Camille.

Il éclate de rire sans avoir le temps de répondre.

La porte du restaurant s'ouvre, et Noam fait son entrée. Pâle, les épaules de son uniforme noir blanchies par les quelques flocons qui tombent au dehors. Il neige, donc, Camille avait raison. Malgré le froid, des gouttelettes de sueur perlent sur son front. Il est essoufflé. Il a couru.

— Noam ? Tout va bien ?

Le regard sombre du vigile passe de Camille à Maxime, puis reste sur le jeune homme, dangereusement fixe.

— Tu es encore là ? lâche-t-il, le ton assourdi.

— Il m'a aidée en cuisine, rétorque Camille, sans chercher à masquer sa surprise face à l'agressivité évidente qui transparaît dans la voix de Noam. Pourquoi ? Il y a un problème ?

— ... Aucun problème, réplique-t-il, après quelques secondes.

Puis, à l'adresse de Maxime :

— On peut discuter ?

— On peut.

— Camille, vous voulez bien nous apporter deux cafés ?

— Bien sûr.

Tandis qu'elle prépare les tasses, les deux hommes vont s'installer au fond de la salle. Ils s'asseyent en face l'un de l'autre, bouches closes et regards défiants. Aucun des deux ne relève la tête lorsque Camille revient avec les cafés, à peine un merci esquissé du bout des lèvres. Elle hésite, sur le point de dire quelque chose, puis finalement se ravise. Telle une mère renonçant à arbitrer les chamailleries de ses enfants, elle retourne à sa pâtisserie, prenant soin de fermer derrière elle la porte de communication.

3.

Noam hume son café.

Il ne s'est jamais vraiment fait à la façon dont on le prépare en Occident. Sans le rituel des ébullitions successives ni le marc que, chez lui, on laisse au fond de la tasse, il ne trouve au breuvage ni saveur ni intérêt autre que le tenir éveillé jusqu'au bout de la nuit. Un jour, il a raconté à Camille cette drôle de coutume de son pays qui veut que la femme dont le prétendant vient demander la main sale son café pour signifier son refus, si elle ne le trouve pas à son goût. L'idée l'avait beaucoup amusée, et Noam soupçonne qu'un jour, juste pour rire, elle salera sa tasse avant de la lui servir. Sa première gorgée est toujours prudente.

Le Viking ne boit pas. L'expression neutre, il remue distraitement la boisson que pourtant il n'a pas sucrée. Il ne regarde pas Noam, ses yeux sont braqués sur la chaise juste à côté de la sienne, à la fois attentif et absent.

Définitivement, quelque chose ne colle pas chez lui.

— Il y a longtemps que tu bosses chez Carpentier ? demande-t-il, sortant brusquement de son hébétude.

Contrarié d'avoir été pris de vitesse, le vigile se redresse, soutenant le regard bleu-vert accroché au sien.

— Bientôt deux mois.

— Toujours de nuit ?

— Oui.

— Bonne place ?

— Inespérée.

— Bien sûr.

Un temps.

— Tu ne dois pas être pressé qu'ils le coincent, toi.

Noam relève un sourcil.

— De quoi est-ce que tu parles ?

— De l'assassin. Dès qu'il sera sous les verrous, le calme reviendra en ville, et le milliardaire comprendra qu'il n'a aucun besoin d'un gardiennage pour ses entrepôts.

Camille apporte ses brioches. Elle les dispose en vitrine, prenant soin d'agir exactement comme si la salle était vide. En repartant, elle laisse la porte entrouverte, et ils entendent, assourdie, sa voix accompagner une chanson de Bécaud.

— Ça ne t'inquiète pas ? insiste Maxime.

— L'essentiel est qu'ils l'arrêtent. Quant à perdre mon job… Pour venir jusqu'ici, j'ai marché dix heures par jour durant un peu plus de trois mois, j'ai traversé huit pays et passé autant de frontières, où nombre de gens que j'aimais ont laissé leur vie. Ici, je n'ai personne, aucune famille, aucun ami… Il y a longtemps que j'ai perdu l'espoir, alors un job… Qu'est-ce que tu veux que ça me fasse ?

Noam repose sa tasse, dérouté de s'être livré malgré lui. Maxime le fixe toujours, sans émotion.

— Je n'en crois pas un mot.

— Et moi, je me fous de ce que tu crois. Ce n'est pas de moi qu'on parle, de toute manière. Comment est-ce que tu es entré dans l'entrepôt ?

— En ouvrant la porte.

— Très drôle. Le bâtiment est sous alarme et entièrement verrouillé.

— J'ai les clés.

— Pardon ?

— Je suis aussi employé dans cette boîte. Technicien de surface. Homme de ménage, si tu préfères, ajoute Maxime avec une moue d'autodérision.

Il a fini son café mais il continue de remuer sa petite cuillère dans la tasse vide, faisant tinter la porcelaine. Après quelques secondes, il reprend la contemplation de la chaise, les paupières plissées et concentré comme s'il tenait une seconde conversation, muette, avec un interlocuteur invisible. Le Viking est louche, décidément, et cette attitude bizarre met Noam mal à l'aise, comme l'impression désagréable qu'il lit en lui à livre ouvert. Troublé, le vigile reporte son attention sur le parking, l'œil attiré par l'éclat d'un gyrophare. Une voiture de police vient de se garer devant le restaurant et, quand ils descendent, Noam reconnaît ceux qui faisaient le plein tout à l'heure.

Maxime les a vus aussi. Il se lève, sans hâte.

— Je vais aux toilettes.

— Tu cherches à éviter les flics ?

— Non. J'ai juste envie de pisser.

Est-ce qu'il n'y a pas une légère urgence, dans sa voix ? Noam se met debout à son tour, sentant son cœur cogner dans sa poitrine.

— Je les ai déjà vus, tout à l'heure. Je leur ai parlé.

Il marque une pause. Maxime reste silencieux, attendant la suite. Noam reprend, aussi neutre que possible :

— Ils sont sur les talons de l'Éventreur. Ils ont des preuves. Ils devraient l'arrêter avant la fin de la nuit.

Trois secondes passent. Puis trois autres avant que Maxime acquiesce, avec lenteur.

— Espérons.

N'y tenant plus, alors, Noam demande avec brusquerie :

— Est-ce que c'est toi ?

— Non.

La réponse a fusé, directe. Il n'a pas hésité ni manifesté la moindre surprise, mais la question était trop prévisible, et Noam se reproche aussitôt son manque désolant de subtilité. Il vaut beaucoup mieux comme professeur de lettres françaises que comme agent de sécurité, ce qui n'est même pas une consolation.

— Je peux leur raconter, alors, poursuit-il en désespoir de cause.

Maxime s'est détourné pour gagner les toilettes. Il interrompt son mouvement.

— Leur raconter quoi ?

— Que je t'ai trouvé dans le local d'une entreprise où tu n'avais rien à faire et où tu avais pénétré par effraction en possession d'une arme à feu.

Les flics n'ont pas l'air pressé. Ils se tiennent juste devant la vitrine, tournant le dos à Noam et Maxime, grillant une cigarette en contemplant la station-service et la neige. Désinvolte, le Viking ramasse leurs tasses puis les rapporte vers le râtelier où s'empilent quelques plateaux garnis de vaisselle sale.

— Si tu leur dis, n'oublie pas de leur préciser ce qu'il y a dans le vide sanitaire derrière le local technique, lâche-t-il enfin.

Il reste placide, mais, lorsqu'il se retourne pour toiser Noam, il y a dans son regard une étincelle glaciale qui fige le vigile sur place. Il avale sa salive, qui a du mal à passer. Beaucoup de sentiments se bousculent, et il s'imagine, avec un réalisme stupéfiant, menottes aux poignets entre deux hommes en armes, reconduit à la frontière comme un criminel, renvoyé à l'enfer qu'il a quitté.

Bien sûr qu'il a menti. Bien sûr qu'il espère encore, bien sûr qu'il la veut, cette vie meilleure dont il a tant rêvé et dont il lui semble qu'elle n'a jamais été autant à sa portée. Évidemment, il y a la morale et son devoir d'homme, qui l'obligerait à tout mettre en œuvre pour faire arrêter le meurtrier, jusqu'à sacrifier sa propre liberté, s'il était vraiment persuadé que Maxime est cet assassin que les flics de la France entière recherchent...

S'il en était vraiment persuadé.

Il soupire puis murmure, baissant les yeux :

— Va pisser.

4.

La place Rouge était vide, Gilbert culbutait Nathalie dans une chambre d'étudiants où, plus tôt, le champagne avait coulé à flot, et Camille, le souffle court et le regard fixe, pétrissait avec vigueur un pâton de farine bise où elle avait ajouté des raisins. Les raisins, c'est le secret pour donner de l'intérêt au pain bis, qui, autrement, lui a toujours paru fade, sa mie beaucoup trop dense.

Est-ce que vraiment, comme il le promettait à la fin de la chanson, Gilbert a fait venir Nathalie à Paris ? Lui a-t-il servi de guide, l'a-t-il emmenée à Montmartre, au Louvre, au jardin des Tuileries ? A-t-il marché avec elle le long de la Seine, au crépuscule quand le ciel rosit et que les façades des immeubles semblent se parer d'or ? L'a-t-il embrassée sur le parvis de Notre-Dame, en lui parlant d'amour et jurant que le sien durerait toujours ? Sans doute pas. Les hommes savent promettre, mais pour ce qui est de respecter leur parole, une fois la convoitise assouvie, l'histoire n'est plus la même.

Du dos de la main, elle essuie son front constellé de transpiration, y laisse un voile de farine qu'elle n'essuie pas. Elle manque d'air, il règne dans la cuisine une chaleur humide dispensée par le four qui lui bloque la poitrine, ou du moins s'efforce-t-elle de se persuader que ce n'est que la seule source de son inconfort.

Elle pense à Micky. Elle voudrait le serrer dans ses bras ou juste lui parler, entendre sa voix... C'est idiot, cette pulsion d'amour maternel, soudaine et si violente qu'elle en a les larmes aux yeux, cette affection à vide, alors qu'il est presque minuit et qu'elle est seule, dans la cuisine de son restaurant... Décidément, son seul recours reste le pain.

Alors elle pétrit, malaxe, travaille sa pâte avec férocité, ainsi qu'elle l'a fait pendant les jours terribles, deux années plus tôt. Les jours terribles sont une période de sa vie dont Camille n'aime pas se souvenir. Pendant les jours terribles, elle n'a fait que survivre, accomplissant les tâches du quotidien par automatisme, évoluant dans une sorte de brouillard sans fin qu'elle ne pouvait même pas fuir dans le sommeil. Elle ne réussissait plus à dormir, son esprit trop constamment en alerte pour qu'elle parvienne à s'abandonner. Alors, pour s'empêcher de penser, elle passait tout le temps où Micky était à l'école à cuisiner, à tester de nouvelles recettes, à confectionner des gâteaux par dizaines qu'ensuite elle offrait aux voisins, parce qu'elle et Micky n'auraient jamais pu en manger autant.

C'est ainsi qu'elle a connu Germaine, cette vieille dame un peu grincheuse qui habitait l'appartement d'en face et qui, d'abord, a refusé de lui ouvrir sa porte. Camille a pris l'habitude, alors, de déposer une assiette de pâtisseries sur son paillasson, variant le type d'appât jusqu'à ce qu'un matin Germaine cède enfin à la tentation pour des madeleines dorées à souhait. Une heure plus tard, elle a trouvé l'assiette vide sur son propre palier, assortie d'une invitation à dîner.

Il y avait très peu de temps que Camille avait emménagé dans cet immeuble, elle n'y connaissait personne et elle a accepté avec une timidité mêlée de reconnaissance. Contrairement à elle, Germaine cuisine terriblement mal, elle a laissé brûler son gratin et oublié de décongeler le gâteau qu'elle avait prévu en dessert, si bien qu'elles et Micky ont finalement échoué chez Camille pour un repas improvisé mais beaucoup plus mangeable.

Germaine est seule au monde, Camille et Micky aussi. Durant cette nuit longue et blanche, ayant couché l'enfant, elles se sont raconté leurs vies. Deux existences bizarrement semblables, émaillées de rêves sans ambition démesurée mais jamais comblés. Deux parcours chaotiques, faits de joies, un peu, et de souffrance, beaucoup. De l'avenir, Germaine n'attend plus grand-chose et pourtant c'est elle, aux petites heures de l'aube, qui a proposé de s'occuper de Micky les nuits où Camille travaillerait.

Ainsi ont pris fin les jours terribles, de la plus abrupte des manières.

Camille n'a pas refermé la porte. Elle entend les deux hommes, en salle. C'est une discussion grave, aux phrases entrecoupées de silences, dont les mots tardent à sortir. La voix de Maxime est monocorde, celle de Noam plus basse et plus chaude, son accent très léger, presque indiscernable. Elle aime la voix de Noam, la façon dont il marque les premières syllabes des mots, dont il traîne sur les voyelles et fait rouler les r, surtout lorsqu'il est ému. Ses yeux, quelquefois, s'embuent par surprise, et Camille devine alors toute la tristesse qu'il ne lui dit pas. Quel moyen de le lui reprocher, quand elle-même ne lui livre rien non plus de ce qu'elle a de noirceur, tout au fond du cœur...

Elle voudrait qu'il la prenne dans ses bras, qu'il lui promette que rien n'arrivera de mal, qu'il sera toujours là. Elle sait pourtant qu'ils ne sont que deux fugueurs de destin, deux âmes en fuite aux solitudes un moment convergentes, mais que la vie se chargera d'éloigner. Elle s'étonne d'elle-même, de cet élan pour cet homme malmené par l'existence, si secret qu'en deux mois elle n'a pratiquement rien appris de lui, chacun veillant avec une rigueur maladive à ne jamais violer l'intimité de l'autre.

Est-ce qu'elle tombe amoureuse ? C'est ce que pense Germaine, mais Camille s'en défend, Noam est juste un ami, un compagnon d'occasion. Leur lien est fort, puissant, mais il n'aura qu'un temps, celui du contrat du vigile, qui prend fin dans quatre mois. Et ensuite, il partira de l'entreprise du milliardaire, de la ville et surtout de sa vie. C'est inéluctable, elle le sait. Elle ne veut surtout rien attendre, rien espérer. Pour ce qui est de s'attacher, c'est trop tard, et quand Noam ne sera plus là, quand il n'apparaîtra plus, chaque soir, à l'issue de sa première ronde, pour venir goûter ses pâtisseries, le manque lui percera le cœur.

C'est déjà insupportable de songer que, bientôt, sa voix chaude ne bercera plus ses heures nocturnes, qu'elle n'écoutera plus les histoires merveilleuses qu'il racontait pour elle, décrivant l'Orient entre rêves et mirages, peignant un monde perdu, des palais extraordinaires, des marchés débordant d'épices et de fruits inconnus, des ruelles tortueuses, le désert, les femmes belles comme des reines, et les hommes aimés de Dieu.

Ce monde n'est plus, et bientôt s'enfuira aussi le bonheur d'être avec lui, la connivence extrême qu'elle éprouve avec Noam, quand il la regarde, quand il lui sourit. C'est un sentiment d'évidence et de plénitude, et jusqu'à l'impression parfois, grâce fugitive, qu'avec cet homme à ses côtés, elle serait heureuse pour l'éternité. Il ne faut pas. Ça ne peut pas, et tant pis si Germaine dit le contraire. Germaine est vieille, usée par la vie, elle a cette naïveté agressive qui parfois habite les gens de son âge, qui voudraient obliger les jeunes à réaliser tous les impossibles dont ils ont rêvé.

Camille ne veut plus souffrir. Est-ce parce que chacune de ses idylles, finalement, s'est achevée en drame ? Elle n'est plus prête à s'abandonner ni à aimer, et elle refuse d'éprouver pour Noam autre chose que de la tendresse et de l'amitié. D'ailleurs, il en aime une autre. Elle le sent, elle le sait, et elle n'est pas femme à convoiter un cœur qui serait déjà pris.

Les doigts gourds, malhabiles, elle décolle le bloc de pâte du plan de travail, modèle une boule grossière puis l'allonge en fuseau. Un très gros pain qui pèsera bien cinq livres et dont, à la demande, elle coupera des tronçons, à moins que ne passe un client spécialement vorace qui lui achètera la miche entière.

Coup d'œil à l'horloge au-dessus du four.

Dans dix minutes, elle aura trente ans.

Elle soupire, songeant de nouveau à Maxime, qui lui a promis la maison d'Autun en cadeau. Tout à l'heure, la proposition l'a fait rire, il est si fantasque, si excentrique et innocent à la fois qu'elle aurait presque eu envie de le croire.

Elle n'a plus envie de rire.

La peur est là, insidieuse, menaçant d'exploser à tout instant malgré les garde-fous auxquels elle se cramponne, malgré Micky, Autun et la pâtisserie. C'est le même sentiment d'horreur implacable qui l'avait saisie pendant les jours terribles ; un instinct de bête, sanguinaire et violent, qui l'arrache à elle-même et la rend prête à tout.

Un seul regard de Noam, quand il est entré tout à l'heure, aura suffi à raviver l'effroi alors qu'elle l'avait cru à jamais disparu. Au *Péché Gourmand*, elle se pensait à l'abri, en sécurité, un havre rassurant où rien ne pouvait l'atteindre. Mais ce n'est pas le cas.

L'angoisse et la terreur sont des maladies contagieuses, elles se répandent et frappent en aveugle. Personne ne sera épargné. Comment ne pas avoir peur alors qu'un tueur rôde ? Camille laisse échapper un rire nerveux. Noam, sans l'avoir dit, pense que l'Éventreur n'est autre que Maxime.

Elle hausse les épaules, agacée. Ridicule. Ça ne peut pas être lui.

Pas cet être hors-norme, hors-dogme, qui veut lui offrir une maison et qui l'aide à préparer ses sandwiches. Maxime est un marginal, inadapté à la société, c'est à peu près certain, mais ce n'est pas un meurtrier. Et puis, s'il avait voulu la tuer, il en aurait eu l'occasion quand elle était seule avec lui. Depuis quand un assassin s'embête-t-il à dresser des assiettes et à beurrer du pain avant d'assassiner ?

Ça n'a aucun sens.

À pas de loup, elle s'approche de la porte, la repousse légèrement, rassurée de ne voir que Noam qui enfile son blouson.

— Vous ressortez ?

— La police, réplique Noam, en désignant le parking d'un mouvement du menton. Je vais voir où ils en sont.

Le regard de Camille l'abandonne pour se poser sur les deux silhouettes immobiles, devant la vitrine. Les flics... On ne peut pas dire qu'ils aient été tellement compréhensifs, il y a deux ans. Ses souvenirs des jours terribles sont un peu flous. Elle a tout fait, à vrai dire, pour oublier les détails de la soirée affreuse comme des heures qui ont suivi, mais elle se souvient tout de même de leur rudesse, de leur silence buté et de leur réprobation quand elle les suppliait de lui dire où était son fils. Ils se sont adoucis, ensuite, dès qu'ils ont éclairci l'affaire, dès qu'ils ont mieux compris, mais le mal était fait et leur revirement n'a pas effacé la rancune.

— Et... Et Maxime ? Il est parti ?

— Il est aux toilettes, réplique le vigile, après une légère hésitation.

Avoir la police à leur porte ne lui plaît pas plus qu'à elle, elle s'en est déjà rendu compte lorsqu'il leur parlait à la station-essence. Elle n'est peut-être pas grand-chose, Camille, juste une serveuse de rien du tout qui occupe ses nuits à confectionner toutes sortes de pâtisseries, mais ce n'est pas pour autant qu'elle est idiote. Parmi les réfugiés venus d'Irak ou de Syrie, affluant en masse aux portes de l'Europe depuis des mois, il ne doit pas s'en trouver beaucoup qui aient en poche un titre de séjour en règle, et elle ne pense pas que Noam fasse exception. Ces derniers temps, l'embauche de clandestins est devenue pratique courante dans la région. Ils travaillent sur les chantiers, font la plonge dans les restaurants, ou le ménage pour des employeurs prêts à fermer les yeux sur leur situation du moment que la poussière est faite.

— Vous revenez, n'est-ce pas ?

— Bien sûr, Camille. Restez, ne sortez pas au froid.

Il se remet en marche vers la porte et en voulant s'écarter de sa route, elle se décale du mauvais côté et le percute maladroitement. L'espace d'une seconde, ils sont collés l'un à l'autre, le visage de Camille contre sa poitrine tandis qu'il l'a prise entre ses bras pour ne pas qu'elle tombe, enlacés presque comme deux amants.

— Pardon, murmure-t-elle, gênée.

— Mais non, c'est moi qui ne vais pas droit, réplique-t-il, en la libérant avec un rire forcé.

En le regardant sortir, elle se demande depuis combien de temps un homme ne l'a plus serrée dans ses bras. Elle le suit des yeux tandis qu'il se dirige vers les deux policiers, troublée par ce rapide contact et le souvenir de ses mains posées sur elle. Peut-être qu'elle pourrait les rejoindre, leur apporter un café, un muffin ou une autre gourmandise, prétexte à écouter leur conversation, à savoir où ils en sont de la traque de l'Éventreur. Peut-être bien qu'ils l'ont déjà arrêté, après tout.

Elle est presque décidée, elle est déjà en train de sortir un plateau pour y déposer les tasses et une assiette quand un bruit de pas la fait sursauter. Elle manque tout flanquer par terre, se retourne d'un bond.

— Ça va ? demande Maxime, un peu nerveusement.

Il se tient à trois mètres d'elle, les bras le long du corps comme un soldat attendant un ordre. En se lavant les mains, il a aspergé d'eau tout le bas de sa chemise. Il n'y a rien d'inquiétant dans son attitude ni dans sa question, mais elle recule d'un pas, sans le lâcher des yeux.

— Qu'est-ce que tu faisais là-bas ?

— Où ?

— Chez Carpentier, quand Noam t'a trouvé.

— J'hésitais.

— À quoi ?

— À écouter ce que disaient les voix. Ce n'est pas toujours facile, de distinguer ce qui est bon et ce qui ne l'est pas.

Un temps.

— Tu entends des voix ? demande Camille, choquée. Tu veux dire... Tu les entends te parler à l'intérieur de ta tête ?

— C'est ça. Je peux utiliser ta cuisine ?

— Pardon ?

— Pour préparer ton gâteau d'anniversaire. Tu aimes le chocolat ? Tout le monde aime, en général, mais je préfère demander.

Éberluée, Camille s'entend acquiescer puis lui indiquer l'emplacement de la farine, du cacao et aussi des bougies. Comme une somnambule, elle le regarde prendre possession de sa cuisine, peser le sucre, casser les œufs, battre son mélange tout en surveillant, sur le feu, le chocolat qui fond. Une odeur suave se répand, mêlée à celle des brioches, qui doivent commencer à être un peu trop cuites. Il faudrait qu'elle se secoue, qu'elle les sorte du four, mais elle a du mal à reprendre pied.

— Qu'est-ce qu'il lui est arrivé ? demande Maxime.

Il ne la regarde pas, il est occupé à doser le sucre glace, la langue calée au coin des lèvres en signe de concentration.

— À qui ?

— À Micky. Tu as parlé d'un handicap. De quoi est-ce qu'il s'agit, exactement ?

La simplicité avec laquelle il a posé la question est telle que, malgré une certaine réticence, elle finit par répondre :

— Souffrance fœtale. Il a manqué d'oxygène au moment de l'accouchement.

— Et cent cinquante pile, fait Maxime, se redressant avec satisfaction tandis qu'il ôte le plateau de la balance et verse le sucre dans le cul-de-poule. Je fouette à la main. C'est plus long, mais ma grand-mère a toujours dit que le goût était bien meilleur.

— Les bonnes choses prennent du temps, marmonne machinalement Camille, à qui la tête tourne un peu.

— Tu devrais sortir tes brioches, avant qu'elles brûlent. Tu veux que je m'en occupe ?

Elle fait non de la tête, le contourne avec l'impression d'avancer dans du coton. Il a raison, les brioches sont plus dorées que d'habitude. Cinq minutes de plus et elles étaient perdues. Maxime verse la pâte dans le moule.

— Tu sais, reprend-il, ce n'est pas bon de garder le malheur trop longtemps à l'intérieur, ça finit par pourrir jusqu'à te ronger le cœur. Ça te ferait du bien de parler d'Istres.

Le plateau de Camille lui glisse des mains, et les brioches dans leurs moules fragiles se fracassent sur le sol au moment où Noam entre dans la cuisine.

— Eh bien ! Quel accueil ! fait le vigile, un peu déconcerté.

Muette, Camille s'est accroupie pour réparer les dégâts. Les deux hommes échangent un regard, interrogateur d'un côté, défiant de l'autre. Noam se baisse pour aider la jeune femme à rassembler les morceaux épars de porcelaine brisée, tandis que Maxime attaque :

— Tu n'as pas ramené tes copains de la police pour leur faire goûter les pâtisseries de Camille, à eux aussi ?

Mais Noam ne rentre pas dans son jeu. Flegmatique, il attrape un torchon et s'essuie les mains avant de lâcher, d'une voix qui ne souffre pas vraiment la contradiction :

— C'est l'heure de ma ronde. Et toi, ajoute-t-il en désignant le Viking, tu viens avec moi.

Mélissa a toujours affirmé qu'elle n'entendait pas de voix, mais elle mentait.

Parfois, elle me racontait sa vie avec lui, le contrôleur de brioches. Ton neutre, précision clinique, on aurait pu croire qu'elle parlait d'une autre, si ce n'étaient les hématomes, les griffures, les traces de coups qu'elle dévoilait avec des gestes d'automate, au fil de son récit. Elle ne m'épargnait rien, elle me dévisageait avec son regard froid, elle disait, dénudée : « Touche ici, touche là. » Et je touchais ici, et je touchais là, je caressais la peau qu'un autre avait souillée, j'embrassais ses ecchymoses et ses plaies, je souffrais avec elle d'une même impuissance que rien n'aurait pu amoindrir, même en la partageant.

Il aurait mieux fait de la tuer une bonne fois, plutôt qu'à petit feu. Voilà ce que disaient les voix, et quand les voix parlent, c'est difficile de faire abstraction, difficile de ne pas écouter. Elles finiraient par avoir le dernier mot. Par me convaincre. Je devenais infâme, je ne valais pas mieux que le contrôleur des brioches…

J'aimais Mélissa, pourtant.

Alors, pour garder le contrôle lorsqu'elle racontait et pour n'écouter qu'elle, je glissais la lame de rasoir sous ma manche et je taillais, taillais, taillais.

Ensuite, parfois, nous nous sentions mieux.

« Je le tuerai pour toi », promettais-je, parce que se taire aurait été insupportable.

Et elle rétorquait, sévère, qu'il n'en était pas question. Si je le tuais, ajoutait-elle, entre lucidité et fatalisme, alors elle ne me parlerait plus, ne me laisserait plus l'embrasser, la câliner, la cajoler, elle me maudirait pour tout le reste de l'éternité. Elle aimait son foutu connard de père, putain ! Elle l'aimait plus que moi.

Il pleut. Ça vaut toujours mieux que la neige. Les voitures de flics cerclent autour du parking, il y en a même qui se sont arrêtés pour parler au clandestin. Ils peuvent toujours s'agiter et tourner en rond. Pour le moment, je n'ai aucune intention de bouger. D'ailleurs, la bise s'est levée, et il fait bien trop froid.

Il pleuvait aussi, le jour de la battue. Quel plaisir Voulte et le paternel pouvaient bien trouver à patauger dans les marécages et les orties pendant des heures pour dégommer une bestiole qui ne leur avait rien fait, voilà bien quelque chose que je n'ai jamais compris.

Nous étions une dizaine, d'autres chasseurs sans doute aussi cons que le contrôleur de brioches, qui puaient l'ail et le pinard, Voulte, le paternel et moi. Ils ont fait le point comme des militaires en campagne, leurs cartes gribouillées étalées sur le capot de leurs bagnoles, prétexte à boire un nouveau coup de rouge, au goulot. Les fusils attendaient contre un arbre, canons pointés vers le ciel, les chiens, attachés court, s'étranglaient d'excitation à tirer sur la laisse, la bruine tombait, fine, glaçait insidieusement. Les taillis et l'herbe haute étaient trempés de gris. Là-bas, dans les broussailles, une bête allait mourir et ne le savait pas.

Et Voulte m'observait, avec son œil méchant. Ce n'était pas un regard de hasard, celui qui passe et ne s'attarde pas, sans objet, dénué de pensée. C'était de cette manière, sans doute, qu'il regardait Mélissa avant de la dérouiller.

Foutu contrôleur de brioches.

J'ai chaud, j'ai froid, la nuit est trop silencieuse et trop vaste. J'aurais dû prendre mes cachetons.

Les postes d'affût étaient creusés au milieu des ronces et des taillis. Il fallait s'étendre à même le sol humide et froid, épauler le fusil et ne plus bouger, attendre que les traqueurs rabattent le gibier avec la meute, en gesticulant et en poussant des cris. Ensuite, la mise à mort et la curée, le sang mêlé à la terre, les chairs déchiquetées, les chiens se disputant les restes encore tièdes du cadavre.

M'allonger sur le sol humide et froid. Épauler le fusil. Attendre.

Le canon s'insinuait dans un rideau de lianes et de fougères. On voyait peu, mais le paternel disait que ce serait assez. Il disait qu'il n'y avait rien à craindre. On entendrait d'abord, les chiens puis les cris. Quand l'animal pénétrerait dans la clairière, il faudrait nous tenir prêts. Il serait acculé, aux abois, sentant sa fin prochaine. Le tir serait précis, pour atteindre la cible et tuer sans agonie. Les chasseurs ne sont pas des bourreaux, disait le paternel.

J'ai lu les journaux. Ils racontent que les filles ont souffert le martyre, parce qu'au ventre les blessures sont les pires qui soient. L'hémorragie est lente, la vie s'en va dans un bouillonnement immonde de sang et de toutes les matières digérées, les sucs et les liquides qu'un intestin contient. C'est dégueulasse, ce qui transite dans nos bides. À te dégoûter de manger à tout jamais. L'arme du crime, disent les foutus journalistes, est une lame crantée, trente centimètres au moins. Le paternel en avait une. Il l'utilisait pour vider les lièvres, quand j'avais quinze ans. Incision large, du pubis au nombril. Plonger les doigts dans les tripes encore chaudes, les sortir de l'abdomen avec un bruit de succion et les tenir en l'air, d'une main, semblables à un tas de vers grouillants et puants, tandis que, de l'autre, on taillade, on déchiquette, on arrache, les boyaux, les vaisseaux, tout ce qui reste.

Quand Voulte était là, le paternel me forçait à regarder. Je crois qu'il avait peur de Voulte, lui aussi. Mes yeux piquaient. Je sentais un goût de bile au fond de ma gorge, je serrais les lèvres et je ravalais. Je tenais le coup, rien que pour le faire chier.

Un jour – le paternel était sorti, et nous étions restés seuls avec le contrôleur de brioches –, Voulte m'a agrippé le poignet par surprise. Il m'a tordu le bras et il m'a foutu les mains dans les entrailles du lièvre, de force. C'était tiède, gluant, les intestins bougeaient autour de mes poignets, comme s'ils étaient dotés d'une vie propre, comme des dizaines de serpents agglutinés enserrent leur proie et cherchent à l'étouffer.

Je regardais mes mains, enfoncées dans le ventre de la bête, un liquide poisseux et verdâtre, mêlé de sang, maculait mes avant-bras jusqu'aux coudes. Le cadavre avait la tête tournée vers moi. Un de ses yeux était crevé, mais l'autre me fixait.

Je n'arrivais plus à bouger. Je ne pouvais plus parler ni penser.

Puis j'ai senti le paternel me tirer en arrière par le col de ma veste. Mes doigts se sont arrachés aux chairs de la bête morte, avec un bruit de ventouse que j'entends encore, quelquefois, quand le silence est vraiment très profond.

J'ai basculé par terre, alors, et j'ai dégueulé.

— Il n'y a vraiment rien à en tirer... a craché Voulte, entre ses dents.

Qu'est-ce qu'ils savent de la souffrance, ces putains de journalistes ? Qu'est-ce qu'ils savent faire, à part aligner des mots sanglants pour horrifier les lecteurs et vendre leur torchon ?

Rien de tout cela n'aurait dû se produire. Parfois, je voudrais revenir en arrière, gommer d'un trait tout ce qui a été.

00 : 00

1.

La pluie a remplacé la neige.

Noam avance vite, indifférent à l'eau gelée qui ruisselle dans ses cheveux et dans son cou. Ces contraintes climatiques ne sont rien par rapport à celles des Balkans, lorsqu'il fallait marcher dix à douze heures par jour, quel que soit le temps. Chaleurs caniculaires en Turquie et en Grèce puis, en Macédoine, au contraire, les bourrasques de vent ; violentes, pénétrantes, elles glaçaient la peau, pétrifiaient les pensées ; elles ôtaient tout courage alors qu'il aurait fallu redoubler de vigilance, dans ce pays gangréné par les trafiquants et les bandes mafieuses. Ensuite, à partir de Belgrade, la pluie s'est mise à tomber, transformant les chemins et les routes en pataugeoires boueuses où chaque pas demandait un effort. Il est passé tout près de renoncer, de se coucher dans la fange et d'attendre, guerrier déchu, que la mort vienne et le délivre enfin.

Chaque goutte de pluie sur son front d'homme libre est une bénédiction de Dieu.

Yasmine aimait la pluie.

Derrière leur maison, ils avaient un verger ; des orangers dont elle tirait le jus, des amandiers, des cédratiers et des dattiers qui produisaient en telle abondance que, chaque fin de saison, elle allait distribuer la récolte aux nécessiteux et aux pauvres gens du quartier. Yasmine avait la main verte et l'âme généreuse, elle donnait sans compter. Elle était lumineuse et apportait la joie partout où elle allait.

Dieu, qu'elle lui manque ! Longtemps, les nuits ont été pires que les jours. La nuit, il rêvait d'elle, installée devant sa coiffeuse, brossant ses longs cheveux. Chaque soir, elle allumait des bougies dont les reflets tremblants apprivoisaient les ombres puis elle ôtait ses voiles. Par le jeu des miroirs, il dévorait des yeux la presque nudité de sa peau cuivrée, couverte seulement d'un déshabillé de soie que bientôt il lui enlèverait. Pour la voir, il n'a qu'à fermer les yeux. Il distingue alors, avec une précision extrême, la façon dont elle tendait en arrière son cou gracile, soupirant de plaisir lorsque Noam entrait en elle. Il se rappelle ses seins lourds, leur rondeur veloutée, il connaît de son corps le moindre relief, la moindre ligne. À son nombril, brillait un grenat. Il aimait jouer avec le bijou de la pointe de la langue, il sentait son impatience, retardant en tortionnaire le moment où sa bouche viendrait embrasser d'elle les parties les plus intimes. Dans l'amour, Yasmine la douce, la presque timide se faisait lionne, elle savait exiger et aussi recevoir le plaisir que Noam lui donnait. Elle le lui rendait, amante attentive, sachant jouer d'une fougue qu'alternaient les moments tendres, s'offrant sans réserve dans un amour confiant.

Les nuits longtemps ont été pires que les jours, insupportables quand elles rendaient à sa mémoire tant de ces heures chéries pour les lui retirer au matin. Depuis qu'il vit la nuit et qu'il dort le jour, il ne rêve plus. Il s'abandonne encore, parfois, à songer au passé et à penser à elle, mais éveillé et conscient, il veille à laisser la distance. Cette vie s'est enfuie et ne reviendra plus.

Depuis quelque temps, il lui semble que la douleur s'apaise. Peu à peu, la révolte horrifiée cède la place à une mélancolie douce-amère, une brève piqûre au cœur. Il n'est pas de tragédie à laquelle on ne s'habitue. Il ne l'aurait pas cru. Son propre détachement le perturbe, il ne faudrait pas qu'un jour, par surprise, il se mue en indifférence et qu'ensuite, il oublie.

Qu'ont-ils été, au fond, à l'échelle de l'éternité ? Yasmine et Djamel et tous ceux que Noam aimait, quel a été leur rôle, dans l'histoire d'un monde qui ne connaîtra jamais leur nom ? Leurs amours étaient mortelles et elles ont pris fin. Bien sûr, il lutte encore, il continue d'aimer, un souvenir, une ombre, le spectre d'un passé qu'il s'ingénie à faire renaître, à garder en vie. Mais tout passe, tout s'affadit, et l'amour s'étiole quand il n'est pas nourri.

Le pire, c'est de ne pas savoir.

Lorsque Djamel est mort Noam avait déjà perdu Yasmine, arrachée à lui par la marée humaine. Son frère l'a forcé à poursuivre, criant qu'ils la retrouveraient ensuite, qu'ils les retrouveraient tous, Yasmine et Djibril et Selim, et tous les autres, de l'autre côté, quand ils seraient passés. Quand ils seraient libres.

Et Noam est passé et il n'y avait que lui.

Ils étaient des centaines, peut-être des milliers. Des heures durant, il a cherché, balayé d'innombrables visages inconnus, demandé, supplié, étouffant d'impuissance, mais il ne les a pas retrouvés. Alors, un matin, il s'est résolu à partir, à poursuivre la route dont ils avaient rêvé ensemble, se mentant en songeant qu'elle l'attendait peut-être, là-bas, plus loin, dans un de ces pays où on ignore que c'est une chance de se réveiller en vie chaque matin.

Il soupire, passe la main dans ses cheveux pour chasser l'eau. Uruk trottine, la truffe au vent, insensible aux rigueurs de la météo et heureux de se dégourdir les pattes. Personne à la station-service, le parking est vide. Un bus passe, emportant quelques voyageurs tardifs, des noctambules qui, comme Noam, vivent à l'envers du reste du monde et ne voient que rarement la lumière du jour.

La nuit, les heures s'écoulent avec plus de lenteur, et la ville est triste, surtout quand il pleut comme aujourd'hui. Noam n'aime pas la ville, ni les immeubles ni les routes. Il craint les vapeurs d'essence, l'odeur particulière du bitume que l'averse réveille. De Mossoul et des années de conflit, il a gardé l'habitude du qui-vive qui maintient en alerte et le fait sursauter au moindre coup de klaxon, au plus léger ronflement de moteur ou pour un simple gamin qui crie.

Il voudrait la campagne, il voudrait du silence, un horizon dégagé pour voir venir l'ennemi de loin. Quoi qu'on fasse, il y a toujours un ennemi.

Maxime suit, la mine renfrognée. Pour sortir, Camille lui a prêté un parapluie qui, complétant le costume, lui donne l'air d'un dandy qui se serait trompé d'époque et de quartier.

— Qu'est-ce qu'ils voulaient, les flics ? demande-t-il brusquement. Ton tueur, ils l'ont trouvé ?

— Ce n'est pas mon tueur, réplique Noam, agacé. Quelqu'un l'aurait aperçu du côté de la gare. Ils quadrillent le quartier.

— S'il a pris le train, ça ne servira pas à grand-chose.

— L'officier disait que non. Il pense qu'ils l'attraperont cette nuit.

Le vigile marque un temps, puis ajoute, le ton net :

— Je ne leur ai pas parlé de toi.

— Tu le regrettes ?

— Je ne sais pas.

— Moi, à ta place, un type avec une arme, je l'aurais dénoncé sans hésiter, déclare Maxime, fermant son parapluie pour offrir son visage à la pluie battante.

— Tu es vraiment bizarre, tu sais ?

— Raison de plus.

— Ce serait bien que tu t'en ailles, maintenant.

— Je croyais que tu voulais que je t'accompagne pour faire ta ronde ?

— J'ai déjà le chien. On n'a pas besoin de renfort.

Le Viking fronce les sourcils et tourne la tête, comme si quelque chose attirait son attention au fond du parking. Noam suit son regard, ne voit que les ombres et la nuit.

— C'est à cause de Camille ? Tu ne voulais pas que je reste seul avec elle ?

Maxime laisse passer un temps, mais le vigile ne répond pas, se contentant de le dévisager d'un air éloquent.

— Tu nous as bien laissés en tête-à-tête, pourtant, tout à l'heure. Et je ne l'ai pas assassinée, ta Camille. Je lui ai même préparé un gâteau d'anniversaire.

— C'est son anniversaire ? ne peut s'empêcher de s'exclamer Noam, surpris.

— J'aurais pensé que tu savais. Tu n'as pas prévu de cadeau, donc ? Elle va être déçue. La maison d'Autun, c'est moi qui l'offre, il faut qu'on te trouve une autre idée.

— Je ne comprends rien à ce que tu racontes.

La pluie tombe toujours, ils sont trempés tous les deux, et Maxime grelotte, les lèvres un peu bleuies, son parapluie absurdement fermé, pendu à son avant-bras. De nouveau, il fixe un point derrière Noam, qui se retourne encore, agacé de ne rien voir.

— Et puis qu'est-ce que tu regardes, à la fin ? lâche-t-il avec brusquerie.

Attentif, il détaille la zone industrielle, les entrepôts Carpentier et, en face, d'autres bâtiments que la pénombre dissimule et que personne n'a jugé utile de doter d'un gardiennage nocturne. Tous les dix mètres, un lampadaire éclaire en halo l'asphalte brillant de pluie, le reste n'est que ténèbres, où Noam ne distingue rien d'anormal. Il renonce, vaguement frustré, fait face à Maxime à nouveau et se fige, alarmé par sa pâleur soudaine. Il a le regard très fixe et vacille sur ses jambes. En réflexe, Noam lui saisit le bras, y imprime une secousse.

— Tu ne vas pas de nouveau tourner de l'œil ?

— Je crois... Je crois qu'il faut qu'on s'en aille. Il y a trop de monde, ici.

— Trop de monde ? répète Noam, balayant d'un nouveau regard la zone d'activités déserte.

Maxime a reculé jusqu'au mur, s'est accroupi. Il se balance d'avant en arrière, les pupilles dilatées, l'expression figée. Uruk s'approche, le gratifie d'un coup de langue timide sur le dos de la main sans qu'il réagisse puis se couche à ses pieds.

L'attitude confiante du chien rassure un peu Noam.

— Comment ça, trop de monde ? répète-t-il.

Les yeux fixes, le jeune homme a posé ses deux mains à plat sur ses oreilles, comme pour se protéger d'un bruit assourdissant qu'il serait seul à entendre. Les oscillations de son corps se sont accentuées, il ne réagit plus, et Noam commence à se demander s'il ne devrait pas aller chercher de l'aide. Puis il émerge brutalement, avec une inspiration forcée et un violent tremblement de tout le corps. Il demande, la voix un peu rauque :

— Tu ne les as pas entendus ?

Noam fronce les sourcils, prenant seulement conscience qu'en effet il entend quelque chose, venant bien de l'endroit que Maxime regardait tout à l'heure.

Des voix.

Le chien s'est dressé, le poil hérissé. Lui aussi a entendu.

À une cinquantaine de mètres, le faisceau d'une lampe déchire la nuit.

2.

Comment Maxime peut-il savoir pour Istres ?

Au départ des deux hommes, Camille a quitté la cuisine et est allée s'asseoir en salle. Au passage, elle a raflé dans la vitrine une part de tarte, un réflexe de sauvegarde qui remonte au temps où, enfant, elle s'empiffrait de sucreries pour chasser le vide et l'angoisse. En se bâfrant, on ne s'affranchit de rien, pourtant, et surtout pas du mal. Et en plus, on grossit.

L'histoire se répète, le Mal est là, encore, qui l'a suivie depuis Istres. Peut-être que cela vient d'elle. Peut-être qu'elle provoque les événements, qu'elle a le mauvais œil. Certains attirent le malheur, et tous les exorcismes du monde, les amulettes et les désenvoûtements n'y changent rien. Au Moyen-âge, on les brûlait ou on les enfermait dans des geôles épouvantables au fin fond des châteaux. Quelquefois, elle voudrait disparaître. Qui s'en soucierait ? S'il n'y avait pas Micky...

La gorge serrée, elle se force à attaquer la tarte, sursautant au moindre bruit. L'environnement familier lui semble soudain hostile, elle n'est plus sûre de rien, ni même de ses propres souvenirs. Si elle s'écoutait, elle fouillerait partout, le moindre recoin du restaurant jusqu'à la réserve où elle ne va jamais, comme les angoissés pathologiques vérifient cent fois que le gaz est bien éteint. Elle a hâte de partir, de rentrer chez elle, retrouver son fils, sa raison d'être. Sans Micky, elle ne saurait exister.

C'est une jolie ville, Istres, avec son centre ancien, ses maisons bâties en rond, ses étangs et son jet d'eau. Quatorze écoles maternelles, une offre culturelle et sportive variée, le cadre idéal pour une nouvelle vie. Un appartement petit mais propret en rez-de-chaussée, un travail à mi-temps au rayon boulangerie-pâtisserie du supermarché du Bord-de-Crau, Micky et elle ont passé à Istres cinq années paisibles, retirés du monde. Camille se serait bien imaginé demeurer là pour toujours, vieillir en pente douce, au soleil, les jours se succédant à l'identique, paisibles et sans relief, mais aussi sans danger.

Elle n'était pas toujours facile, la vie, mais c'était la leur, à elle et à Micky, et elle s'en réjouissait comme d'un cadeau inespéré. Elle pensait encore que le pire – avoir été abandonnée par l'amour de sa vie – était derrière elle.

Ce jour d'hiver-là, elle avait fait la fermeture et, en sortant du magasin, il faisait déjà nuit. Elle rapportait du pain, comme chaque soir, et des croissants pour le lendemain, journée sans école ni blouse blanche où Micky et elle n'auraient rien eu à faire et se seraient sûrement levés tard. Elle portait un blouson léger et des baskets en toile, peu adaptés à la pluie. Elle avait récupéré le petit chez la nounou, ils étaient repartis tous les deux, le fauteuil roulant slalomant entre les flaques, jusqu'à leur immeuble au bout de la rue.

À aucun instant, Camille n'avait réalisé qu'ils étaient suivis.

Il faisait bon dans l'appartement. Elle avait allumé les lampes, mis de la musique et, malgré l'heure tardive, décrété qu'ils allaient faire des crêpes. Tandis que la pâte reposait, elle avait donné son bain à Micky, l'avait emmitouflé dans son peignoir et installé sur le canapé avec un livre d'images, puis elle-même était allée se doucher.

Elle revenait de la salle de bains, la peau encore humide et les cheveux tirebouchonnés dans sa serviette, quand quelqu'un avait sonné. Elle avait pensé à sa voisine, une mère de famille un peu débordée à qui il manquait toujours quelque chose, du beurre, du sucre, des œufs… Elle passait chez Camille comme d'autres se rendent chez l'épicier. Pour se faire pardonner, elle leur offrait des loukoums affreusement sucrés que Micky adorait.

Il n'y avait aucune raison de se méfier. Elle avait ouvert, sans un coup d'œil au judas.

Elle se rend compte qu'elle tremble, se mord les lèvres très fort pour chasser les jours terribles de son esprit. Ce n'est pas sa peur. C'est la leur, celle de Sandrine qui ne dort toujours pas et qui lui a encore envoyé un texto débordant d'inquiétude ; celle de Noam qui, s'il pouvait, lui bâtirait une forteresse pour mieux la protéger, comme si de simples murs pouvaient empêcher le malheur d'entrer ; celle de Germaine, enfin, que la menace du tueur épouvante, et qui ne voulait même pas que Camille prenne le bus pour aller travailler.

Elle ne veut plus avoir peur. Elle n'est plus celle qu'elle était à Istres, elle a changé et elle s'est promis que, plus jamais, elle ne se laisserait manipuler ou contraindre.

Un peu rassérénée, elle engouffre une grosse bouchée de tarte. Hors de question de se laisser bêtement assassiner. Elle a des choses à vivre et puis elle a charge d'âmes, il y a Micky et aussi Germaine, qui dépendent d'elle, chacun à sa manière, et qui ne seraient pas du tout d'accord pour qu'on la trucide, le jour de son anniversaire, qui plus est.

Du bout de l'index, elle rassemble les miettes de pâte sablée et les aspire du bout des lèvres. Elle laisse errer ses pensées, songe à Noam, qui a forcé Maxime à l'accompagner pour ne pas qu'elle reste seule avec lui. Un soudain accès de colère l'envahit. Qu'est-ce qu'ils croient tous ? Que parce qu'elle est une femme, elle ne peut être que faible, stupide et incapable de se défendre ?

Elle s'oblige à respirer profondément, les yeux fermés. Elle doit se calmer. Rester concentrée, et surtout, ne compter que sur elle-même.

Le Mal peut arriver. Elle est prête.

3.

— Noam…

— Tais-toi ! Ils vont nous entendre.

— Noam, s'il te plaît… Je ne me sens vraiment pas bien.

Maîtrisant son agacement, le vigile lâche des yeux le faisceau de lumière tremblotant à une vingtaine de mètres et braque sa propre lampe-torche sur le visage de Maxime. C'est vrai qu'il a une sale tête, traits crispés, pâleur de craie, gouttes de sueur qui perlent aux tempes.

— Tu as la trouille ?

— Ils sont trois, mais il n'y en a qu'un qui soit vraiment dangereux… Il a un couteau dans sa botte gauche… Ne t'approche pas des tuyaux, chuchote Maxime, les paupières mi-closes, à peine audible. Je crois que je vais dégueuler.

— Ce n'est pas le moment ! Qu'est-ce que c'est que cette histoire de tuyaux ? Et comment est-ce que tu peux savoir combien ils sont ?

Maxime titube sans répondre, trouve l'appui du mur, se plie en deux et vomit. Noam a détourné les yeux, les effluves aigres de la bile convoquant les souvenirs, l'odeur du sang et de la mort, la peur, la guerre, les cris.

Il faut qu'il se reprenne. Il faut qu'ils se reprennent tous les deux.

Le rayon de lumière se rapproche, il entend leurs pas, leurs voix. Ils ne jugent même pas nécessaire de chuchoter et de se faire discrets, et Noam se surprend à espérer qu'il ne s'agisse que de simples promeneurs sans rien à se reprocher. Sauf qu'il est plus de minuit et qu'une zone industrielle, ce n'est pas vraiment le site idéal pour une balade.

Ils apparaissent à l'angle du mur. Ils sont trois.

Leur lampe aveugle Noam, il lève la main pour se protéger de la lumière agressive, dévoilant sa matraque. Difficile de savoir si, sans ce geste, les voyous auraient attaqué, mais dans la seconde suivante, ils s'élancent. Deux sur lui, un pour Maxime, qui regarde la scène sans avoir l'air de comprendre et qui n'esquisse aucun mouvement de défense ou de recul au moment où son assaillant se rue sur lui. Ils roulent au sol, très rudement.

— Uruk ! appelle Noam avant qu'un poing s'écrase sur sa mâchoire.

Un corps s'encastre dans le sien, enserre sa taille comme un placage au rugby. Il est projeté en arrière, entraîné par la force et l'élan de son adversaire. À moitié sonné, il tente maladroitement de riposter, fouette l'air avec sa matraque, puis les flancs de l'homme dont les bras l'emprisonnent, sans qu'il bronche. Son dos s'écrase contre le mur et lui coupe le souffle. Noam frappe en aveugle, jusqu'à ce qu'une main lui torde le poignet pour le contraindre à lâcher son arme. Il résiste, encaisse un coup de genou au ventre.

Uruk aboie comme un fou-furieux. Pourquoi est-ce qu'il n'attaque pas, pourquoi est-ce qu'il ne vient pas l'aider ? Un cri sur sa gauche, du côté de Maxime, lui fait tourner la tête. Il les voit, alors, à cinquante centimètres de lui. Les tuyaux. Le mur sur lequel son agresseur l'écrase est celui du vide-sanitaire, l'antre secret de Noam, et ces tuyaux dénués de gaine isolante sont ceux de la chaudière, si bouillants que l'air environnant est un peu trouble.

« Ne t'approche pas des tuyaux », a dit Maxime.

D'un coup de rein, Noam s'arrache du mur, aiguillonné par un regain de volonté. Le second assaillant lui a fait lâcher la matraque, mais il lui reste ses poings. À son tour, il frappe, au visage puis au ventre, visant le foie, le plexus solaire, dont il est dit dans les livres que, selon la manière dont on l'atteint, un seul coup peut suffire à tuer un homme. Il ne veut pas tuer, pas plus qu'il n'aurait voulu se battre ; d'ailleurs il ne sait pas, ses coups sont imprécis, malhabiles et pour la plupart ne touchent pas leur cible. De Djamel et de lui, avant, c'était toujours son frère qui partait au combat, son frère qui s'interposait entre lui et le monde, qui le protégeait de la violence et des accès belliqueux de leurs semblables. Il frappe avec désespoir, avec rage, à peine conscient des coups qu'en retour, il encaisse. Il veut juste qu'ils s'en aillent.

Lorsque son adversaire se baisse, ce qu'a dit Maxime lui revient : « Il a un couteau dans sa botte gauche. »

Sans réfléchir, Noam lance sa jambe en avant, écrasant de plein fouet la pointe coquée de sa chaussure de sécurité sur le plat de son tibia, et le type s'effondre. Il n'a pas le temps de voir si une lame était vraiment dissimulée dans sa botte. L'autre voyou a fondu sur lui, épaule la première, et l'envoie valser en arrière. Déséquilibré, Noam lance sa main de côté, heurte quelque chose, foudroyé aussitôt par une douleur abominable, du poignet au coude, qui lui donne l'impression que son bras vient d'être arraché.

Il tombe à genoux, la vision voilée, se retenant pour ne pas hurler. Au-dessus de lui, il perçoit vaguement un échange, des voix pressantes, il entend le chien qui gronde, nom de Dieu, il est bien temps... Il ne sait plus bien où il en est, la douleur lui laboure le bras et il se sent partir.

Une gifle coupe court à son début d'abandon.

— Noam !

Il sursaute, accommode, péniblement.

— Maxime ? C'est toi ?

— Bien sûr que c'est moi, abruti !

— Je pensais... qu'ils t'auraient mis au tapis.

— Sans ton chien, ç'aurait été le cas. Il m'a défendu comme un lion.

— Quand il te connaît depuis deux heures… Bête ingrate.

— Bête sensée, au contraire. Il a choisi de protéger le plus faible des deux, réplique le Viking, qui l'observe pas en dessous, l'œil inquiet. Tu vas tomber dans les pommes ?

— Sais pas… Possible… reconnaît Noam, dont les paupières se ferment.

Une seconde gifle le ramène à la réalité sans ménagement.

— Dis-moi la vérité, Max… Je n'ai plus de bras, c'est ça ?

— Ne raconte pas n'importe quoi. Si Camille te voyait… Il a fière allure, tiens, son héros ! Je t'avais dit de ne pas t'approcher des tuyaux.

Noam déglutit, tandis que Maxime l'aide à ôter sa veste, puis retrousse la manche de sa chemise, ravivant aussitôt la douleur.

— Désolé. Le tissu colle à la plaie.

Avec brusquerie, il enserre l'avant-bras des deux mains, ses paumes appliquées étroitement sur la peau brûlée, arrachant au vigile un nouveau hoquet de douleur.

— Il faut… de l'eau.

— Sshhh…

— Maxime…

— Tais-toi, bon sang. Tu m'empêches de me concentrer.

Interloqué, Noam le dévisage, puis ose enfin regarder son bras, sans voir autre chose que les doigts de Maxime crispés sur les chairs à vif. Il lui semble, pourtant, que la douleur reflue peu à peu. Progressivement, sa respiration emballée s'apaise, son cœur cesse de cogner, et l'envie de vomir s'estompe pour ne laisser place, après deux ou trois minutes, qu'à une sensation d'inconfort largement supportable.

Soulagé, il relâche un peu ses muscles et s'assied, le bras toujours prisonnier de la poigne du Viking. Son regard passe sur la veste de son uniforme, largement trouée, foutue. Il va falloir expliquer ça à Duval, et cette perspective le fait grimacer d'appréhension.

— Il ne dira rien.

— Quoi ?

— Ton chef. Il ne dira rien, ne t'inquiète pas. De toute façon, tu ne faisais que ton boulot.

Cette fois, les yeux de Noam s'agrandissent de stupeur. En réflexe, il retire son bras des mains de Maxime, le ramène contre son ventre sans l'examiner. Il sait, de toute manière. Il sent que là où, tout à l'heure, la peau avait brûlé en profondeur, il ne reste plus qu'une zone rougie, à peine sensible au contact. Il n'aura peut-être même pas de cicatrice.

— Bon sang... Mais qu'est-ce que tu es, toi ? Une sorte de sorcier ?

Maxime fait quelques pas sans marcher très droit, s'appuie au mur, vidé de toute énergie. Noam l'observe, ruminant la façon dont il a prédit l'arrivée des bandits, sachant déjà ce qui surviendrait ensuite. Pour quelle autre raison, sinon, aurait-il averti le vigile de se tenir éloigné de ces foutus tuyaux ? Le chien, guilleret, gambade de l'un à l'autre, tourne sur lui-même à toute allure puis revient quêter une caresse, indifférent à la tension qui s'est installée entre eux. Noam ramasse la veste déchiquetée et la considère, secouant la tête.

— Tes pouvoirs magiques ne vont pas jusqu'à reconstituer les textiles synthétiques, à tout hasard ?

— Ce ne sont pas des pouvoirs magiques.

— Tu savais ce qui allait arriver. Tu savais qu'ils seraient trois, que l'un d'eux aurait un couteau et que je me brûlerais contre les tuyaux. Et tu as fait partir le mal, rien qu'au contact de tes mains. Explique-moi. Je veux comprendre.

— Il n'y a rien à comprendre, Noam. Je barre le feu, c'est tout. On m'a transmis le don, il y a longtemps. Des centaines de gens en sont capables.

— Admettons. Et le reste ?

— Hasard. Coïncidence.

— Précise, ta coïncidence.

— C'est le cas, quelquefois.

— Ne te fous pas de ma gueule.

— Alors, arrête avec tes questions. Au lieu de palabrer dans le vide, tu ferais bien d'aller vérifier l'entrepôt et de t'assurer qu'ils n'y ont rien pris.

— Et toi, tu comptes faire quoi, pendant ce temps-là ?

— Je vais voir Camille. Et puis il faut que je me rince les mains, pour en chasser ton feu. Ça me brûle.

— Mon feu est sur tes mains ?

— Qu'est-ce que tu croyais ? Qu'il allait s'envoler ? Il faut bien qu'il aille quelque part ! fait Maxime, haussant les épaules d'un air las.

De nouveau, il cherche le regard de Noam, avec moins d'assurance qu'à l'ordinaire.

— Je ne te veux aucun mal, tu sais.

— Qu'est-ce que tu veux, alors ?

— Pour le moment, me laver les mains. Et m'asseoir.

Sans attendre la réponse, il s'est mis en marche en direction du restaurant. Uruk semble hésiter à le suivre puis revient vers son maître, s'assied tout contre sa jambe et lève son museau vers lui pour lui jeter un œil interrogateur. Noam hausse les épaules, un peu impuissant.

— Je finis la ronde et j'arrive, prévient-il à retardement.

Maxime se contente d'un vague signe de la main, mais il ne se retourne pas.

Reste, a dit le paternel. Reste là et surveille. Je vais revenir.

J'y pensais, tout à l'heure, en la surveillant, elle. À l'été de mes quinze ans, à la manière brutale dont certaines vies basculent, et d'autres s'effacent, simplement. La clairière était silencieuse, j'avais mal partout à force de me crisper. La position couchée était inconfortable, l'humidité de la terre traversait mon pantalon et me glaçait la peau. J'avais envie de pisser, de pleurer aussi, un peu, pour évacuer la tension, mais je m'interdisais de faire l'un ou bien l'autre. Je guettais dans mon dos les pas du paternel, je me demandais où il était allé.

On entendait parfois le craquement d'une brindille, le bruissement d'un arbuste frôlé par un animal discret. Il y avait mille odeurs, exacerbées par la bruine, des parfums de tourbe, ceux plus aromatiques des baies que nos chaussures avaient écrasées, du thym sauvage qui bordait le sentier. Une tourterelle invisible chantait sa complainte, une autre lui répondait avec sa voix et sa litanie propre, et je me demandais si elles se connaissaient.

Il régnait dans la clairière le calme d'avant l'orage, et la conscience du massacre à venir me révulsait. J'aurais voulu me lever, hurler et mettre fin à ce carnage programmé, cette abomination qui consiste à tuer, voler la vie d'un être qui ne vous a rien fait.

J'étais lâche. Je ne bougeais pas.

C'est là que, pour la première fois, je les ai entendues. Un murmure, d'abord, borborygme indistinct qui m'a fait croire que c'était le paternel revenu sans que je m'en aperçoive et qui me parlait à l'oreille.

Je me retourne d'un coup. Rien.

Puis de nouveau, les voix.

Ne tire pas.

T'ai-je déjà parlé de l'Évêque ? Oui ? Je radote, alors, comme ces vieux dont les pensées tournent en rond. Effet de la solitude, sans doute, à moins que ce soient les médicaments...

L'Évêque n'était pas fou, évidemment, pas plus que moi, et c'est pourtant dans un asile que nous nous sommes rencontrés. Une bizarrerie, quand on y songe...

L'asile. Voilà où j'avais atterri, où ils avaient décidé de m'enfermer, parce qu'ils ne savaient pas vraiment ce qu'il convenait de faire de moi, après le drame. Avec le recul, c'était sûrement mieux que la prison. J'avais dit ce que j'avais à dire, que je n'avais rien fait, que je n'étais pour rien dans ce qui s'était passé. Les flics, les avocats et les juges avaient défilé, puis les médecins et les psychiatres, enfin, qui avaient apparemment gagné le droit de disposer de ma personne de la manière qui leur conviendrait.

Je m'en foutais. Je n'étais plus qu'une coque vide, un fantôme désincarné.

Mélissa ne m'aimait plus. Elle ne voulait plus de moi.

Je n'entendais plus ce que disaient les vivants. Il n'y avait, sous mon crâne, de place que pour les voix invisibles.

L'asile. Moi, à l'entrée de cette chambre à deux lits. On m'assied sur celui de droite, on délace mes chaussures et on ôte aussi ma ceinture. Je me laisse faire. On me parle peut-être. Je n'entends pas.

L'Évêque est assis sur le lit d'en face. À mon entrée, il s'est levé et il s'est écarté pour s'adosser au mur. Il observe en silence. Il est sans âge. Ses traits sont banals, ni beaux ni laids. Le plus souvent, il est inexpressif ; toutefois, il lui arrive de rire aux éclats, dévoilant alors une bouche exagérément large, à laquelle il manque une des dents de devant. Même en l'ayant côtoyé durant plusieurs semaines, je ne crois pas qu'aujourd'hui je le reconnaîtrais. Certaines personnes ont un physique insignifiant que, par chance, d'autres dons particuliers viennent compenser.

L'infirmier a relevé ma manche, il a injecté quelque chose. J'ai à peine senti la piqûre, à peine compris qu'il partait.

On est restés silencieux un long moment, l'Évêque et moi.

Puis il a dit :

— Je sais ce que tu as fait.

01 : 00

1.

Camille a sorti le gâteau du four.

Maxime n'est pas un si bon commis que cela. Si elle n'était pas intervenue, il est clair que la pâtisserie aurait brûlé, la croûte est déjà noircie. Contrariée, elle pose le plat sur le plan de travail, décidée à ne pas s'en occuper davantage, qu'il s'agisse de le démouler ou de napper le glaçage. Et puis quoi encore ? Tant qu'on y est, elle pourrait aussi y planter des bougies, et se chanter à elle-même un bon anniversaire…

Les hommes, décidément, on ne peut pas compter sur eux.

Timothée ne s'est jamais préoccupé de lui préparer le moindre gâteau, et de lui fêter son anniversaire encore moins. Elle n'est pas sûre qu'il ait su la date, ne se souvient pas qu'il la lui ait jamais demandée. Il lui offrait des cadeaux parfois, mais, dans le fond, il s'agissait toujours de plaisirs qu'il s'accordait à lui-même ; la lingerie fine, le parfum ou les week-ends à deux destinés avant tout à sa propre satisfaction, parce qu'il avait de temps à autre envie de sauter sans risque une fille en porte-jarretelles et qui sente bon, dans une chambre d'hôtel plutôt qu'à la maison.

Elle a été idiote, c'est vrai. Elle lui a toujours trouvé des excuses, des circonstances atténuantes, Timothée était si remarquable, si supérieur en tout… Trop bien pour une fille comme elle.

Regard vague vers la salle, et la nuit au-delà. Ils ne reviennent pas. Il pleuvine toujours, ce modeste mauvais temps dissuadant les rares noctambules du secteur qui auraient pu se découvrir une petite faim. Inutile de préparer d'autres sandwiches. La cuisine est rutilante, la salle aussi, elle n'a pas d'autre choix que de s'atteler à la mise en beauté de son propre gâteau pour tromper son désœuvrement.

Elle se lave les mains, s'approche du dessert avec prudence, méfiante comme un artificier craint que n'explose la bombe qu'il s'apprêtait à désamorcer. Elle le démoule dans un joli plat, puis opte pour un glaçage à la framboise, qu'elle agrémentera de roses en pâte d'amande. Une déco tout à fait passée de mode, dirait Sandrine, mais Camille aime les roses, la pâte d'amande aussi, et, après tout, c'est son gâteau.

C'est à peine si elle entend la porte qui s'ouvre, puis le carillon qui tintinnabule. Pour un peu, elle serait fâchée qu'on la dérange.

— J'arrive ! claironne-t-elle.

Elle passe rapidement ses mains sous l'eau, pousse la porte de communication d'un coup d'épaule peu élégant tandis qu'elle achève de s'essuyer dans son tablier, puis se fige, saisie.

Maxime est au milieu de la salle, bras ballants, pâle comme un mort.

Le regard de Camille descend vers ses mains, attiré par la façon bizarre dont il les tient, paumes en avant et doigts très écartés. Elle remarque aussitôt la peau brillante et rougie, les débuts de cloques à la naissance des doigts et au-dessous du poignet. Il oscille d'un pied sur l'autre, les paupières à demi-fermées. Il n'a vraiment rien d'un assassin redoutable.

— Qu'est-ce qui s'est passé ? Tu t'es brûlé ?

Sans attendre la réponse, elle franchit la courte distance qui les sépare, passe son bras sous le sien et l'entraîne vers la cuisine, le poussant vers l'évier.

— Mets tes mains sous l'eau !

Il obéit, grimace aussitôt en retirant ses doigts.

— C'est froid, proteste-t-il, d'un ton d'enfant.

Sans un mot, elle augmente un peu la température, lui replace les mains sous l'eau avec fermeté, retourne en salle chercher une chaise et la lui rapporte, pesant sur ses épaules pour l'obliger à s'asseoir.

— Qu'est-ce qui s'est passé ? Où est Noam ?

— Il… Il est allé vérifier que les types n'avaient pas forcé l'entrepôt.

— Le types ? Quels types ?

— Je l'avais prévenu… Pour les tuyaux et pour le couteau dans la botte. Il n'a pas voulu écouter, pas voulu croire. C'est toujours comme ça, Camille, on ne me croit jamais, fait-il d'une voix geignarde.

Camille tergiverse, hésitant à le questionner davantage sur cette histoire embrouillée de tuyaux et de couteau, demande finalement, s'efforçant de maîtriser l'angoisse dans son ton :

— Noam n'est pas blessé, n'est-ce pas, Max ?

— Non. J'ai pu prendre son feu. Ce qu'il faut, pour barrer au mieux, c'est intervenir dans les temps. Camille, j'ai mal.

— Je vais te chercher un cachet. Reste sous l'eau.

Demi-tour, elle repasse en salle, les pensées un peu tourbillonnantes mais bizarrement calme. Elle pousse la porte des toilettes, ouvre l'armoire à pharmacie, trouve les comprimés anti-douleur, un tube de Biafine, des bandes. Elle rassemble le tout dans son tablier comme lorsqu'enfant, chez sa grand-mère, elle récoltait les fruits rouges et les abricots du verger.

Ensuite, elle voit. Petite apnée.

— Camille ? appelle Maxime, depuis la cuisine.

Le seul son de sa voix lui hérisse les poils sur les bras. À quoi est-ce qu'il joue, bon sang, qu'est-ce qu'il croit ? S'il cherche à endormir sa méfiance en suscitant sa compassion, il en sera pour ses frais ! Elle n'est pas la petite oie naïve qu'il a cru. Il ne connaît rien d'elle, il ne sait pas ce dont elle est capable.

Elle lâche le rebord du tablier avec brusquerie, le contenu tombe au sol avec fracas.

— Camille ? Tout va bien ?

À grandes enjambées, elle quitte les toilettes, traverse la salle, pousse la porte et pénètre en cuisine. Maxime est tourné vers elle, les mains toujours docilement exposées au jet d'eau.

— Ah, te voilà ! J'ai entendu du bruit et tu ne répondais pas, je me dem... commence-t-il, les mots gelant sur ses lèvres quand il remarque enfin ce que Camille tient dans les mains.

Il recule en sursaut, l'eau gicle partout, et la chaise se renverse.

— Merde, Camille ! jure Maxime, les yeux écarquillés.

— Ça t'appartient, je crois ?

Il s'est adossé au réfrigérateur, la chemise trempée, les mains dégoulinantes à demi levées devant lui, comme une protection dérisoire face au revolver.

— Camille...

— Réponds. C'est à toi ?

Il déglutit plusieurs fois, très loin de la superbe qu'elle lui connaissait jusque-là.

— Oui. C'est à moi. S'il te plaît, Camille, pose-le. Le chien est armé, le coup pourrait partir, implore-t-il en faisant mine d'avancer.

— Ne bouge pas ! Si tu approches encore, je tire.

Il aspire une goulée d'air, pivote à demi et, d'un geste net, coupe l'eau. Puis il la regarde, de nouveau placide quand, l'instant d'avant, il semblait tout près de s'évanouir d'effroi.

— Je ne sais pas ce que tu t'imagines, Camille. Mais si tu penses que je suis cet assassin, tu te trompes complètement. Et Noam le sait, autrement jamais il ne m'aurait laissé seul avec la femme qu'il aime.

Ses derniers mots font à Camille l'effet d'un coup de tonnerre. Elle vacille, son regard perdu dans le bleu insondable des yeux de Maxime.

— Qu'est-ce que... Qu'est-ce que tu as dit ?

— Tu ne vas pas me raconter que tu ne t'en es pas aperçue ? Il y a combien de temps qu'il travaille pour Carpentier ? Deux mois ?

La question semble sérieuse, et Camille finit par hocher la tête, déboussolée.

— Vous n'êtes pas rapides, conclut Maxime, avançant la main pour agripper l'arme par le canon.

Elle reste, hébétée, les deux mains en l'air comme si le revolver s'y trouvait toujours.

Troublée, elle passe en revue les nuits que Noam et elle ont vécues en commun ces dernières semaines, ses sourires à la dérobée, ses compliments timides, si peu osés mais qui le font rougir et détourner les yeux. Quand il entre au *Péché* autour des vingt et une heures, il n'omet jamais de l'embrasser. C'est un baiser délicat, soigneux, qui ne ressemble en rien au salut désinvolte que, souvent, on accorde sans vraiment y penser, joues à peine effleurées, lèvres claquant dans l'air sans cesser de parler. Le soir quand il arrive et au matin lorsqu'ils se quittent, il y a dans le baiser de Noam de la solennité, de la gravité même, comme un rite de passage qu'il craindrait de mal exécuter.

Elle aime ce jeu de séduction lente, cette cour galante qui n'impose rien, cette relation sans danger.

Elle aime que Noam l'embrasse. Elle aime sa douceur, sa façon de se courber pour porter son visage à hauteur de ses lèvres tandis qu'il pose, tout en légèreté, sa main sur son épaule ou sur son bras. Ses lèvres sont pleines, joliment ourlées, et, lorsqu'elles frôlent sa joue puis s'y posent, Camille ressent comme une tiédeur, tout au fond du ventre.

Elle voudrait l'enlacer, se pendre à son cou, se serrer tout contre lui, le sentir, le goûter ; elle voudrait l'embrasser à pleine bouche, explorer avec ses mains, ses lèvres, sa langue toutes les parcelles de son corps ; elle voudrait tant qu'il lui appartienne, Noam, qu'il ne soit qu'à elle, elle le voudrait de toutes ses forces, depuis la toute première seconde où il est entré au restaurant et où il a posé sur elle son regard brun si mélancolique.

Bien sûr. Mais les envies, quelquefois, il vaut mieux les rêver que chercher à les vivre. De quoi se mêle-t-il, Maxime ? En colère à retardement, elle lui emboîte le pas tandis qu'il quitte la cuisine, puis traverse la salle, le revolver nonchalamment glissé à sa ceinture.

— Tu bois quelque chose ? demande-t-il, sans se soucier d'inverser leurs rôles, pas plus qu'il ne semble se rappeler que, l'instant d'avant, ils étaient face à face, une arme à feu entre les deux.

— Un café, s'entend répondre Camille, avec un peu de réticence.

Puis elle ajoute, un ton plus bas :

— De toute manière, ça ne se peut pas. Noam en aime une autre.

— Il te l'a dit ?

— Il n'a pas eu besoin. Une femme sent ces choses.

— Peut-être, convient Maxime après une brève hésitation.

Il prépare le café, sans se rendre compte que sa réponse pulvérise l'espoir naissant et crucifie Camille.

— Mais cette autre, elle n'est plus là, poursuit-il en revenant vers la table. Elle n'y est plus, et toi si.

— C'est encore pire. Un amour disparu, il ne peut que l'élever au rang d'icône.

— On peut aimer plusieurs fois.

— Tu penses ?

— Bien sûr. Toi, par exemple, avant d'aimer Noam, tu as bien adoré Timothée d'un amour aussi fou.

Il n'a pas pris de café, simplement un verre d'eau. Cheveux détachés, à nouveau, il a la beauté froide des statues antiques, des Apollons d'albâtre qui peuplent les cours de musées et habillent les jardins de certaines demeures bourgeoises. Il boit à petites gorgées, l'observe par-dessus son verre, l'expression neutre et lointaine. On dirait quelquefois qu'il est fait de deux âmes, deux facettes opposées pour un même personnage, l'un sensible à l'extrême, avec une innocence et une gaité d'enfant, l'autre indifférent et froid. Elle aime le premier et elle lui fait confiance, mais lorsqu'il la fixe d'un regard brusquement assombri, le second la terrifie.

— Qui t'a parlé de Timothée ? parvient-elle à murmurer, la gorge nouée.

— Mais… C'est toi. Quand tu as mentionné Istres.

— Je n'ai jamais mentionné Istres. Tu l'as fait ! ajoute-t-elle, sa voix grimpant dans les aigus malgré ses efforts.

Puis elle ajoute, presque suppliante, brusquement :

— Mais qui es-tu, à la fin ?

— Ce qui est sûr, c'est que je ne suis pas un assassin.

Les lèvres un peu tremblantes, elle porte la tasse à ses lèvres, avale le café. Il est froid. Elle a envie de vomir, la tête lui tourne. Est-ce la vision du revolver à sa ceinture qui l'a si violemment renvoyée en arrière, à des souvenirs odieux qu'elle voudrait oublier ?

Le commissariat d'Istres et la salle d'interrogatoire, le vieux dictaphone que le flic avait posé sur la table, le feu roulant de ses questions auxquelles elle n'arrivait pas à répondre, obnubilée par Micky, déchirée d'angoisse. Sur ses mains, sous ses ongles, il y a encore du sang. Les yeux écarquillés, elle les scrute tandis qu'elle reprend la parole, le timbre un peu voilé :

— J'aurais dû regarder à l'œilleton, avant d'ouvrir la porte. C'est ce que les flics ont dit ensuite. Qu'il faut se méfier, ne pas prendre le risque de laisser entrer chez soi n'importe qui.

Elle s'interrompt pour lui lancer un regard. Il ne bronche pas.

— J'étais en pyjama, une serviette sur la tête, Micky lisait sur le canapé. C'était une soirée d'automne des plus tristes, avec beaucoup de pluie et de brume, mais être avec mon petit garçon était suffisant.

Elle marque une nouvelle pause. Elle ne le quitte pas des yeux, et il soutient son regard, paisible, attentif, ses longues mains posées sagement de part et d'autre de son verre. Ont-elles ôté la vie, ces deux mains-là ? Pensée morne, curieusement dépassionnée.

— Je comprends, souffle Maxime, non pour la relancer, mais parce qu'il saisit vraiment ce qu'elle veut dire, parce qu'il doit savoir, lui aussi, ce que c'est qu'aimer d'un amour assez profond pour que rien d'autre n'ait d'importance.

On peut aimer plusieurs fois, a-t-il affirmé. Peut-être. Mais Camille est bien sûre qu'elle n'aimera jamais personne autant que son Micky.

— Une soirée idéale pour des crêpes, commente encore Maxime.

— C'est ce que j'avais pensé, approuve-t-elle, se demandant avec fatalisme si elle lui a parlé des crêpes.

Il lui semble que non.

— Alors, tu as ouvert la porte. Sans regarder par le judas.

— J'ai ouvert.

— Tu ne pouvais pas savoir. Tu es un être confiant.

— Inconsciente, ont dit les flics.

— Les flics... Ils exagèrent toujours. Noircir les situations et les gens, aggraver le banal jusqu'à la tragédie, voilà leurs façons.

— C'est le métier qui veut ça.

— Aussi, sans doute, convient Maxime, inclinant la tête très légèrement, de sorte qu'une mèche blonde vient masquer son œil.

Fichue ressemblance, à nouveau.

— Rattache tes cheveux, Max, ordonne sèchement Camille.

Il s'exécute, sans s'émouvoir.

— Tout aussi bien, poursuit-il, il aurait effectivement pu s'agir de ta voisine. Celle à qui il manquait toujours de la farine ou du sucre.

— Je ne t'ai pas parlé non plus de la voisine.

— À ce stade de l'histoire, une voisine sans cervelle, c'est obligé qu'il y en ait une, rétorque Maxime d'un ton d'évidence. Pourquoi ouvrir la porte, autrement ?

— Par inconscience, rappelle Camille, qui se sent bizarrement molle, comme étourdie par l'irréalité de la conversation. C'est ce qu'ont dit les flics.

— Et de fait, ce n'était pas la voisine, mais Timothée, conclut-il soudain, comme lassé des digressions auxquelles lui-même l'a encouragée jusque-là, l'air de connaître la succession des événements d'alors aussi bien que Camille elle-même.

Ce n'est pas possible. À moins d'avoir été là ou d'avoir eu accès au rapport de police.

Il ne peut pas savoir.

— Tu as ouvert, reprend-il, et son regard se fait lointain, brusquement tourné vers l'intérieur, comme s'il se remémorait cette scène à laquelle il n'a pas assisté, ces heures sombres dont il ne sait rien. Timothée a pesé sur le battant qui a claqué contre le mur. En reculant, tu t'es emmêlé les pieds dans un tapis aux tons de vert dont, c'est idiot, tu voulais te débarrasser depuis des mois sans t'y résoudre. Ce tapis, même pas joli d'ailleurs, c'était un souvenir, un des rares objets qui te restaient de ta grand-mère et, aussi laid fût-il, tu y tenais.

Un temps.

— Il est impossible que tu saches quoi que ce soit concernant ce tapis, déclare Camille, la voix vacillante, avant d'ajouter : tu me fais peur, Maxime. Pourquoi est-ce que tu es là ?

— Les voix.

— Quoi, les voix ?

— Elles m'ont dit de te protéger.

— Du tueur ? souffle Camille après quelques secondes, incertaine.

— Du tueur. De Noam. De toi-même aussi, sûrement.

— De Noam ? Je n'ai rien à craindre de Noam ! Pourquoi dis-tu ça ? Parce que c'est un étranger ?

Il se contente de hausser les sourcils, et elle sent confusément qu'il la manipule encore, qu'il cherche à la distraire pour ne pas avouer ce qu'il sait.

— Le chien aboie.

— Je n'entends rien.

— Je vais aller voir.

— Maxime ! Tu fuis ?

— Probablement, concède-t-il.

Il traverse la salle, rejoint la caisse, se penche, et glisse le revolver dessous, cran de sécurité levé.

Puis il sort, sans la regarder.

2.

Ils ont foutu le camp, les salauds.

Les alentours de l'entrepôt sont déserts, et les hangars n'ont pas été forcés, constate Noam, soulagé. Il ne se serait pas vu poursuivre la rixe seul.

Son bras ne lui fait plus mal. Il l'a inspecté sous un lampadaire, n'y a vu aucune cloque, aucune rougeur, alors que, tout à l'heure, la douleur était pire que tout. S'il n'y avait pas les dégâts causés à l'uniforme, il pourrait presque croire qu'il a rêvé l'attaque, mais la manche en lambeaux est une réalité, comme le fait que Maxime connaissait leurs agresseurs.

Quelle autre explication ? Comment aurait-il pu savoir qu'ils seraient trois et désigner, avant même qu'ils n'apparaissent, celui qui cachait une lame dans la tige de sa botte ? Noam n'a pas vu l'arme, c'est vrai, mais il ne doute pas qu'elle ait été là. Sans la mise en garde du Viking, il aurait réagi avec une ou deux secondes de retard, et ça aurait suffi pour que ce salopard le plante.

Pas très solide sur ses jambes, il s'assied sur le bord du trottoir, enfouit son visage dans ses mains. Il faut qu'il réfléchisse.

Couper le feu, barrer le mal, c'est le genre de prodiges qu'on accepte, quand on a grandi au Moyen-Orient. En Irak, la misère et la guerre ont fait fuir la plupart des médecins, obligeant la population à se tourner vers les guérisseurs, les rebouteux, les mages. Même si Noam les a toujours considérés avec méfiance, il ne peut nier leurs fréquents succès, le soulagement immédiat de certains maux par la seule imposition des mains, les guérisons miraculeuses que la science n'explique pas.

Mais pour le reste… Coïncidence, a dit Maxime, qui, décidément, continue à le prendre pour un imbécile. Il n'a jamais eu l'intention de se suicider, l'arme sur sa tempe n'était qu'une mise en scène destinée à distraire assez le vigile pour qu'il ne cherche pas à savoir ce qu'il faisait là. Appartient-il à cette bande de rôdeurs ? Les trois voyous qui les ont attaqués étaient-ils ses complices, ont-ils eu un différend, un conflit assez grave pour que Maxime en vienne à se réfugier dans le local technique de Carpentier pour leur échapper ?

Mais si tel est le cas, pourquoi reste-t-il ? Pourquoi n'a-t-il pas fichu le camp à la première occasion, au lieu de s'installer au *Péché* comme s'il était chez lui, pour siroter du thé et faire de la pâtisserie ? Qu'est-ce qu'il cherche, bon sang, ce Viking imbécile, qu'est-ce qu'il attend ? Qu'on l'arrête, ou pire encore ? Les types de tout à l'heure n'ont rien de tendre, et, si c'est à lui qu'ils en veulent, aucun doute, ils reviendront.

Il se relève, les membres lourds.

Il est las de ce foutu monde et des conflits des hommes. On n'échappe pas au Mal, la lutte est inégale, perdue d'avance, ici autant que chez lui. Il n'aurait peut-être pas dû chercher à échapper au destin que Dieu avait voulu pour lui. À Mossoul, au moins, il était quelqu'un, il avait un nom, et on le respectait.

S'il n'était pas parti… Il y pense, souvent, puis, parce qu'en pensée tous les rêves sont permis, il songe à ce qu'aurait été leur vie, à Yasmine et à lui, s'il n'y avait pas eu la guerre. Ils seraient restés dans leur maison de Mossoul, où, si Dieu l'avait voulu, leurs enfants auraient grandi. Yasmine tardait à en avoir, et Noam avait fait jouer ses relations pour obtenir une consultation avec un gynécologue réputé, à Bagdad, un ponte qui avait fait ses études en France et dont les délais de rendez-vous se comptaient en mois.

Il ne saura jamais pourquoi le ventre de Yasmine demeurait stérile, ni le visage et l'allure qu'auraient eus leurs enfants.

Il les imagine, quelquefois, une petite troupe de garçons et de filles, échevelés et joyeux. Ils lui auraient apporté l'espoir d'éternité qui manque, lorsqu'on sait qu'après soi, il n'y aura plus rien.

Il ne saura jamais. À une semaine du rendez-vous, les fous d'Allah ont encerclé Mossoul, bloqué les routes et les quartiers, et Noam et les siens ont dû tout abandonner. Pour sortir de la ville, il a suffi de faux papiers, de prétendre que Yasmine n'était pas sa femme mais sa sœur et qu'il partait la marier avec un combattant. Ont suivi d'innombrables check-points, dont on ne savait pas bien, quelquefois, quel était le camp de ceux qui les tenaient. Ils ont progressé lentement, en car et à pied, jusqu'à Kirkouk, puis à Soulemania, à la frontière iranienne. Du camp où ils sont restés parqués plusieurs semaines, Noam ne veut pas se rappeler, pas plus que de la brutalité des interrogatoires pour s'assurer qu'ils n'étaient pas des traîtres à leur patrie, qu'ils n'avaient pas aidé Daech. Après plusieurs semaines, grâce à Ferhad, un Kurde du PKK que Djamel connaissait un peu, ils ont enfin trouvé un passeur pour les emmener au nord. Dokan, Shaqlawa, Aqra, Dahuk, il leur a fallu trois jours de car pour parcourir une boucle de plus de six cents kilomètres et revenir quasiment à leur point de départ, à moins de cinquante kilomètres au nord de Mossoul. De là, ils ont gagné la frontière turque, à Zakho, où un nouveau passeur devait les conduire de l'autre côté, à Silopi.

Un aller simple. De leur groupe, Yasmine était la seule femme. Avec eux, il y avait Djibril, le meilleur ami de Djamel, qui vendait des oranges au marché et l'aurait suivi n'importe où, et Selim, un joueur de *zurna* - une sorte de hautbois -, qui refusait de vivre dans un monde dont la musique était bannie. Ils étaient tous portés par le même espoir d'une vie meilleure où ils seraient ensemble, où ils vivraient en paix et où il ferait toujours beau.

Et maintenant Noam est là, sur le parking vide d'une ville qu'en clandestin il colonise. Il est seul, il fait froid et il pleut, et Allah, si vraiment Il existe, a un sens de l'humour qu'il ne partage pas du tout.

Il pourrait partir, fuir encore, marcher vers un ailleurs qui ne l'attendrait pas davantage mais où, au moins, il n'y aurait pas l'obscure menace de l'Éventreur, pas de Viking au double jeu, pas de voyous opérant en bande ni de couteaux dissimulés dans des bottes.

Toutefois, ailleurs, il n'y aurait pas de Camille non plus.

Il s'étire, incline la tête, fait craquer son cou. Le chien batifole, court d'une flaque à l'autre et pisse sur le mât des réverbères. Un camion fait le plein à la station-essence. Il salue le chauffeur avec la connivence un peu désabusée de ceux qui fuient le jour. Il se remet en marche, d'un pas de somnambule.

Peut-on vraiment s'épanouir où que ce soit, quand on a vécu le pire ? Peut-on s'autoriser la joie quand on a tout perdu, quand on a survécu alors qu'ont péri ceux qui auraient mérité de vivre ? Quel est le sens d'une vie sauvée, pour la consacrer au gardiennage d'un hangar presque vide, à la réclusion volontaire au fond d'un réduit interdit, à l'attente d'un lendemain incertain, sans perspective et sans but ?

Pensées sombres, douloureuses. Quelquefois, Noam songe qu'il aurait préféré mourir aussi. Vœu détestable, sentiment odieux, qui salit la mémoire de son frère et des amis tombés avec lui. Une vie sans amour, ce n'est pas une vie.

Cent fois, en esprit, il a rejoué la scène. Les doigts de Yasmine dans les siens, le contact de sa peau délicate contrastant avec la brutalité des hommes que l'urgence affole, de ses frères humains prêts à tout pour sauver leur vie, avançant grâce aux poings, frappant sans retenue pour forcer le passage, bousculant les femmes, les enfants, piétinant sans pitié les malheureux qui tombent.

Les armes crachent, les tirs pleuvent, un accrochage armé entre les Turcs et les Kurdes, banal à l'échelle de ce conflit sans fin, comme il s'en produit des dizaines, chaque jour, à un endroit ou à un autre de la frontière. Au premier coup de feu, la panique a envahi la foule, tout le monde s'est mis à courir.

Noam sent sa main glisser, serre plus fort et se retourne avec peine, son corps comprimé par tous les autres corps, suants, puants, pressés contre le sien. Les passeurs, les soldats des deux bords et les réfugiés, tous hurlent et tempêtent, il faut avancer malgré la peur, courir sous les balles traçantes qui zèbrent le crépuscule, comme des étoiles filantes annonciatrices de funestes présages.

Il hurle son prénom, incapable de retourner en arrière, entraîné par la foule compacte, déplacé malgré lui, d'un bloc, rocher au milieu du torrent que le courant soudain arrache et engloutit.

Il ne la voit plus.

Évanouie, happée par la foule, l'amour de sa vie a disparu d'un coup. Sans Djamel pour le tirer en avant, il se serait effondré et laissé piétiner, renonçant à vivre une existence où elle ne serait pas. Les larmes coulent sur ses joues, l'aveuglent d'impuissance et d'horreur, il ne voit plus rien, ne veut plus entendre les cris ni la voix de son frère, qui l'a presque porté pour traverser enfin.

Il sait déjà qu'il ne la reverra pas. S'il a suivi Djamel, c'est seulement par faiblesse, parce qu'il n'a plus ni volonté ni désir.

Son frère veut qu'il marche, alors il marche et, lorsque Djamel tombe, il ne se retourne pas, les sentiments bloqués, les émotions gelées au cœur.

Yasmine n'est pas morte. Il le sentirait. Il pourrait, c'est vrai, consacrer le reste de sa vie à la chercher, arpenter chaque route, traverser chaque ville et chaque village où, après les camps, on finit par les installer, eux, les migrants, les naufragés des enfers et les rescapés de hasard, pour tenter sans trop d'illusion de leur fabriquer un nouvel avenir. Mais à quoi bon… Il n'a aucune idée du pays où elle se trouve, c'est une quête impossible. Il n'est même pas en colère. Il n'en veut à personne. Il voudrait juste arrêter de réfléchir. Se coucher sur le flanc, fermer les yeux, dormir, comme un animal blessé cherche dans le sommeil un impossible soulagement.

Machinalement, il sourit à Uruk, tend la main, que le chien s'empresse de venir lécher. Les bêtes sont supérieures aux hommes, leur amour absolu dicté par le seul élan de l'instant présent. Il y a des chiens fidèles, évidemment, qui gardent la mémoire de leur maître disparu et vont veiller sa tombe jusqu'à ce que la mort les prenne à leur tour. Mais, pour la plupart, ils oublient. Uruk a dû oublier les rives du Danube, celui ou celle qui, avant, le nourrissait. Le passé n'est plus. D'ailleurs, il ne devrait pas continuer à s'adresser au chien en allemand.

— Je sais ce que tu penses, va, murmure-t-il, songeur, tandis que l'animal l'enveloppe d'un regard confiant. Tu penses que le temps a passé, tu penses que ce ne serait pas renier Yasmine et trahir mon mariage que de me laisser émouvoir par une autre femme.

Le chien ponctue la phrase d'un très léger gémissement.

— Ce qu'il y a, Uruk, c'est que se laisser émouvoir est une chose, mais aimer en est une autre. Certaines femmes ne peuvent susciter des sentiments tièdes. Et Camille - puisque je vois bien que c'est à Camille que tu penses -, Camille est de celles qu'on n'a le droit d'aimer que d'un amour fou. De celles pour qui on meurt.

Cette fois le chien jappe pour exprimer son assentiment, se dit Noam.

— Bien sûr, il ne s'agirait pas de mourir tout de suite. Je veux dire, dans le cas où mes sentiments pour Camille... eh bien, disons, dans le cas où mes sentiments iraient un peu au-delà de la tiédeur.

Le chien incline la tête.

— Je ne dis pas que c'est le cas.

— Tu parles tout seul ?

Il sursaute. Une cigarette au coin des lèvres, Maxime le fixe d'un œil neutre.

— Au chien, corrige Noam, sur la défensive.

— Les bêtes ne s'y entendent pas pour ce qui est de venir à bout des conflits intérieurs des hommes.

— Je n'ai aucun conflit intérieur.

— Sur la planète, tu serais bien le seul.

— Qu'est-ce que tu fais encore ici, de toute manière ? Je t'ai déjà dit de foutre le camp.

— C'est l'entrepôt de Carpentier qu'on te paie pour garder. Pas le restaurant de Camille.

— Je te rappelle que tu t'y trouvais encore, il y a moins de trois heures, dans l'entrepôt de Carpentier, et que j'aurais aussi bien pu appeler la police quand je t'y ai débusqué. Ne m'oblige pas à le regretter.

— Le bras va mieux ? lâche Maxime en réponse, avec une nonchalance parfaite.

Noam tique, agacé.

— Il va mieux, admet-il avec réticence, massant machinalement son poignet. Pour dire vrai, je ne sens plus rien.

— Bien.

— Ne crois pas pour autant que tu vas bénéficier d'un traitement de faveur. Tu ne peux pas rester.

— Si. Je t'attendais. Je crois que c'est le bon moment. Camille est prête à souffler.

Noam lève un sourcil, décontenancé.

— Souffler ? Souffler quoi ?

— Ses bougies. C'est son anniversaire, tu n'as pas oublié ? Et j'espère que tu as eu le temps de réfléchir à un cadeau convenable, ajoute Maxime en écrasant son mégot.

3.

Les roses en pâte d'amande sont du meilleur effet. Le gâteau d'anniversaire a fière allure, et Maxime, couteau en main, semble hésiter à le découper.

— Mais bien sûr, que tu vas le découper ! proteste Camille. Tu m'as déjà contrainte à achever la décoration moi-même, tu ne vas pas maintenant me priver de goûter mon propre gâteau !

— Je l'aurais terminé ! Tu m'as pris de vitesse.

— Cesse de te faire prier et sers ! tranche Noam.

Manifestement, leur fausse querelle l'irrite. Depuis qu'il est revenu de sa ronde, il est bizarre, tendu. Il s'est débarrassé de sa veste sitôt entré en salle, mais Camille a vu la manche déchirée et brûlée. Alarmée tout d'abord, elle a vite compris qu'il n'était pas blessé, les paroles étranges prononcées par Maxime à propos du feu qu'il lui fallait barrer faisant soudain sens. Ni l'un ni l'autre n'ont daigné s'expliquer davantage, et elle s'efforce de refouler sa curiosité.

Cette célébration d'anniversaire saugrenue serait une diversion parfaite, si Noam ne semblait pas d'aussi méchante humeur. Les lèvres serrées, il suit les gestes de Maxime avec acuité, comme s'il le soupçonnait d'attendre que leur vigilance se relâche pour empoisonner le gâteau.

Elle décale sa chaise, s'approche du vigile, sans oser toutefois pousser la familiarité jusqu'à poser la main sur son bras.

— Je n'ai rien prévu.

— De quoi parlez-vous, Noam ?

— De votre anniversaire. Je n'ai aucun cadeau.

— Vous plaisantez ! Je serais très embarrassée que vous me fassiez un cadeau.

— Pourtant, c'est ce que font les amis.

— D'autant que moi, qui connais beaucoup moins Camille, j'offre tout de même une maison, intervient Maxime, en poussant devant elle une généreuse part de gâteau.

— Qu'est-ce que c'est que cette histoire de maison, à la fin ?

— Maxime m'achète la maison de mes rêves, à Autun, explique-t-elle, un peu solennelle.

L'intéressé hoche gravement la tête puis renchérit en attaquant son gâteau :

— Exact. Une tourelle, des fleurs, l'étang en contrebas. Quelques travaux à prévoir, rien d'insurmontable, j'ai vérifié.

— Tu as vérifié ?

— Sur le site Internet de l'agence immobilière. Il y a un moment qu'elle est en vente, c'est curieux qu'elle n'ait pas encore trouvé preneur. À croire qu'elle t'attendait. Elle n'est pourtant pas inabordable, mais il est vrai qu'Autun…

— Ne recommence pas. Autun est une bourgade charmante. Et au moins, là-bas, il n'y aura pas de tueur de serveuses !

Elle a parlé vite et le regrette, en voyant la mine de Noam s'assombrir encore. Maxime, lui, la dévisage avec attention, sans cesser de manger.

— Qu'est-ce que tu sais de lui ? finit-il par lâcher. Et qu'est-ce qui te fait croire, pour commencer, qu'il s'agit d'un homme ?

Noam et Camille échangent un regard bref, puis elle rétorque, un peu perturbée :

— Mais… Les victimes sont toutes des femmes, assassinées avec une bestialité qui ne peut être que le fait d'un homme qui les détesterait. Une femme… une femme ne ferait pas ça.

— C'est un peu court, non ?

— Il les a violées, intervient Noam, comme à regret.

Les paupières un peu plissées, il scrute l'expression de Maxime avec attention. Ce dernier le dévisage avec froideur.

— Pas de trace de sperme.

— Préservatif ?

— Pour violer une fille que tu t'apprêtes à éventrer ou, pire, lorsque tu l'as déjà fait, tu mettrais un préservatif, toi ?

— Je n'ai aucune envie de me poser ce genre de question abominable ! proteste Noam, le cœur au bord des lèvres.

— Ce serait utile, pourtant. Cela t'éviterait peut-être de te tromper de coupable. Lésions vaginales importantes, délabrement des parois et de l'utérus, pas de sperme. Le viol a été perpétré par un objet, un bâton, une matraque, peut-être, qu'une femme aurait pu manier tout autant qu'un homme.

— Comment peux-tu connaître ce genre de détails ? Les journaux n'ont jamais parlé de ça !

— Il ne faut pas se fier aux journalistes.

Ses yeux bleu-vert dérivent dans le vague. Noam et Camille échangent un nouveau regard, puis reportent leur attention sur lui. Mordillant sa lèvre inférieure, il dessine des arabesques du bout de sa fourchette dans son assiette vide. La porcelaine crisse.

— Le mieux pour que vous compreniez serait de commencer par vous parler de Frédérique, finit-il par murmurer.

Camille hoche la tête, incertaine.

— Il était une fois, dit Maxime, une jeune femme qui s'appelait Frédérique. Elle était née dans cette ville, à deux rues de l'hôpital local, dans le camion des pompiers, parce que sa mère n'avait pas senti les contractions et ne s'était alarmée qu'au moment de perdre les eaux. Un nouveau-né pressé, puis une petite fille gracieuse, un peu impertinente et curieuse de tout… Elle grandit ici, va à l'école Jacques Prévert, où elle se révèle piètrement douée, sauf en dessin, où elle excelle. Très vite, elle passe tout son temps à crayonner et à peindre, à croquer le profil de ses professeurs, qui, à ce stade, ont plus ou moins renoncé à l'intéresser à leur enseignement. Elle n'est pas moins maligne que les autres et s'en sort jusqu'à la fin du collège puis elle abandonne ses études, trouve un boulot de serveuse dans un boui-boui du centre-ville et s'installe dans une chambre de bonne, sous les toits d'un immeuble délabré où elle se gèle en hiver et crève de chaud en été. Peu importe, elle est chez elle. Ses contacts avec ses parents s'espacent, elle n'a pas d'amis, elle fait le vide. Tout le temps qu'elle ne passe pas au travail ou à dormir, elle le consacre au dessin. Les jours de marché, elle s'installe sur un tabouret en toile avec son chevalet et, pour quelques pièces, elle propose aux passants de réaliser leur portrait. Elle vit chichement, ne parle à personne d'autre qu'à ses clients éphémères, mais elle est bizarrement persuadée qu'un beau jour quelqu'un viendra, une rencontre de hasard qui changera sa vie. Un jour, se dit Frédérique, alors qu'elle se tiendra à sa place habituelle, entre la maraîchère et l'aiguiseur de couteaux, passera un artiste de renom ou un éditeur de beaux livres, à moins que ce ne soit un producteur de films d'animation. Ce sera, en tout cas, un monsieur important qui la remarquera et sera séduit par son talent. Il l'emmènera avec lui, ils iront à Paris, il lui ouvrira les portes du milieu de l'art, où on ne peut pénétrer que sur cooptation. Son ascension sera fulgurante, son succès immédiat, et elle pourra ensuite vivre de ses dessins jusqu'à la fin de ses jours.

Un temps. Maxime soupire, face à la moue sceptique de Camille. Il s'est détendu, emporté par ses propres mots, formulant chaque phrase avec autant d'aisance que s'il lisait un livre à voix haute.

— De l'indulgence, réclame-t-il. Frédérique n'a que dix-neuf ans. Le jeune âge excuse un certain degré de naïveté.

— Ce genre de rencontre décisive peut se produire, quelquefois. Il faut savoir la reconnaître et saisir sa chance.

— C'est ce que je crois. Et Frédérique aussi, qui continue d'attendre que la roue tourne et que la vie lui donne l'occasion de prouver ce qu'elle vaut. Son talent est indiscutable - je te ferai voir, si tu veux, certains de ses dessins que j'ai gardés -, et, à défaut de vraie beauté, elle a le rayonnement intérieur qui émane de ceux que le doute n'habite pas.

— Ils existent vraiment, ces gens-là ?

— Certainement. Ce sont les Heureux. Des êtres rares, je te l'accorde. Or Frédérique, forte de la certitude que le bonheur ne se trouve pas mais se construit, dessine un jour le portrait d'un étranger, un voyageur en transit dans cette ville banale. Il s'était arrêté à quelques pas du chevalet, surpris par une averse, réfugié sous le store de la maraîchère. Il l'a regardée, machinalement d'abord puis avec plus d'attention, et c'est alors qu'elle a levé les yeux. Il a souri, et elle lui a demandé, un peu timide, s'il voulait qu'elle fasse son portrait.

— Il a voulu ?

— Bien sûr.

— Était-ce l'homme qu'elle espérait ? L'éditeur de beaux livres, le mécène, celui dont la rencontre allait changer sa vie ?

— Il n'était ni éditeur ni mécène, mais la vie de Frédérique a changé, en effet. Le portrait n'était pas très réussi, le nez trop long, la dentition décalée, elle n'a pas voulu qu'il paie, elle n'aurait même pas voulu qu'il conserve le dessin, mais c'était trop tard, il l'avait pris et glissé dans sa valise. Elle ne pouvait que refuser l'argent mais elle a accepté un verre. Elle a remballé en hâte ses toiles et ses pinceaux, il y avait en elle une urgence, une excitation d'enfant qui l'a fait éclater de rire tandis qu'il l'entraînait sous la pluie vers le premier café. Il a trouvé son rire charmant. Il le lui a dit, et ensuite ils ne se sont plus quittés.

— L'amour au premier regard, le bel étranger mystérieux et la cavalcade sous la pluie… Elle ne fait pas un peu cliché, ton histoire ?

— Je ne fais que raconter ce qui était. Frédérique, tu sais, se fichait des conventions et de ce que les gens pensent, elle vivait ce qu'il y avait à vivre, ce que la vie lui donnait. Ils se sont installés ensemble, dans la chambre de bonne. Ils vivaient à l'étroit sans confort ni argent, n'avaient que faire du lendemain et ils étaient heureux.

— L'amour et puis l'eau fraîche, ça ne peut pas durer toujours, objecte Camille, qui pressent la chute.

La mine de Maxime s'est assombrie, ses mâchoires se contractent et il détourne les yeux, fixant le vide un moment avant de reprendre, le débit plus lent :

— Tout finit par passer.

— Qu'est-il arrivé à Frédérique ?

— Après quelque temps, les amoureux ont été forcés de ressortir et de se passer l'un de l'autre. Elle est repartie servir les clients de son boui-boui, et l'étranger s'est fait embaucher dans une métallerie où il passait ses journées à emboutir des tôles et visser des boulons dans un vacarme assourdissant.

— Ce n'était pas son métier premier.

— Bien sûr que non. Mais pour rester près d'elle, il aurait fait n'importe quoi. Cette ville est comme toutes les autres. En province, le travail est rare, on ne peut pas être trop regardant.

— Tout de même. Une tâche ingrate qui a dû te peser, lâche Camille, le fixant droit dans les yeux.

Il repousse derrière son oreille une mèche de cheveux échappée.

— J'étais amoureux. Rien d'autre ne comptait.

— Qu'est-ce qui s'est passé, Max ?

— Elle rentrait souvent tard, je travaillais la nuit. Lorsqu'elle partait, je dormais encore, les oreilles pleines du raffut des marteaux, du sifflement des machines aux rouages mal graissés, des hurlements qu'on devait tous pousser pour se faire entendre. Elle prenait grand soin de ne pas me réveiller. Nous nous croisions. Ne pense pas, toutefois, que l'amour ait été moindre, que la passion soit retombée. L'élan était le même, le désir intact, mais autre chose s'installait. Un sentiment diffus, une sensation d'injustice. Nous luttions contre la médiocrité de ce quotidien sans éclat. Nous faisions l'amour comme on pousse un cri, en rébellion contre l'existence et les hommes, contre la grandeur de notre histoire ternie par les vicissitudes de la vie terrestre. Nous étions orgueilleux, nous nous pensions exceptionnels et nous méritions mieux. L'arrogance, sans doute, est le péché véniel de tous les amoureux.

Maxime secoue la tête, désabusé, puis, sans se soucier du fait qu'ils sont à l'intérieur, il sort ses cigarettes de sa poche, en porte une à ses lèvres, l'allume.

— Qu'est-ce qui s'est passé, Maxime ?

C'est la troisième fois qu'elle lui pose la question, mais elle connaît la réponse. Elle se souvient de Frédérique, de son nom et même de son visage, une fille brune aux yeux doux.

La tête lui tourne, brusquement, et elle se rend compte qu'elle n'a pas vraiment envie d'écouter la suite de cette histoire, commencée au soleil pour finir dans le sang.

Elle se lève, engourdie.

— Je vais refaire du thé.

Noam attend qu'elle ne soit plus à portée de voix pour parler, le ton peu concerné :

— Toi, en bleu de travail ? Laisse-moi rire.

— Mentir est nécessaire quand on raconte une histoire, réplique Maxime sans s'offusquer. Faire la part des choses entre mensonge et réalité, voilà ce qui fait l'intérêt.

— Je n'aime pas les menteurs.

— Personne ne t'oblige à écouter. Tu ne devrais pas retourner faire ta ronde, d'ailleurs ? Je doute que Carpentier te paye à te prélasser toute la nuit sur une banquette de restaurant.

— Je ne vois pas en quoi ça te regarde.

— Vous vous disputez ?

Camille revient déjà avec la théière et les tasses, et les deux hommes se lèvent d'un même mouvement, écartent gâteau, verres et assiettes pour lui faire de la place.

— Je servirai, Noam, laissez-le infuser. Je sais qui était Frédérique, continue-t-elle à l'adresse de Maxime. La première victime de l'Éventreur.

Elle voulait sans doute adopter la même neutralité de ton que lui, mais sa voix a tremblé sur le dernier mot.

Noam tique. Maxime fixe le vide, l'air sombre. Les ongles de sa main gauche frottent l'intérieur de son poignet, d'un geste mécanique et inconscient. Elle ne peut que remarquer les dizaines de cicatrices, brûlures de cigarettes et aussi une entaille linéaire et profonde, souvenir d'un suicide raté. Elle se sent soudain accablée de tristesse et d'impuissance. Elle songe à la mort de cette fille puis à Istres, à tout ce malheur qui ne rime à rien. Elle voudrait être ailleurs, être une autre, ne rien savoir des souffrances de Frédérique ni de personne.

Avant d'avoir réfléchi, elle pose sa main sur celle de Noam. Elle le sent tressaillir, contracter les muscles en réflexe et crisper les doigts, mais il ne les retire pas. Ils sont, se dit Camille, presque à l'image d'un couple qui n'aurait rien de commun avec une serveuse et un gardien de nuit. Ils seraient de passage, ils arriveraient d'un pays lointain où l'on vit libre et heureux, une terre où il n'y aurait pas trop d'humains pour enlaidir la planète en la domestiquant, l'Islande, la Norvège ou une de ces plaines d'Afrique où les animaux sont rois. Ils seraient mariés, un mariage d'amour idéal, ils auraient voulu faire leur voyage de noces en France, car c'est en France qu'on se doit de célébrer tout hymen, lorsqu'on est sincèrement amoureux. Sur la route pour Paris, un ridicule ennui mécanique sur leur voiture de location les aurait contraints à atterrir ici, restaurant perdu, ville inconnue. Elle aurait trouvé l'endroit charmant, il se serait découvert, pour lui plaire, une petite faim justement pour un gâteau glacé à la framboise encore hérissé de bougies, l'anniversaire d'un employé probablement. Ils se seraient arrêtés ici pour attendre le dépanneur, et il est très probable que, plus tard, quand revenus chez eux ils raconteraient l'anecdote, ils ne mentionneraient même pas le restaurant car, pour charmant qu'il soit, comparé aux splendeurs de Paris, l'endroit ne ferait pas le poids. Ils partiraient à la fin de cette nuit, ils oublieraient tout ce qui ne serait pas eux, il n'y aurait aucune menace, aucun obstacle, aucun tueur pour les empêcher de s'aimer, tout le reste de leur vie.

— Camille ! Tu as un client !

Elle sursaute, redescend dans cette version très imparfaite du monde où elle est la serveuse anonyme d'un restaurant qu'on oublie, s'efforçant juste de survivre entre un exilé et un marginal...

Le client s'impatiente au comptoir.

Quand Camille abandonne la main de Noam pour aller servir, il lui lance un très long regard qu'elle ne voit pas.

Lorsqu'elle était toute petite, âgée de quelques semaines, Mélissa s'est mise à vomir. Ce n'étaient pas les régurgitations banales d'un nourrisson au système digestif encore immature, mais de véritables spasmes qui la tordaient de douleur à chaque repas. Si ça n'avait tenu qu'à Voulte, il l'aurait laissée crever de faim. Heureusement pour Mélissa, à l'époque, sa mère était encore en vie ; une brave femme qui aimait sa fille, au moins autant qu'elle craignait son mari.

À l'hôpital, les médecins ont diagnostiqué un rétrécissement du pylore, là où l'intestin s'emmanche au bas de l'estomac. On a opéré.

Mélissa, couchée entre mes bras, se cambre légèrement, la pointe des seins durcie.

— Première opération, dit-elle, désignant une cicatrice en forme de virgule horizontale, au-dessus du nombril.

Je hoche la tête, m'efforçant du mieux que je peux de réfréner la bouffée de désir qui m'envahit en la voyant qui se caresse, même innocemment. Mes yeux plongent plus bas, scrutent sa culotte en coton, plutôt moche, qu'on devine sous la ceinture dégrafée de son jean. L'élastique est distendu, un peu de sa toison dépasse, poils sombres, longs, broussailleux. Mélissa ne s'épile pas. Ce n'est pas ce genre de fille-là. On la prend comme elle est, ou on ne la prend pas.

Je la prends, nom de Dieu !

Je sens mon cœur accélérer, je dois me faire violence pour dévier mon regard. Si elle lisait mes pensées lubriques, c'est sûr, elle se foutrait en rogne.

— Complications, dit Mélissa. Foutus chirurgiens de merde !

— Ne jure pas.

— Failli crever. Jurerai si je veux.

Fâchée, elle frotte la seconde cicatrice, trente centimètres au moins, qui s'étend de l'épigastre au pubis. Elle est hideuse, boursouflée et rougeâtre.

— Je suis laide, crie Mélissa. Laide ! LAIDE !

Elle ferme son poing, se frappe le ventre, furieuse, hystérique.

Si elle continue, le paternel et Voulte vont finir par nous entendre. La porte de ma chambre ne ferme pas à clé, et je ne veux pas imaginer ce qui se passera s'ils nous surprennent, nos corps à demi nus enlacés sur mon lit.

Il faut qu'elle se calme. Alors je frappe aussi.

Tu as vu ton ventre, Frédérique ? Mou, déformé comme un ballon crevé. La peau s'est rétractée, au passage de la lame. L'excitation monte, je tremble sans réussir à m'arrêter. Ils avaient raison, dans le fond, les médecins, les flics, et puis l'Évêque aussi. Ils n'auraient pas dû me croire, pas dû me laisser sortir.

Je ne guérirai pas. Je finirai par la tuer et, quand ce sera fait, je me tuerai aussi.

Après la mort, le corps se rigidifie. Tout le monde sait ça. La vitesse du processus varie selon plusieurs critères, qu'il serait inutile et morbide de te détailler ici. Tu es encore molle, ta chair toujours tiède. Ton visage est intact, serein, tes traits exempts de douleur, dénués de crainte, comme si tu n'avais pas vraiment compris que tu allais y passer.

Excuse-moi, mais il faut que tu sois un peu conne.

Ton ventre est à l'air libre, bordel ! Dedans dehors, tes entrailles exposées de façon indécente, grotesque, et puis le sang, cette quantité de sang proprement affolante, anormale, on sait bien pourtant qu'un corps qui se vide, des artères qu'on arrache quand le cœur bat encore, ça pisse, et sacrément.

Pourquoi tu t'es laissé faire ? Pourquoi est-ce que tu ne t'es pas battue, pourquoi ne pas essayer, au moins, de repousser la lame quand elle s'est enfoncée dans ton ventre, facilement, sans à-coups, sans résistance... ?

Tu n'avais, en fait, rien de commun avec Mélissa. Ni son courage ni sa force. Je me demande comment j'ai pu confondre.

Rien de commun, crois-moi.

Lorsque j'ai les mains dedans, heureusement, le plaisir compense la frustration, et ça me suffit pour jouir. Je respire vite, bruyamment. J'enfonce les doigts, profond, dans tes boyaux visqueux et tes viscères lacérées, dans ce ventre qui, peut-être, si tu n'étais pas morte, aurait un jour porté un enfant.

Pensée abominable et délicieuse. Orgasme.

Tes intestins, sous mes ongles, sont lisses et gluants. Des vers, des centaines de vers, collants, dodus, grouillants. Forcément, à ce stade, je repense au lièvre, au paternel et à Voulte.

Le paternel était parti ; pisser, baiser, va savoir... Ils diraient plus tard que c'était un accident, que ça n'avait rien d'étonnant, qu'il n'aurait jamais dû m'abandonner en pleine forêt avec une arme, alors que tout le monde savait que j'étais instable.

Instable, c'est le terme, je n'invente rien.

Les postes d'affût sont disposés en large cercle, espacés chacun d'une quarantaine de mètres. Le sanglier viendra du nord, poussé vers les fusils par les hommes et les chiens. Juste en face de moi, une sorte de brèche troue le feuillage, un passage étroit entre les arbustes et les broussailles. La bête surgira de là. Elle jaillira d'un coup, sauvage, diabolique, inconsciente encore du piège qui se referme, de l'arène invisible, où elle vient d'entrer et qui signe sa fin. Détectera-t-elle la présence des hommes en embuscade, tapis sous les branchages, saura-t-elle qu'elle va mourir, juste avant de tomber ?

La sueur coule dans ma nuque et dans mes yeux. Je passe une main maculée de terre sur mon front, y laisse une trace sombre dont je ne m'apercevrai que plus tard, semblable aux peintures de camouflage des combattants sur le sentier de la guerre.

Un poids gigantesque m'écrase le dos, les épaules, me plaque au sol et me coupe le souffle. Les voix se disputent, à l'intérieur de ma tête, des propos violents et indistincts où ne filtrent que l'urgence et l'imminence du drame. Je voudrais lâcher l'arme, me boucher les oreilles, ne plus voir ni entendre, ne plus jamais penser.

La bile reflue en vagues au fond de ma gorge. Je vomis, une flaque rance et aigre qui me coule sur la manche.

Et puis les aboiements déchirent le silence, mêlés aux cris des rabatteurs. Une bouffée d'adrénaline me traverse, le ventre tordu d'angoisse mais surtout d'excitation, odieuse et malsaine.

J'écarquille les yeux, scrutant le fond de la clairière. Je voudrais que le paternel soit là. Mes doigts trempés de sueur glissent sur le corps du fusil, j'ai peur de tirer sans l'avoir voulu.

Mon cœur bat trop vite, ma poitrine se serre.

Des ombres dansent devant moi, je vais vomir de nouveau. La bête devrait être là, les voix des chasseurs résonnent, toutes proches, la meute hurle, chiens domestiques et dociles soudain changés en loups, rendus fous par l'instinct de carnage, enivrés par le sang. Des autres cabanes, des cris fusent, des invectives, les hommes non plus n'y tiennent plus, l'envie de tuer, bestiale et primitive, nous tourne la tête à tous.

À tous, tu comprends ? Et aussi à moi.

Il n'y a pas de fierté, pas non plus de remords. D'autres décident. Nos actes, quelquefois, ne nous appartiennent pas et nos pensées non plus.

02 : 00

1.

— ... Autrement, nous avons la formule complète. Un sandwich ou une salade, un dessert et une boisson.

— Mmh... Il y a du vin en pichet ?

— Non, monsieur. Je peux vous proposer du jus de fruit pressé, du thé ou du café, à moins que vous préfériez une bouteille d'eau ou un soda.

— De la bière, alors ?

Camille retient un soupir, coule un regard discret vers Noam et Maxime qui discutent à voix basse. Le type a laissé son camion devant la vitrine, son stationnement sauvage obligeant les automobilistes qui voudraient quitter la station-essence à une manœuvre compliquée. Bleu de travail sale, grosse chaîne en or autour du cou, teint huileux, cheveux gras, il traîne dans son sillage une odeur de transpiration répugnante. Camille ne le connaît pas. De toute façon, s'il faisait partie des habitués, il saurait qu'au *Péché Gourmand*, on ne vend pas d'alcool, et il se montrerait un peu plus poli.

— Vous allez reprendre le volant. Vous ne pouvez pas conduire en ayant bu.

Le routier hausse les sourcils, surpris par la remarque.

— Voyez-vous ça ! Tu te fais du mauvais sang pour moi ? Tu as peur qu'il m'arrive un accident ?

— Je ne souhaite de mal à personne.

— Brave fille. C'est quoi, ton petit nom ?

Il lui adresse une œillade explicite qui la fait grimacer. Qu'est-ce qu'il s'imagine, exactement ? Que parce qu'elle travaille seule dans un restaurant ouvert la nuit, elle offre aussi des prestations en nature ?

— Sandwich ou salade, dans votre formule ? reprend-elle, s'efforçant de faire abstraction de la question, espérant que ce primate comprenne à sa froideur qu'elle n'est pas intéressée par ses avances grossières.

Elle devrait savoir que les primates ne font pas dans la subtilité ou l'allusion. Il lui saisit brutalement le poignet et il serre, trop fort.

— Tu pourrais répondre quand on te pose une question !

Le contact odieux de cette main étrangère la brûle. La voilà ramenée aux jours terribles, le visage du routier brusquement remplacé par celui de Timothée, ivre de haine et de mépris. Elle a trébuché sur le tapis vert, s'est affalée dans le couloir de l'entrée. Il se jette sur elle, crache des insanités, il est saoul, et l'alcool décuple ses forces. Il remonte sa nuisette le long de ses cuisses, elle suffoque d'horreur, tétanisée, impuissante. Du salon, Micky l'appelle, apeuré.

Elle retire sa main si violemment qu'elle envoie valser la tirelire à pourboires. La petite monnaie gicle partout tandis qu'elle se met à crier. Son hurlement est dément, disproportionné, elle s'en rend compte. Ce n'est qu'un pauvre type, un chauffeur trop entreprenant mais qui ne lui aurait sûrement fait aucun mal. Un « non » ferme et franc aurait suffi.

Dire non n'a pas suffi à arrêter Timothée.

Haletante, elle se laisse glisser contre le mur, les bras étroitement croisés sur son ventre, tout près de basculer. Elle connaît trop bien cet état second, cette fièvre irrationnelle où elle ne maîtrise plus rien, où ses mains se libèrent de sa volonté pour agir seules. Elle s'efforce de lutter, terrifiée d'elle-même beaucoup plus que du routier éberlué par sa réaction. Elle s'était pourtant juré de garder le contrôle, de ne plus jamais laisser ses émotions dominer. Elle suffoque, elle voudrait se lever, s'enfuir, mais elle ne peut plus bouger. Si elle bouge, si elle contourne le comptoir et si elle le regarde, c'est sûr, elle ne se maîtrisera plus.

Si elle bouge, elle le tue.

La bouche un peu béante, elle contemple fixement la crosse du revolver que Maxime a déposé sous la caisse.

Il lui suffirait de tendre la main.

Elle crispe ses doigts dans ses cheveux, tire au risque de les arracher et enfouit son visage dans les plis de son tablier, recroquevillée comme une bête aux abois.

Autun. C'est à Autun qu'elle ira, dans la maison au-dessus de l'étang. Ils crépiront la tourelle, rendront l'harmonie à l'ensemble, ils s'occuperont des fleurs du jardin, les roses et les forsythias dont ils couperont des branches, au printemps, pour faire de beaux bouquets d'un jaune éclatant. Ils en décoreront la boutique – car elle aura sa boutique – au rez-de-chaussée de la maison, une pâtisserie-salon de thé avec vue sur le plan d'eau. C'est un peu loin du centre-ville, mais ses recettes sont uniques, et tout Autun s'y bousculera, immanquablement.

C'est déconcertant, cette haute opinion qu'elle a d'elle-même, quand il s'agit de ses talents de cuisinière. Elle n'a pourtant jamais été à la hauteur pour rien, ni assez jolie pour se trouver un homme bien, ni assez maligne pour le garder, incapable de réussir quoi que ce soit en dehors de la pâte feuilletée et des éclairs au café. Et franchement, les éclairs au café, on ne peut pas dire que ce soit la meilleure des armes pour avancer dans la vie.

Elle aurait tant voulu autre chose. Elle aurait aimé un destin d'exception, que son Micky soit fier de pouvoir dire qu'elle était sa mère, qu'il était son fils. Elle aurait voulu chercher et découvrir, concevoir et construire, laisser une trace après elle, même modeste, de son passage sur Terre. Régaler un vigile nuit après nuit avec ses biscuits et ses tartes, ce n'est sans doute pas une contribution décisive à la bonne marche du monde… Mais au moins, elle donne du bonheur à quelqu'un.

C'est ce qu'elle fera à Autun. La boutique s'appellera *Les délices de Camille et Micky.*

Il y a du remue-ménage autour d'elle, des chaises qu'on bouscule et qui tombent, des cris. Elle se recroqueville davantage, ferme les yeux plus fort, et il lui semble qu'elle réussit à sentir, fugitif, le parfum suave de la glycine à l'arrière de la maison.

2.

— Tu n'as pas terminé ton histoire.

Maxime reste silencieux, les yeux dans le vague, et Noam va insister quand, du côté du comptoir, un mouvement brutal attire son attention. Il voit Camille se jeter en arrière, dégageant sa main de la sale patte du routier penché vers elle. Dans la seconde, il est debout, rejoint en trois pas le chauffeur, au moment où, pelotonnée contre le mur, Camille se met à crier.

Il cogne, alors.

Il allonge le type au premier uppercut, compensant en puissance et en poids sa méconnaissance des techniques de combat. En moins de trois heures, c'est pourtant la deuxième fois qu'il se bat. Si ça continue à ce rythme, il va finir par s'aguerrir.

L'homme est tombé. Noam cale un genou sur sa poitrine et frappe encore, indifférent aux supplications de sa victime. Il faut que Maxime le ceinture pour qu'il se calme enfin.

— Bon sang, tu es cinglé ! Regarde dans quel état tu l'as mis !

— Il a agressé Camille.

— C'est pas vrai ! proteste le blessé, qui se redresse péniblement, le nez en sang. J'ai à peine touché sa main, et elle s'est mise à hurler. Vous êtes aussi tarés l'un que l'autre, je veux porter plainte, j'appelle les flics !

— Du calme, articule Maxime.

Après un dernier regard d'avertissement, il a lâché Noam pour se tourner vers le routier, à qui, posément, il retire le téléphone des mains.

— Tu n'appelles personne.
— Hé, mais…
— Va te nettoyer aux toilettes, tu ne ressembles plus à rien. Puis rejoins-moi, je t'attends dehors.
Le chauffeur et Noam dévisagent Maxime, saisis par l'autorité soudaine de son ton.
— Mon téléphone…
— Je te le rendrai dehors.
— Je veux…
— On se fout de ce que tu veux. Il y a deux caméras de surveillance braquées sur la caisse. Tu veux vraiment qu'on visionne les bandes et qu'on vérifie si tu ne faisais pas autre chose que lui effleurer gentiment la main ?
La lueur d'inquiétude qui passe dans le regard du routier est un aveu en soi. Les épaules brusquement affaissées, il grommelle quelques mots indistincts puis fait volte-face et se dirige vers les toilettes.
— Des caméras de surveillance ? répète Noam, dubitatif.
— Aucune, évidemment. Il en faudrait, d'ailleurs. Le quartier n'est pas sûr.
— Il va appeler les flics
— Ne t'occupe pas de ça.
— Maxime, s'il les appelle et s'il parle de moi…
— Ne t'occupe pas de ça, je te dis. Va plutôt consoler Camille.
— Mais…
— Va voir Camille, Noam. Tu as le droit, insiste Maxime, en le poussant en avant.
Secoué, le vigile contourne la caisse, trouve Camille, les mains plaquées sur les oreilles.
— Camille ? Vous allez bien ?
Elle ne répond rien, et il pense qu'elle n'a pas entendu. Puis, soudain, elle vient se blottir contre son torse, les paupières closes. Il s'arrête de respirer. Il a aussi cessé de penser, et il ne jurerait pas que son cœur batte encore. Il avale sa salive, en lutte avec lui-même, déchiré d'une envie d'elle aussi dévas-

tatrice qu'inavouable. Le contact physique avec Camille est trop intime, trop brutal et inattendu pour qu'il parvienne à réfréner l'attirance qui le torture depuis des semaines.

« Tu as le droit », a dit Maxime, et Noam se demande de quelle façon il doit l'interpréter. Qu'est-ce qu'il sait des sentiments de Noam, le technicien de surface ? De la bataille qu'il doit livrer chaque fois que Camille l'approche, chaque fois qu'elle lui parle ou pose son regard sur lui ? Qu'il se mêle de ce qui le regarde. Noam ne se sent pas le droit d'aimer deux femmes à la fois.

Camille n'est pas aussi belle que Yasmine, mais Yasmine était une des plus jolies filles de Mossoul. Elle avait ce regard sombre et ensorceleur, cette manière envoûtante de bouger en ondulant, comme si elle dansait, cette chevelure noire et cette peau d'ambre qui font le charme particulier des Orientales. Camille est plus petite et plus ronde, elle n'a ni sa grâce ni son assurance et elle ne fait plus confiance à personne quand il est question d'amour. Elle l'a dit à Noam dans les premiers jours de leur rencontre, et il s'était demandé s'il devait le prendre comme un avertissement. À l'époque, cette mise en garde l'avait amusé, mais, à l'époque, il ne la connaissait pas. À l'époque, il n'était pas amoureux d'elle.

Vaincu, il referme les bras et la serre contre lui. Comment résister et pourquoi ? Deux ans ont passé, et il sait bien, au fond, que Yasmine est perdue et qu'il ne la reverra jamais. Si seulement il pouvait être sûr... S'il n'y avait pas ce doute insupportable, et l'espoir impossible qui va avec...

— Noam ?

— Oui, Camille, je suis là.

— Vous savez, je pensais... Quand nous emménagerons à Autun, dans la maison avec une tourelle...

— Celle que Maxime vous offre ?

— Ne vous moquez pas. Il était sérieux.

— Je ne me moque pas. Je ne me moquerai jamais de vous.

— Je pensais, répète-t-elle à mi-voix, le nez toujours

enfoui dans un repli de sa chemise, que, lorsque Micky et moi, nous vivrons à Autun, il serait bon que quelqu'un soit là pour veiller sur nous. Quelqu'un qui m'aiderait à la boutique, qui pourrait emmener Micky à l'école et à ses rendez-vous. Je doute qu'à Autun on puisse trouver le type de ramassage organisé dont nous bénéficions ici pour ses soins. Ça n'a rien d'une grande ville.

— Je n'aime pas beaucoup les grandes villes.

— Moi non plus. On s'y sent anonyme, on ne connaît même pas ses voisins... Mais tout de même, une ville est une ville. Même à Autun, des camions passent, et leurs chauffeurs risquent, à un moment ou à un autre, de vous parler trop crûment et de vous agripper la main.

— Certains hommes sont moins bons que d'autres. Il serait dommage de les condamner tous pour la faute d'un seul.

— Ce n'est pas ce que je veux. Mais j'ai eu peur. À Istres, et encore ici. Je ne veux plus avoir peur.

— Il vous faudrait quelqu'un, donc, reprend Noam. Une sorte d'homme à tout faire. Pour vous protéger.

Il a fini par s'asseoir pour la tenir plus commodément entre ses bras. Allongé en sphinx à deux mètres d'eux, Uruk fixe son maître d'un œil interrogateur, se demandant probablement pourquoi il reste là sans rien faire et ne se relève pas. Les bêtes ont des sentiments simples et ne peuvent entendre les tourments des hommes.

— Pour nous protéger et pour nous aider, acquiesce Camille, et puis peut-être que ce quelqu'un, au fil du temps, à mieux nous connaître... peut-être qu'il pourrait finir par nous aimer un peu, mon Micky et moi.

— Ce n'est plus tout à fait un poste d'homme à tout faire, ce dont vous parlez là.

Elle se redresse enfin, s'écarte de lui et le considère, le visage grave.

— Il y a certaines choses qu'il faudrait que je vous dise.

— Moi aussi.

— Vous voulez me parler d'elle ?

— Elle ?

— La femme que vous aimez. Celle qui vous manque et qui occupe tout l'espace, dans votre cœur.

Il soupire, résistant à l'envie de la retenir quand elle se détache de lui et se relève, rectifiant le nœud de son tablier d'un air absent. À son tour, il se met debout, le corps lourd, comme si on l'avait roué de coups.

— Maxime est parti, vous croyez ? reprend-elle, le ton détaché.

Elle tend la perche, et il la prend, avec un sentiment de lâcheté presque insupportable.

— Il va d'abord s'assurer que votre admirateur débarrasse le plancher pour de bon, j'imagine.

— Comment est-ce qu'elle s'appelle ?

— ... Yasmine.

— Votre fiancée ?

— Ma femme.

— Vous étiez marié, reprend Camille, le ton soudain vif, et vous l'avez laissée en arrière pour venir ici ?

— Je ne l'ai pas laissée. Nous avons été séparés, à la frontière turque. Dans la confusion... le chaos était tel, alors... j'aurais dû veiller sur elle bien mieux que je ne l'ai fait.

Il est au bord des larmes. Foutu monde des hommes, vraiment, et foutue discussion.

Elle lance un regard au dehors, où Maxime et le routier s'attardent. Ils restent curieusement immobiles, si bien qu'à distance, il est difficile de deviner où ils en sont de la conversation, s'ils s'apprêtent à en venir aux mains ou, par un revirement qu'elle ne comprendrait pas trop, deviennent au contraire les meilleurs amis du monde.

— Je vais refaire du thé, décide Camille. Pour laisser à Maxime le temps de revenir. Ensuite, nous évoquerons ensemble ce qui doit être dit, de Frédérique et d'Istres et de Mossoul.

3.

La tranche entre deux et quatre, Maxime a toujours trouvé que c'était un sale horaire.

Même après des années passées à vivre la nuit, vers trois heures, quelle que soit l'importance de la tâche qu'il effectue, il y a toujours un moment où il pique du nez. L'instant est mal choisi. Le chauffeur le dévisage, hostile. Ses poings le démangent, Maxime le sent. Il a toujours été prompt à percevoir ce genre de choses, à savoir d'où viendrait le danger et si danger il y avait. Même avant, quand il était normal, il savait d'instinct éviter les ennuis.

Enfin… Au moins pour ce qui ne concernait que lui-même.

Bientôt trois heures. Sale horaire, vraiment. Il bâille, frotte ses yeux. Le froid est vif, la pluie épaisse, de grosses gouttes pas très loin des flocons. Sur le parking, en dehors du camion jaune vif du chauffeur garé en vrac, il n'y a plus personne. Décidément, quelle idée d'implanter un restaurant ici ! Le *Péché Gourmand* fermera bientôt, ça ne fait aucun doute. Il faut avoir l'optimisme de Camille pour ne pas le comprendre. Maxime est las des espoirs vains, et pourtant cette fille l'émeut, lui qui se croyait inapte à ressentir quoi que ce soit. Elle le touche comme le touche, avec son malheur digne, le professeur irakien déchu. Il s'en veut, bien sûr. Pour ne pas souffrir, il ne faut pas s'attacher.

Le routier le dévisage toujours, comme s'il cherchait à convoquer sa mémoire, à se rappeler. Ce serait bien qu'il parte maintenant, il va finir par y parvenir, et Maxime n'a aucune envie que quiconque se souvienne de lui. Une ombre, un fantôme, voilà ce qu'il s'efforce d'être depuis des mois. Jusqu'à ce soir, il lui semblait qu'il avait réussi. Il lui semblait que côtoyer des humains ne lui manquait pas.

— On se connaît, non ? lâche le routier, l'œil éclairé d'une lueur nouvelle, d'un début de reconnaissance.

Débarrasse-toi de lui, songe aussitôt Maxime. Pourtant, il fouille sa poche, sort ses cigarettes et lui en propose une.

— Oui. On se connaît.

Il ne risque rien à l'admettre. De fait, aucun malaise ne vient l'assaillir, aucun vertige ni lourdeur sous son crâne, annonciateurs de danger. Le chauffeur n'est personne. Sorti du néant pour un temps, il va y retourner, sans autre éclat que d'avoir effrayé Camille et, Maxime l'espère, donné à l'Irakien l'occasion d'un rapprochement. Ça valait bien une cigarette et une part d'honnêteté aussi.

Le regard du chauffeur file en réflexe vers le flanc de son camion, où le nom CARPENTIER s'étale en lettres rouge vif.

— Tu bosses aussi pour le vieux, non ?

— Quelle importance ? Tu devrais partir, maintenant.

— Pour la fille, je ne pensais pas à mal. Tu sais ce que c'est, trop d'heures passées tout seul face à un volant, on finit par manquer de tendresse et par devenir un peu con. Elle aurait l'âge d'être ma fille, sûrement... Tu sais comment elle s'appelle ?

Maxime relève la tête, le fusille des yeux. Tous les mêmes, songe-t-il, tous les mêmes, décidément. Cesser de croire en l'homme, au fond, n'était pas une si mauvaise décision.

— Ta dernière question était de trop. Fous le camp.

Il se tourne à demi, regarde ailleurs. L'envie de vomir est revenue. Il se force à attendre jusqu'à ce que le routier soit remonté dans son camion. En passant, ce dernier lui adresse un salut timide de la main. Maxime n'y répond pas.

Son aisance à expulser ce crétin aurait ravi son père, songe-t-il soudain, presque malgré lui. Son ventre se noue aussitôt, et il regrette d'avoir évoqué le tabou. Son père, fier de lui ? Quelle ineptie ! Son paternel n'a jamais cherché à le comprendre et ne l'a jamais aimé. Quand un père aime son fils, il ne le laisse pas enfermer chez les fous. Même l'Évêque lui a apporté plus d'affection et, pourtant, il n'était pas démonstratif. Mais l'amour d'un inconnu, ça ne peut pas compenser l'absence de ceux qui comptent.

Tendu, il jette au sol la cigarette qu'il vient d'allumer et la piétine. Il l'aurait volontiers écrasée sur son avant-bras, mais Noam et Camille sont toujours là, à l'espionner, à juger tout ce qu'il dit et ce qu'il fait. Il aurait sûrement mieux fait de se coller une balle dans la tête.

Foutue lâcheté.

4.

À l'entrée du restaurant, Noam l'attend, bien campé sur ses jambes, tenant assez du patron de boîte de nuit s'apprêtant à vider le client.

— Qu'est-ce que tu foutais ? Tu fumes une clope avec lui, tu discutes des heures comme avec un ami ? Tu le connaissais, ce type ?

— Je t'ai dit que non.

— Arrête de te foutre de ma gueule, bordel ! Pour la dernière fois, Max, tu vas dégager d'ici, ou bien les flics, c'est moi qui les appelle !

— Laissez Maxime tranquille, Noam ! intervient Camille. Personne n'appellera la police. Soyez sérieux, vous voulez vraiment prendre le risque qu'ils s'intéressent aux détails de votre présence sur le sol français ?

Interloqué, Noam la dévisage, se demandant comment elle peut savoir. Parmi ceux qui l'ont accompagné, au début de la route, il s'en trouvait beaucoup qui avaient déjà subi l'humiliation d'être chassés des terres pour lesquelles ils avaient tout laissé. Parmi eux, des Kurdes et aussi des Syriens qu'on avait expédiés à Bagdad plutôt qu'à Damas, parce qu'il fallait remplir l'avion et que là-bas, vu depuis l'Occident, pays en guerre pour pays en guerre, l'aéroport d'arrivée n'avait pas beaucoup d'importance.

Sans doute.

Condamnés à l'exil, pour certains, c'était déjà la troisième ou quatrième tentative. Des fourmis sans conscience, voilà ce qu'ils étaient, cheminant en colonne, obstination absurde, vers une destination qu'ils n'avaient pas choisie et dont ils ignoraient tout. La fourmi que, d'un souffle, on expédie au bas de la pente en reprend l'ascension aussitôt, tenace et opiniâtre jusqu'à l'aberration. Avancer devient une fin en soi, les hommes en oublient qui ils sont et pourquoi ils sont là.

Noam n'aura pas la force de repartir seul, sans Djamel ni Yasmine, pas la force de se mentir à lui-même en se faisant croire qu'il reste de l'espoir, que l'effort concédé aura sa récompense. À la frontière turque, il a appris ce qu'était la vraie douleur, a souffert plus que ce que Dieu devrait laisser un humain endurer. Il pèche par orgueil, sans doute, ou au contraire par lâcheté, mais il en a la certitude : il ne revivra pas une seconde fois l'horreur d'un espoir fou que, sans sommation, on retire. Il ne marchera plus vers le même rêve impossible avec des milliers d'autres, insecte parmi les insectes, poussière d'homme noyée dans la multitude.

Il ne peut pas.

Si on le renvoie il restera là-bas, il remettra sa vie dans les mains d'Allah. Il aura perdu Yasmine puis Camille, autant dire les seules raisons qui, jusqu'ici, l'ont tenu debout. Si on le renvoie, il n'aura plus qu'à mourir.

— Je ne veux pas vous perdre, Camille, murmure-t-il, brusquement indifférent aux convenances comme à la présence de Maxime, en lui prenant les mains.

Elle acquiesce, l'air sérieux.

— Nous allons rester ici tous les trois. Nous boirons notre thé et nous écouterons Maxime raconter la fin de son histoire, déclare-t-elle, tandis qu'elle libère sa main droite pour remplir les tasses, la gauche toujours serrée dans celles de Noam.

Si Dieu veut, il ne la lâchera plus jamais.

Maxime accueille sa boisson chaude avec une satisfaction palpable et reprend la parole, poursuivant son récit comme s'il venait de l'interrompre :

— Nous avons fait l'amour, ce matin-là. Je rentrais du boulot. Frédérique se maquillait devant le miroir. Avec sa jupe trop courte, elle devait sûrement tourner la tête à tous les hommes, mais je n'étais pas jaloux. Je ne doutais ni d'elle ni de la force de notre amour. « Je vais être en retard », m'a-t-elle averti alors que j'avançais la main vers ses fesses. J'ai acquiescé en me plaquant contre elle, ma bouche déjà contre sa peau, la pointe de ma langue effleurant sa nuque tandis que mes mains se refermaient sur ses seins, et je l'ai prise là, debout, en la regardant dans le miroir embué. Son râle de plaisir, ses paupières mi-closes, chacun de ses soupirs, et mon prénom qu'elle répétait en murmure, tout est encore gravé dans ma mémoire, chaque instant, chaque seconde. Je savais. Ce serait la dernière fois que nous ferions l'amour, la dernière fois que je lui dirais que je l'aimais. Je n'aurais jamais dû la laisser partir.

— Tu n'y es pour rien. Comment aurais-tu pu deviner...

— Je le savais, je te dis. Les voix m'avaient prévenu, j'aurais dû écouter, comprendre. J'aurais dû la retenir mais je ne l'ai pas fait. Elle s'est rhabillée en hâte, elle était un peu en colère, en retard pour de bon et soucieuse de ce qu'allait dire le patron. Elle m'a à peine embrassé, au revoir, à ce soir, porte claquée, elle était dehors, elle était partie. Elle ne m'a pas entendu lui dire encore « Je t'aime ». Elle avait raté son bus, elle est partie à pied, l'Éventreur l'a assassinée dans la ruelle après le cinéma, à cent mètres d'ici.

Il se tait, abrupt, puis dévisage Camille, le regard un peu désespéré.

— Frédérique Miralès. La première victime. Je me souviens. C'était il y a dix-huit mois.

— Dix-huit mois, répète Maxime en hochant la tête avec lenteur. Cinq cent quarante-huit jours. Hier, aussi bien. Pas de témoin, aucune trace, pas la moindre piste... Tu connais la chanson. L'Éventreur éventre, s'en sort et court toujours. Tant que les flics n'auront pas compris son mobile, ils ne l'attraperont pas.

— Et toi, tu en sais plus qu'eux, sans doute ? ponctue Noam. La raillerie dans sa voix sonne faux. Il est inquiet.

— Bien sûr. L'Évêque m'a mis sur la piste, et, grâce aux voix, j'ai compris le reste, fait Maxime, sans paraître remarquer la manière dont Camille s'est raidie.

— L'Évêque ? Quel Évêque ?

— Lorsque j'ai appris qu'elle était morte, poursuit-il sans tenir compte de la question, je suis resté sous le choc. J'ai essayé de me tuer, vous savez ? Avaler des médicaments, tout ce qui nous restait de gnôle dans l'appartement, m'écrouler par terre et me dégueuler dans les bronches pour crever étouffé dans ma propre gerbe, voilà à peu près la fin que j'avais prévue. Par malchance, le propriétaire m'a trouvé, inconscient mais en vie, on m'a expédié à l'hosto, puis de là, chez les fous.

— Ne parle pas comme ça. Tu n'étais pas fou. Tu souffrais.

— C'est ce que disaient les psys. Mais tu sais, les psys, ils sont payés à rassurer, formatés à ne s'émouvoir pour personne, à ne s'alarmer de rien et surtout pas d'un type un peu barré qui prétend que les morts lui parlent. J'avais pensé qu'ils m'aideraient un peu... Mais les psys n'aident pas. Ils constatent, ils analysent et ils se félicitent de coller des diagnostics aux termes compliqués. Au début, je le reconnais, je me suis laissé couler. Je ne parlais pas, je ne mangeais pas, je restais couché sur mon lit à longueur de journée à fixer le plafond. Des jours, des semaines, peut-être. Je n'étais pas mort, mais pas tout à fait vivant non plus. S'il n'y avait pas eu l'Évêque...

— Un autre patient ?

— Un visiteur bénévole, formé à l'écoute et au contact bien particulier avec les aliénés. Cela existe aussi en prison, mais chez les fous, je ne savais pas.

— Il était vraiment Évêque ?

— Je ne crois pas. Mais il en avait la prestance et la bienveillance qu'à tort ou raison on prête aux religieux. Tout le monde l'appelait comme ça.

Maxime s'interrompt, essuie un voile de sueur sur son front. Le menton dans la main, Noam observe Maxime avec acuité.

— Donc, si je comprends bien, alors que tu étais bouclé chez les dingues, cet Évêque t'a révélé qui était l'Éventreur ?

— Ça n'est pas exactement ce que j'ai dit.

— À peu de détails près, si. Avant de préciser que tes voix intérieures t'avaient confirmé l'information. Putain ! explose brusquement Noam, et moi qui reste là à t'écouter débiter tes conneries ! Je ne crois pas une seconde à ces foutaises !

— C'est ton droit, rétorque Maxime, sans s'émouvoir.

— Tes vertiges, tes fantômes et toutes tes simagrées… J'en ai par-dessus la tête, et Camille aussi !

— Camille n'a rien dit.

— C'est vrai, Noam, je n'ai rien dit, ponctue l'intéressée, avec une fermeté inattendue qui coupe le vigile dans son élan.

Il laisse retomber la main qu'il tendait déjà vers Maxime pour le frapper, peut-être, ou plus sûrement pour l'attraper par le col et le jeter dehors. Il se mord l'intérieur de la joue, déstabilisé par le regard insistant de Camille. Le Viking, lui, fixe le vide avec une indifférence parfaite.

— D'accord, lâche finalement Noam, excédé. Si vous vous liguez contre moi, je renonce. Continuez à écouter ses élucubrations si ça vous chante, Camille, mais moi j'en ai assez entendu. Je vais faire ma ronde. J'espère pour toi que tout est en ordre aux entrepôts, sinon tu vas m'entendre !

Il n'attend pas la réponse, se retourne et sort en claquant la porte, ébranlant violemment toute la vitrine.

— Nous voilà seuls, constate Camille, le ton froid.

Maxime relève la tête, la dévisage, interrogateur. Elle poursuit :

— Je veux savoir ce que cet Évêque t'a raconté.

Je ne sais pas comment c'est arrivé. La chasse, moi, je n'y connaissais rien, c'était la première fois que le paternel m'emmenait.

Je pensais que dans cette lutte à vingt contre un, le gibier n'avait aucune chance. Je pensais l'issue sans surprise et sans réel enjeu. On se trompe, tu vois. Les bêtes les plus rustiques ont plus de jugeote que l'homme. Dans le fond, ça ne m'étonne pas.

Le paternel n'était pas revenu, et quand j'ai entendu les broussailles remuer derrière moi, j'ai pensé que c'était lui. Mais c'était un autre qui a surgi pour m'ordonner de me lever et de les rejoindre, fissa.

Le sanglier avait foutu le camp.

Les rabatteurs avaient salopé le travail, perdu la trace, le chef de meute était parti sur une fausse piste, et le reste des clébards et tous les imbéciles à fusil avaient suivi. La bête était plus au nord, presque aux abords du ruisseau. Si elle le passait, c'était foutu, on la perdrait.

Elle ne le passerait pas, me jura le gars, une lueur cruelle dans les yeux.

Et on s'est tous retrouvés là, dans la forêt, à avancer au jugé malgré la nuit qui tombait, à deviner les autres plus qu'on ne les voyait. L'hystérie collective avait fini par me gagner, et je n'avais pas rechigné à suivre, encore moins à prendre le fusil. Aucun des types n'avait eu l'air de se soucier que j'aie l'âge ou pas.

On a marché longtemps, dans la forêt.

On était en été, les frondaisons étaient épaisses, la nature gorgée des pluies incessantes des semaines précédentes. Dans le sous-bois, on y voyait peu. Il y avait du lierre, de foutues plantes rampantes, des saloperies de racines qui visent les chevilles et qui, avant que tu aies compris ce qui t'arrive, te fracturent un tibia. Il fallait salement se concentrer sur l'endroit où on mettait les pieds, et à force de me préoccuper uniquement de ne pas me casser la gueule, j'ai fini par perdre les autres de vue.

Des arbres, encore des arbres, de foutues bestioles à ailes et à queues touffues qui agitent les feuilles et les taillis, et, pour couronner le tout, la pluie. Dans une heure, il fera nuit. Je me demande où sont passés les autres, où est le paternel, et surtout ce que je fous là.

Il faut bien bouger, alors je recommence à avancer au hasard et, après une dizaine de minutes, brusquement, j'entends leurs voix. Il me faut encore un peu de temps pour me convaincre que ça ne parle pas uniquement dans ma tête. Puis je les reconnais.

Le paternel et le contrôleur de brioches. Les deux sont en rogne.

Tu sais, quand, le premier soir, l'Évêque a affirmé qu'il savait ce que j'avais fait… Eh bien, ce n'était rien d'autre qu'un foutu effet d'annonce.

Une chouette invisible hulule sans fin à l'approche de la nuit. Loin, on entend les aboiements de la meute, et de temps à autre, comme tiré au hasard, le tonnerre d'un coup de fusil.

Je n'ai pas déchargé mon arme, pas plus que je n'ai cassé le canon. Ne crois surtout pas qu'il y ait là quoi que ce soit de prémédité, je te l'ai dit, je ne connaissais rien à la chasse ni à leurs conneries de règlement. Souviens-toi des circonstances, la nuit tombait, j'avais froid, peur, la fatigue et l'angoisse me consumaient.

— Qu'est-ce que tu fous là, toi ? a beuglé Voulte en m'apercevant.

Le paternel s'est retourné d'un bond, nos regards se sont croisés, et lorsque, l'instant suivant, j'ai reporté mon attention sur le contrôleur de brioches, il fonçait sur moi.

Il courait foutument vite, le salaud.

— Tu as couché avec elle, espèce de sale petite ordure !

Un filet d'écume perlait à ses lèvres, ses yeux étaient injectés de sang. Lui aussi avait un fusil. Il s'en serait servi.

Comprends, s'il te plaît. C'était lui ou moi.

J'ai visé la tête. Elle a explosé.

Il était à deux mètres de moi. La balle de 7x 64 lui a arraché la moitié du visage mais, dans l'élan, avant de s'effondrer, il a encore fait un pas ou deux. Il paraît qu'avec les poulets, ça se produit aussi ; certains se sauvent en courant alors qu'on vient de leur trancher le cou.

Le cerveau a été expulsé hors de la boîte crânienne, une immonde masse gélatineuse et blanchâtre, relativement intacte, a atterri à mes pieds avec un bruit spongieux. Le sang avait giclé partout, j'en avais dans les cheveux, sur les mains et le visage, je le sentais dégouliner sur mes joues, s'insinuer dans mon nez, ma bouche.

Je ne serais plus jamais propre.

J'avais toujours le fusil à l'épaule, le paternel dans la ligne de mire.

— Qu'est-ce que t'as fait, bordel ? il a aboyé.

Autant l'admettre, pendant une seconde ou deux, j'ai eu envie de savoir si avec lui aussi, cette histoire de poulet sans tête aurait fonctionné.

Mais il fallait d'abord que je voie Mélissa.

J'ai fait demi-tour et j'ai repris ma course à travers bois.

03 : 00

1.

Un pas après l'autre.

Parking, station-service, entrepôt. Parcours immuable, nuit après nuit, que désormais Noam effectue les yeux fermés. Quand la routine est telle, il est difficile d'y fixer ses pensées, d'occuper pleinement son esprit à la banalité de la mission. Difficile de se distraire de soi-même quand son seul interlocuteur est un chien.

Germanophone, en plus.

— En somme, une nouvelle fois, j'aurais dû suivre ma première impression. Un Viking suicidaire qui fait de la pâtisserie, qui barre le feu et offre des maisons avec tourelle, c'était obligé qu'il finisse par entendre des voix, à un moment ou à un autre. Encore un peu, Uruk, et il se mettra à faire tourner les tables et à réciter des incantations pour chasser les démons… Le baratin est au point, on ne peut pas dire le contraire. Avec ses yeux couleur d'eau et sa belle gueule de guerrier presque vaincu, il sait trouver les mots pour attendrir les filles naïves et les basculer dans son lit.

Noam fronce les sourcils, presque surpris par le cheminement de sa propre pensée, puis toise le chien d'un œil sévère.

— Toutefois, là, je t'arrête tout de suite. Camille n'est pas ce genre de femme. Pas de celles que les mensonges d'un faux Viking peuvent impressionner, pas de celles non plus qui s'amourachent du premier venu. Camille ne s'amourache pas. Camille aime, Uruk, c'est une reine, une déesse, ses sentiments ne peuvent être que nobles et, pour l'aimer en retour, il faut un homme honnête et qui ait le cœur pur. Quelqu'un qui la protège, qui serait le gardien de la maison d'Autun, qui veillerait sur elle et aussi sur l'enfant. Garder une maison, même avec une tourelle, ça ne demande pas beaucoup plus de compétences que de défendre des entrepôts vides. Nous saurions, tu ne penses pas ? Bien sûr, nous ne connaissons rien d'Autun, mais toutes les terres d'exil se ressemblent et, pour rester avec elle, nous irions n'importe où. Il faudrait, bien sûr, apprendre la pâtisserie et, sans doute, parce qu'il s'agit d'une bourgade provinciale où quelquefois les préjugés perdurent, vaincre la réticence des habitants à manger des gâteaux au goût du Moyen-Orient. Mais l'humain peut être bon, Uruk. Il sait, pour peu qu'on l'y aide, pour peu qu'on le rassure à la manière d'un très petit enfant, ouvrir son cœur puis son âme, accorder sa confiance puis son affection. Nous pourrions être heureux. Le matin, j'aiderais Camille aux fourneaux, je pourrais faire le pain. J'aime le pain comme on le fait en France, le goût du levain, la croûte dorée et craquante, la mie aérienne qui fond sous la langue et les dents. Nous pourrions installer un de ces fours à l'ancienne, nous l'alimenterions avec des bûches que, s'il y a des forêts, j'irais couper moi-même. Couper du bois, pétrir et cuire du pain et en nourrir les hommes, cela peut suffire au bonheur. Cela pourrait suffire s'il y avait Camille. Pour être heureux, un homme ne doit pas rester seul.

Museau dressé, le chien contemple son maître, l'air conscient que la déclaration est importante.

— Tu sais, Uruk, reprend Noam, réalisant à peine que des larmes roulent sur ses joues, si quelque part sur la planète, Yasmine est encore en vie, je comprendrais qu'elle finisse par en aimer un autre. Je comprendrais qu'elle cesse d'attendre, qu'elle abandonne. On ne peut imposer sa volonté aux gens et encore moins les empêcher d'aimer, au nom du passé. Si Yasmine est en vie, je voudrais qu'elle aussi, elle ait une tourelle, une boutique placée tout au bord d'un étang et un homme qui l'aime autant que j'ai pu l'aimer. Elle pensera parfois à ce qu'était Mossoul et notre vie d'avant. Elle se rappellera jusqu'à ce qu'un beau jour ses souvenirs s'estompent, comme un trait de crayon qu'on gomme et qui laisse, presque invisible, un sillon minuscule creusé dans le papier. Alors elle oubliera Mossoul, les fleurs des orangers, le parfum des cédrats, les couleurs du désert qui s'embrase au couchant. Elle oubliera la voix des amis qu'elle aimait et les rires des enfants qui couraient dans les rues. Pour guérir, il ne faut plus regretter, il faut laisser partir les fantômes qu'on ne peut pas retenir. De sa mémoire s'envolera aussi la douceur de mes lèvres quand j'embrassais les siennes, la chaleur de sa peau qui s'enflammait pour moi. Ensuite, Uruk, elle sera libre, délivrée de mon ombre, allégée de mon poids, elle pourra réveiller son cœur et aimer à nouveau.

Ses jambes flageolent un peu. Il se remet en marche, claquant des doigts pour entraîner le chien, précaution inutile, le bâtard colle à sa cuisse, sa manière sans doute d'indiquer son soutien.

— Les Anciens disent que la vie est un théâtre, et nous, les acteurs d'une pièce où chacun a son rôle à jouer. Le rideau tombe puis se relève, les tragédies les plus sombres, quelquefois, se terminent bien.

Jappement bref, en réponse, puis le chien bondit brusquement de côté et va se soulager contre un réverbère. Noam esquisse un sourire indulgent.

— Si Yasmine oublie, dit-il encore, alors c'est que je peux aussi, tu ne penses pas ?

Ils sont face à l'entrepôt. Brusquement, Uruk gronde, le poil hérissé et tous les muscles tendus. Noam s'apprêtait à déverrouiller la porte, il suspend son geste au moment où l'animal se met à courir puis disparaît à l'angle du bâtiment.

— Uruk !

Sans hésiter, Noam suit, dégainant d'instinct sa matraque. Il remonte le long du premier hangar, tourne pour gagner le quai où sont stockés des palettes, des piles de cartons, des chariots-élévateurs. Le vigile se faufile entre les machines, cherchant le chien des yeux, appelant à voix basse. Il fait sombre, les lampadaires de la rue n'éclairent pas jusqu'ici. Il met quelques secondes à réaliser que les projecteurs qui devraient s'allumer au premier mouvement ne fonctionnent pas.

Il se fige, oppressé.

Sur sa gauche, des cartons vides, des pneus et une énorme benne, pleine à ras bord, où on entasse les déchets métalliques de l'entreprise. Entre le conteneur et les transpalettes, l'obscurité est trop dense, il reste des dizaines de recoins où un intrus pourrait se dissimuler.

Quelqu'un est là.

En sueur, Noam fait un pas, un autre, entend quelque chose remuer juste devant lui. Tétanisé, il cesse de respirer, tous les muscles bandés, écarquillant les yeux sans réussir à percer l'obscurité. Il ne voit rien, mais l'autre, si. Il se sent comme nu, sans défense face à la folie de l'assassin. Car ce ne peut être que lui, l'Éventreur, tapi dans les ténèbres à quelques mètres de lui. Il faudrait fuir, tant qu'il peut encore, mais pourtant il reste là, terrifié, tremblant, cherchant sans énergie à se convaincre qu'il ne craint rien.

Lorsque, tranquille, Uruk émerge soudain de l'arrière d'une caisse en remuant la queue, Noam ne peut retenir un juron de soulagement. Il rappelle le chien puis, enhardi, demande à voix haute :

— Il y a quelqu'un ?

Affligeant. Comme si l'Éventreur allait lui répondre.

— Oui.

Les yeux de Noam s'agrandissent d'effroi, et il recule, en réflexe, au moment où une silhouette mince surgit du recoin qu'Uruk explorait. Deux secondes pour le reconnaître et deux de plus pour se maîtriser assez pour ne pas lui balancer sa matraque à la figure.

— Max, nom de dieu ! Tu m'as fait peur !

— Ne parle pas si fort ! ordonne le Viking, tandis qu'il l'entraîne à l'abri du mur. Il est encore là.

Il s'est accroupi et inspecte l'ombre, les paupières plissées et l'expression concentrée. Il murmure sans regarder Noam :

— Tu n'as pas les nerfs assez solides pour ce métier.

— Assez solides, au moins, pour affronter la guerre et traverser à pied presque deux continents, rétorque Noam, vexé.

— Ce n'était pas un reproche.

— Heureusement que tu précises.

Puis :

— Qui est là, Max ?

— Je ne suis pas sûr. Je ne l'ai vu que de dos. Reste là, ajoute le Viking, tandis qu'il se redresse, sans un bruit.

Avant que Noam ait pu esquisser un geste, il disparaît derrière la benne, le chien sur ses talons. Les rôles s'inversent de façon absurde, il n'a pas à laisser le Viking aller en éclaireur, alors que c'est lui qu'on paie pour assurer la sécurité des locaux. Et puis, que dirait Camille ? Aiguillonné par l'orgueil, il esquisse un pas en avant puis s'immobilise, plus soulagé qu'il ne voudrait. Maxime vient de réapparaître, son attitude plus décontractée suffisant à affirmer qu'il n'a pas fait de mauvaise rencontre.

Noam demande tout de même, pour la forme :

— Personne ?

— Personne. Mais l'Éventreur était là et il nous observait. Le local de pause des ouvriers n'est pas fermé à clé, je viens de vérifier, ajoute-t-il, désignant dans son dos un petit algeco, avec deux fenêtres très en hauteur qui ressemblent à des yeux malveillants. De là, il suffit de monter sur une chaise et on a une vue plongeante sur le *Péché*.

Noam se retourne, perturbé. Sa Camille va et vient dans la salle de restaurant, nettoyant les tables, arrangeant sa vitrine. Songer que le regard d'un tueur fou s'est posé sur elle une bonne partie de la nuit lui donne envie de hurler. À nouveau, le spectre de la police aux frontières et de l'opprobre se fraye un chemin dans son esprit, mais cette fois la colère, la révolte et la peur lui donnent le courage de le rejeter.

— Je crois vraiment qu'il faut appeler les flics, maintenant.

Maxime le dévisage un moment à travers le rideau de ses cheveux blonds. Dans son expression, il y a quelque chose de dur et d'inflexible qui n'y était pas tout à l'heure.

— Tu ne m'as pas demandé, remarque-t-il.

— Je ne t'ai pas demandé quoi ?

— Si je savais. Pour Yasmine.

Le sol semble soudain instable, et Noam vacille.

— Je t'ai dit... Je t'ai dit que je ne croyais pas à tes conneries de visions.

— Et pourtant, je sais. Je connais ta vie, Noam. Tu as eu une enfance heureuse, puis fait de brillantes études qui t'ont permis d'accéder à un poste de professeur à l'université de Mossoul. Tu étais un notable, respecté par tes pairs, ta famille, tes voisins. Ta petite vie était tranquille et bien réglée, mais la guerre a tout fait exploser. Je connais tout de ta fuite, cette traversée sans fin d'un pays qui n'était déjà plus le tien. Je sais pour la Turquie, le chaos, la mort de ton frère. Je sais tout, Noam. Tu aurais pu rester là-bas, sur cette frontière perdue entre deux déserts, ce bout de territoire stérile où tous ces gens sont morts pour rien. Certains le font. Certains restent là où les leurs ont disparu, certains cherchent et attendent, jusqu'à ce qu'ils meurent eux-mêmes ou qu'ils deviennent fous.

— Tais-toi.

— Mais tu ne l'as pas fait. Et nous savons tous les deux pourquoi.

— Maxime, bordel, tais-toi ! rugit Noam.

Il fait un pas en avant, réduisant la courte distance qui les séparait pour venir empoigner le col de sa chemise.

— Je sais pour Yasmine, laisse pourtant tomber Maxime, impitoyable.

— Ferme ta gueule, Max !

Qui est ce type, bon sang, et qu'est-ce qu'il veut ?

Noam est retourné, il tremble, le cœur au bord des lèvres.

Les mots ont convoqué les images, il revoit la Turquie, la frontière, les corps qui tombent. Il ferme les yeux, il entend les cris, les supplications, il sent renaître en lui la violente émotion née de l'injustice une colère ivre et un besoin de vengeance qui le submerge.

L'Enfer est ici.

Le Viking le dévisage, le regard froid, l'expression hostile.

— Je sais la vérité, Noam. À Zakho, Yasmine n'était pas avec toi.

2.

Fuir.

Marcher, un pas devant l'autre, ne pas penser. Oublier le Viking et Camille et Yasmine, laisser le monde en arrière et s'en remettre à Dieu. Noam ne comprend pas comment Maxime a pu savoir, alors que lui-même, durant deux ans, s'est tellement appliqué à remplacer la réalité par une autre qu'il avait fini par y croire.

Il n'a jamais perdu Yasmine dans la foule. Sa main ne lui a pas échappé, et jamais son regard n'a accroché le sien, serment d'amour muet avant qu'elle ne se noie dans la marée humaine. La maison de Mossoul aussi est un mirage, les dattes, les cédratiers, le miroir où le soir elle aimait se coiffer, les amis, les habitudes...

Rien n'existe. Rien n'est vrai. Ou, du moins, il n'y a rien de ces vies rêvées qui lui appartienne.

Il s'arrête, la poitrine broyée. Pensif, il lève les yeux, examine le ciel et la voûte étoilée. Un nuage voile la lune puis se déchire, et la rue s'éclaire d'un trait de lumière morte.

Il se souvient si bien d'elle.

Elle était la femme dont toujours il avait rêvé, un ange, une reine. Évidemment, Noam en était fou.

Ils s'étaient rencontrés enfants. Leur vie était un conte, l'histoire d'un bonheur parfait et, même dans la fuite, même en perdant tout, tant qu'ils étaient ensemble, ils étaient heureux.

Ils allaient sur la route, cheminant côte à côte, et tous leurs compagnons se pressaient autour d'eux, comme au cœur des ténèbres, on cherche la lumière. Ils étaient toujours gais, ils souriaient, indifférents à la fatigue et aux assauts du désespoir. Le soir, à l'étape, Noam racontait ce que leur vie avait été, décrivait leur quotidien tout simple et heureux, à Mossoul, dans la maison derrière laquelle il y avait un verger. C'était le seul homme du groupe qui soit vraiment quelqu'un, qui ait fait des études alors que les autres savaient à peine lire. En fuyant, il avait sauvé un recueil de poésies françaises. Il aimait leur en lire des passages à voix haute, même s'il se doutait bien que la plupart d'entre eux n'en saisiraient pas le sens.

Mais ils entendraient leur musique, et elle leur ferait du bien.

C'était une de ces nuits-là. Noam lisait.

— Caïn, ne dormant pas, songeait au pied des monts.
Ayant levé la tête, au fond des cieux funèbres,
Il vit un œil, tout grand ouvert dans les ténèbres,
Et qui le regardait dans l'ombre fixement.
— « Je suis trop près », dit-il avec un tremblement.

Tahar, à voix très basse, avait complété le vers. Il y eut un long silence, Noam clignant des yeux comme on émerge d'un songe.

— Tu parles français ? demanda-t-il, étonné.

— Je suis né au Liban. Presque tous les enfants l'apprennent, rétorqua Tahar.

— Et tu connais *La Légende des siècles* ?

— La Conscience était le poème préféré de ma mère. C'est peut-être un signe, tu ne crois pas ?

Tahar et Djamel, Noam et puis Yasmine. De ce jour, on ne les vit plus les uns sans les autres. Et, ensemble, ils arrivèrent à Zakho.

Ils étaient des centaines, agglutinés le long des barbelés qui marquaient la frontière, quand les tirs avaient commencé. Tahar se tenait près du grillage, le torse écrasé contre le dos de Djamel. Pris dans le mouvement de foule, il avait senti ses pieds décoller, son corps comprimé de toutes parts, les mains, les épaules, le visage de dizaines d'inconnus à son contact intime, avec tout juste assez d'espace pour réussir à respirer. Il avait surnagé, dans les flots secs du fleuve humain, s'obligeant à garder les yeux ouverts. Il avait vu, horrifié, des malheureux tombés au sol se faire piétiner. Djamel était devant, tête brune, bonnet brodé, oscillant de haut en bas dans le courant où lui non plus n'avait pas pied.

Ainsi porté, sans toucher terre, Tahar avait quitté l'Irak, sa patrie d'adoption, et avait repris pied en Turquie, étourdi et hors d'haleine. Djamel lui avait agrippé la main, avait tiré à lui arracher le bras. Il lui avait crié de courir et Tahar avait couru, la peur au ventre, aveuglé par la poussière et les larmes, sans oser se retourner pour voir qui les tuait. Les Turcs, les Kurdes, à moins que ce soient les passeurs ou un barbare perdu. Tout le monde, ici, était devenu chasseur, et eux étaient le gibier.

— Sauve ta peau ! avait crié Djamel. Abandonne ceux qui tombent. Ne joue pas les héros.

Tahar lui avait cramponné le bras, éperdu.

— Noam ? Yasmine ? avait-il balbutié.

— Noam est mort. Yasmine... Je ne sais pas.

— Il faut retourner ! La retrouver...

— Tu n'y penses pas ! avait hurlé Djamel, et à bout d'angoisse et de terreur, il l'avait giflé.

Ils avaient repris leur course folle, vers le nord et l'inconnu, vers l'Europe et le nouveau monde. Quand Djamel était tombé, Tahar avait poursuivi seul, droit devant lui, porté par un instinct archaïque qui le dispensait de penser. Il avait fini par trouver un bois, des arbres aux branches basses où il pouvait grimper. Il s'était hissé jusqu'au faîte, calé étroitement contre le tronc. Il avait passé là un jour et une nuit. Quand il était redescendu, tout était fini.

Il avait attendu quelques heures de plus, interrogeant les survivants et espérant voir Yasmine apparaître, mais elle n'était pas venue. Il s'était demandé ce qu'il fallait qu'il fasse, s'il devait revenir dans la plaine pour chercher son frère et Noam, et les enterrer selon les rites sacrés. Il n'avait pas eu le courage. Un lâche, c'est tout ce qu'il était.

Il avait mis quelques heures à réaliser que le recueil de poèmes de Noam était au fond de sa poche. L'Irakien le lui avait confié, comme on laisse, en gage de confiance, à un ami cher ce que l'on possède de plus précieux. Il s'était assis dans le sable et, malgré la fatigue et l'effroi, il avait relu les vers familiers, si souvent entendus récités par sa mère, et il y avait puisé la force qui lui manquait.

Il n'avait rien été. Sa vie était médiocre, celle d'un enfant gâté devenu un jeune con oisif. Pourtant il avait tout pour réussir, pour devenir quelqu'un sinon d'important, au moins de respectable. Il était né dans une famille aimante, cultivée et riche, éduqué dans les meilleures écoles, au Liban puis à Mossoul, où son père, diplomate, avait été affecté quand Tahar était adolescent. Joli départ qu'il avait torpillé en choisissant de multiplier des larcins minables que son père camouflait avec une résignation désolée. Escroqueries, petits trafics, drogue, et voitures volées, il n'avait rien construit, il ne s'était jamais soucié de l'embellissement du monde et n'avait aimé personne d'autre que lui.

Pourquoi avait-il survécu ? Pourquoi Dieu avait-il sacrifié Noam et choisi qu'il vive ?

Il pensait constamment à Noam et à Yasmine, à leur vie rêvée dont, comme les autres, il avait écouté l'Irakien faire le récit chaque soir. Le professeur de Mossoul était un modèle, l'exemple que Tahar aurait voulu suivre et la vie à laquelle il aspirait.

Le sort était injuste. Noam aurait dû vivre. Tahar se haïssait d'être vivant. Et, des semaines plus tard, il s'était retrouvé en France, sur le quai d'une gare avec son chien. Lorsqu'un inconnu l'avait abordé et lui avait demandé son nom, de façon parfaitement naturelle, il avait répondu qu'il s'appelait Noam. Ce n'était pas une usurpation. Tahar ne voulait que prolonger la vie d'un homme qui avait valu mieux que lui. Il ne lui avait pas semblé qu'il puisse s'agir d'un crime jusqu'à ce que le Viking en parle.

— Yasmine n'était pas avec toi à la frontière turque, dit Maxime. Elle accompagnait son mari, Noam Ben Salam. Je veux dire, le vrai.

Tahar baisse les yeux, pétrifié. Sa gorge est sèche, il ne peut plus parler. Uruk, après s'être étiré avec beaucoup de nonchalance, se lève et s'éloigne en direction du restaurant. Si même le chien le quitte, alors, vraiment, il n'est plus digne de rien.

— Qu'est-ce qui est arrivé au professeur ? reprend Maxime. Tu l'as tué ?

La question l'arrache à sa torpeur.

— Non ! Bien sûr que non ! Djamel… Djamel a dit qu'il était tombé sous les tirs. La confusion était telle… Je ne sais pas vraiment.

— Et Yasmine ?

— Je l'ai cherchée… Je l'ai cherchée, je te jure, mais…

— Tu étais amoureux d'elle ? coupe Maxime, le ton toujours dur, inflexible.

— … Bien sûr. Tous les hommes l'étaient.

— Le regard du Viking s'adoucit un peu.

— Comment est-ce que tu t'appelles ?

— Tahar.

S'entendre prononcer son vrai prénom lui laisse au cœur un sentiment bizarre, une impression d'imposture, justifiée, au fond.

— Comment est-ce que tu as su ? questionne-t-il à son tour, s'efforçant de se ressaisir.

— Je sais tout de ceux qui circulent autour de ce restaurant, Noam. Si on veut gagner une guerre, il faut la préparer dans les moindres détails.

Il l'a appelé Noam. Malgré l'humiliation, le fait lui réchauffe le cœur, l'empêchant d'abord d'intégrer le reste. Il voudrait tant rester Noam, garder le nom et le passé qu'il s'est choisi, oublier Tahar, ce voyou sans âme, l'abandonner aux sables sanglants de la frontière turque…

— Une guerre contre qui ? demande-t-il, éprouvé.

— Tu le demandes vraiment ?

Le vigile hausse les épaules.

— J'étais persuadé que l'Éventreur, c'était toi.

— Et maintenant ?

— Si c'était le cas, j'imagine que je serais mort à l'heure qu'il est.

— C'est probable.

— Tu sais qui c'est, pas vrai ?

Maxime laisse passer un temps, et son regard dérive vers le restaurant. Camille est invisible. En cuisine, sans doute.

— Ça ne te regarde plus, Noam. Tu vas t'en aller, maintenant, sinon j'appelle les flics et je te dénonce.

— J'en ai assez de fuir.

— Il fallait y penser avant de décider de quitter Mossoul, réplique Maxime, sans animosité.

Le geste un peu absent, il sort son paquet de cigarettes de la poche, en porte deux à sa bouche et les allume. Puis il en tend une au vigile, qui n'a jamais fumé. Il accepte, pourtant, avec une forme de capitulation dans le regard.

— Je voudrais au moins dire au revoir à Camille.

— Je lui dirai pour toi. Maintenant, fous le camp.

3.

Bientôt quatre heures.

Derniers instants de calme.

Tout à l'heure, la vie va reprendre, les premiers signes du jour, le moment du réveil pour ceux qui ont des horaires normaux.

Drôle de nuit, songe Camille, contemplant sa vitrine presque vide. Noam et Maxime ont englouti toutes les pâtisseries qui restaient, elle n'a plus le temps d'en préparer d'autres et elle se demande comment elle va réussir à faire face à la voracité des routiers qui vont débarquer dans moins de deux heures. Évidemment, il se peut qu'ils ne viennent pas. La radio serine de rester chez soi, et les voitures de police omniprésentes n'ont paradoxalement rien de rassurant. L'ambiance est lourde, tendue, sans rien de commun avec l'atmosphère chaleureuse à laquelle les clients sont habitués.

Sandrine a rappelé. Elle n'a pas dû fermer l'œil. Au téléphone, elle a tenté de plaisanter, et son discours était plutôt bravache, mais Camille n'a pas été dupe. Sandrine a peur. Camille, non. C'est déconcertant. Elle sent bien qu'elle ne réagit pas comme elle devrait, étrangement détachée, alors que le dénouement approche. Avant la fin de la nuit, quelque chose de terrible va se produire. Elle le sent. Elle l'attend.

Maxime sait.

Quand elle l'a questionné, après le départ de Noam, comme à son habitude il n'a dit que ce qu'il avait envie de dire, mais pour une fois Camille ne pense pas qu'il ait menti. Elle n'aurait peut-être pas dû le laisser s'en aller aussi tranquillement.

Quand tout sera terminé, elle se demande si, quelquefois, il viendra à Autun. Dans le fond, ce serait naturel, quand on songe que c'est lui qui aura acheté la maison. Il faudra organiser les choses, laisser son espace à chacun. Pour Micky, la chambre doit être accessible, au rez-de-chaussée ou au pire à l'étage, à condition de prévoir un de ces engins mobiles pour gravir les escaliers.

Noam aura besoin de quelqu'un pour l'aider. Maxime a de la force et il sait se servir de ses mains. Ils peindront la façade, les volets et les bardeaux du toit. Il faudra arracher le papier peint des chambres. Sans l'avoir jamais vu, Camille le pense affreux, le précédent propriétaire n'avait aucun goût, il aimait les motifs géométriques, les grosses fleurs, les couleurs criardes.

Ils s'en débarrasseront, ils mettront à nu tous les murs puis ils élèveront des cloisons là où elles manquent pour que chacun ait son intimité et que tous vivent en bonne entente.

Ils laisseront la tourelle à Maxime. Camille n'aurait pas détesté l'idée d'une chambre ronde avec vue sur l'étang, mais elle ne peut pas être trop éloignée de Micky, qui a peur du noir et s'éveille quelquefois la nuit. Des combles, charpente mise à nue et murs chaulés dont ils laisseront quelques pierres apparentes, Noam lui fabriquera une chambre, immense, comme en avaient les reines. De la tommette au sol, un lit à baldaquin et, au mur, des aquarelles représentant Autun, la cathédrale, la vieille ville et l'étang.

Deux hommes, trois en comptant Micky, une autre ère, un autre temps. Camille en a assez de la solitude et de la violence. On ne peut pas expier à longueur d'existence. Une vie sans partage, sans ami ni amour, ce n'est pas une vie réussie.

Et si elle faisait des gaufres ? Les chauffeurs apprécieraient. Des gaufres, quand on s'apprête à prendre pour huit heures de suite le volant d'un dix-huit tonnes, c'est ce qu'il y a de mieux. Elle contourne le comptoir en direction de la cuisine, se remémorant le dosage de chaque ingrédient. Énoncer à voix haute le détail de recettes qu'elle connaît par cœur est le meilleur moyen qu'elle ait trouvé pour chasser les pensées sombres et les idées négatives, comme d'autres se noient dans des dérivatifs plus ou moins sains, le sport, l'alcool ou la religion.

Le lait coule au fond du récipient. Elle bat la pâte avec énergie pendant plusieurs minutes, mais il reste des grumeaux. Elle doit retenir l'envie soudaine de balancer le bol à l'autre bout de la pièce. Bon sang, il faut qu'elle se calme.

— Camille ?

Maxime ouvre déjà la porte, le visage fermé. Il l'agace à rester muet. Tout l'agace. Ce n'est pas lui qu'elle avait envie de voir.

— Où est Noam ?

— Camille, il faut qu'on parle.

Il a rattaché ses cheveux. Ils sont lissés en arrière, brillants d'humidité. Il doit pleuvoir de nouveau ou neiger. Fichu temps. À Autun, il ne neigera jamais.

— Tu as entendu ce que je t'ai dit ?

— Je ne peux pas maintenant. Je dois faire des gaufres.

— Ça attendra. C'est important.

Il la prend par la main, l'entraîne jusqu'à leur table et prend place en face d'elle, les deux mains jointes devant sa bouche comme on rassemble ses idées avant d'énoncer quelque vérité fondamentale. Elle n'est pas du tout sûre d'avoir envie d'entendre quoi que ce soit de fondamental. Où est Noam, à la fin ?

— Je mens, tu le sais, constate Maxime, plus qu'il ne regrette. Mais je ne suis pas le seul.

4.

Il court.

Sous la pluie, putain de temps, pauvrement protégé du grain par sa veste de vigile trouée à la manche. Le seul vêtement qui lui reste, puisque Maxime ne l'a même pas laissé récupérer ses affaires au vide-sanitaire.

Il court, comme là-bas il avait couru, fuyant l'Enfer. Le regard de Maxime lui a brûlé le dos jusqu'à ce qu'il enfile le boulevard à toute allure, prêt à se rapatrier en catastrophe dans une rue perpendiculaire au cas où une patrouille de police apparaîtrait. Dire que ces mêmes flics lui parlaient en collègues, tout à l'heure… Il avait presque oublié sa traîtrise, oublié qu'être né du mauvais côté de la barrière, quoi qu'on fasse, condamne à y rester.

Il est à bout de souffle. Un sévère point de côté lui laboure le foie. Il ralentit, continue en marchant, respirant par le nez. Saisi par le froid, il enfonce ses mains dans ses poches et trouve *La Légende des siècles* dans celle de droite. Depuis l'Irak, le recueil ne l'a jamais quitté, talisman précieux aux pages usées d'avoir été tant tournées. Sur la page de garde, Yasmine avait écrit, *Pour Noam, mon tendre amour.* C'est tout ce qui lui reste, un pauvre bouquin malmené et vieilli, un foutu bouquin qui n'est même pas à lui ! D'un geste de colère soudaine, il l'arrache de sa veste et le balance sur la chaussée au moment où un camion passe. Haletant, il regarde le petit livre happé sous la roue du poids-lourd, le suit des yeux comme il atterrit dans le caniveau, aussitôt entraîné jusqu'à une bouche d'égout, où il disparaît.

On peut gommer les preuves, détruire les idoles et masquer les symboles, l'esprit n'oublie jamais rien. Noam est mort, et Tahar n'a jamais existé pour personne. Peu importe l'avenir du monde, il n'en a aucun. Où espère-t-il aller, qui veut-il rencontrer ? Un autre *Péché Gourmand*, une nouvelle Camille à qui mentir encore ? Ça ne rime à rien. Il ne veut plus fuir.

Qu'il soit digne, au moins, du nom qu'il a voulu porter. Il le doit à Noam, à Yasmine et surtout à Camille, à qui il n'aura jamais avoué à quel point il l'aimait. Il ignore la manière dont les choses vont se passer. S'il y aura un procès, un jugement avant la reconduite à la frontière, ou si l'affaire sera si vite expédiée qu'avant la fin du jour, il aura pris place dans l'avion. Il préférerait. Au moins, le passage en prison ne durerait pas trop longtemps. Il se demande ce que diront les flics quand il se constituera prisonnier et demandera officiellement à être chassé de ce pays où il avait tant voulu entrer. Des clandestins qui se ravisent, ça ne doit pas être si fréquent.

En garde à vue, on peut téléphoner, un appel unique, il l'a lu quelque part. Il sait déjà quel numéro il composera. Il est inscrit sur la vitrine, en-dessous du panneau indiquant que tous les gâteaux sont faits maison. Depuis le temps, il l'a appris par cœur.

Il tombera au moment du coup de feu, quand le *Péché* se remplit de routiers qui beuglent et rient trop fort, un boucan insensé qui les fait toujours fuir, Uruk et lui. Il aime le calme, le silence qui invite à la contemplation, mais Camille se plaît dans toutes les ambiances, elle est heureuse où qu'on la mette et s'arrange autant de son restaurant vide que du travail que lui donnent les chauffeurs affamés.

Elle ira d'une table à l'autre, prendra les commandes, distribuera sandwiches et boissons chaudes, elle rira à leurs blagues éculées comme si c'était la première fois qu'elle les entendait, et elle les appellera par leur prénom sans jamais se tromper. Elle sera occupée, elle ne saura plus où donner de la tête et elle n'entendra pas le téléphone.

Il raccrochera, avec un mélange de tristesse et de profond soulagement.

Elle remarquera, bien sûr, qu'au matin il n'est pas réapparu, qu'à l'heure où il la raccompagnait à son bus d'habitude, personne n'est venu. Maxime la rassurera, il trouvera quelque chose, le salaud s'y entend pour ce qui est de mentir. Il dit « le salaud », mais il ne lui en veut pas. Il aurait pu le dénoncer, mais il ne l'a pas fait. Il sera sans doute surpris d'apprendre que Noam s'est rendu.

Noam. C'est ainsi qu'il dira aux policiers qu'il s'appelle.

Il se remet en marche, le pas plus sûr, le dos plus droit malgré la pluie qui lui glace la peau. Si une association humanitaire s'en mêle, il pourra peut-être obtenir d'autres vêtements et quelque chose de chaud à manger. Qu'arrivera-t-il à Uruk ? Pourvu que le chien adopte Camille plutôt que Maxime. Maxime est un nomade, un solitaire, et Noam n'est pas sûr qu'il soit tellement capable d'affection. Uruk se plairait chez Camille et il veillerait sur Micky, l'enfant meurtri que le vigile aurait aimé rencontrer.

Il les imagine, dans le jardin de la maison d'Autun, en bordure de l'étang. Le chien se couchera près de Micky, à l'ombre de la glycine. Il mimera le sommeil mais observera tout, réfrénant ses instincts de chasseur, résistant à l'envie de se jeter à l'eau pour croquer un caneton ou deux. Uruk saura se tenir, Noam en est persuadé. Il sera loin alors, échoué quelque part au milieu du désert. Ils l'auront oublié, mais lui se souviendra de ces deux mois.

Il ne regrette rien. Il est prêt. Le commissariat est là, de l'autre côté de la rue.

Noam prend une longue inspiration et traverse.

Mélissa n'a pas du tout réagi comme il fallait.

Déjà, elle a mis trop longtemps à descendre m'ouvrir. Son pas dans l'escalier est plus traînant que d'habitude. Pas le moindre sourire en me découvrant sur son perron.

Quelque chose ne colle pas. Je me racle la gorge, tu sais ce qu'on dit, l'amour rend aveugle, et aussi un peu con. Alors j'annonce, fièrement, que le contrôleur de brioches est mort. J'y ai veillé. Elle n'aura plus à s'en faire, plus jamais il n'abusera d'elle. Il ne la cognera plus.

Elle écoute en silence, l'expression fermée.

Pourquoi est-ce qu'elle ne manifeste rien ? Elle devrait sauter de joie ! Elle est libre, bordel ! Libre de disposer de sa vie et surtout de m'aimer.

J'ai encore essayé d'expliquer pendant un moment, puis la fatigue, tu comprends, a commencé à avoir le dessus. Si peu de reconnaissance, ça a fini par me faire sortir de mes gonds. À moins d'avoir des nerfs en acier, n'importe qui se serait énervé, d'autant que les voix ne faisaient rien pour me calmer, au contraire.

Je l'ai giflée, elle le méritait. Une bonne paire de claques qui ne peut pas lui faire mal, qui n'a pas d'autre but que de la faire réagir. Et tout ce que cette conne trouve à faire, c'est d'essayer de me fermer la porte au nez. Bien sûr, je mets le pied dans l'entrebâillement et je la suis à l'intérieur.

J'ai essayé de la coincer contre le grand miroir de l'entrée, mais elle m'a balancé un coup de genou dans l'entrejambe, la garce, et elle a réussi à m'échapper.

C'est au moment où je me redressais et où j'allais me lancer à sa poursuite que mes yeux se sont posés sur mon reflet. Jusque-là, tu comprends, je n'avais pas réalisé à quoi je ressemblais. Je m'étais frotté le visage en courant, croyant simplement chasser la sueur, mais c'était de sang que ma peau était recouverte. Avec fascination, j'observe les traînées écarlates qui s'étalent sur mon front et mes joues, ruissellent sur mes vêtements, le tissu gorgé d'auréoles sombres qui commencent à raidir la trame. Dans mes cheveux, des bouts de la cervelle de Voulte s'accrochent encore, comme la mousse oubliée d'un shampoing cauchemardesque.

Mélissa s'est enfermée dans la cuisine. Je l'entends hurler, appeler à l'aide. La salope n'a jamais dû protester avec autant d'énergie quand son connard de père la violait.

Elle s'est bien foutue de moi ! Les voix me vrillent la tête, il faut que je la corrige, voilà ce qu'elles me disent, si je ne le fais pas tout de suite, je perdrai mon autorité sur elle à tout jamais.

Je ne peux pas. Face à ce miroir et à moi-même, face à tout ce sang, quelque chose s'est cassé. C'est ce que diront les psys, plus tard. Les psys, et l'Évêque aussi.

Quand les flics ont débarqué, il paraît que je n'ai pas bougé d'un pouce. Dans les étendues rouges, je traçais du bout de l'index des sillons blancs, des chemins sinueux bordés de champs sanglants, qui n'avaient pas de début, qui n'avaient pas de fin.

Ils m'ont demandé si je l'avais tué. Dans un sursaut de lucidité, je crois que j'ai répondu non. Plutôt gentiment, ils m'ont ordonné de les suivre, et nous avons quitté la maison.

Mélissa n'était pas réapparue.

Tu comprends sûrement mieux, maintenant.

Elle a changé de ville, d'univers et même de nom. Tout cela, Frédérique, n'était qu'un malentendu. Je ne m'en suis jamais fait. Il n'y a pas de hasard, il était écrit quelque part que nous nous retrouverions.

Nous repartirons de zéro.

Je lui pardonnerai tout le mal qu'elle m'a fait.

Je l'aime autant que je la hais.

Ce soir-là, en cellule, je l'ai dessinée pour la première fois.

04 : 00

1.

— Je mens, mais je ne suis pas le seul.

Le ton de Maxime n'admet pas la réplique. Camille se plonge dans la contemplation de ses ongles, mimant l'indifférence, s'armant pour la suite.

Elle sait déjà ce qu'il va dire. Il y a des heures qu'elle se torture pour trouver la manière de parer ses coups, d'ériger entre elle et lui une fortification impénétrable aux mots. Il a attendu que Noam ne soit plus là. Elle devrait s'en réjouir. Maxime ne veut que lui faire avouer ce qu'ils savent tous les deux. S'il a voulu ce tête-à-tête, c'est qu'il n'a rien révélé au vigile.

— Je ne vois pas de quoi tu parles.

— D'Istres, Camille. C'est d'Istres, que je veux parler.

— Je t'ai dit tout ce qu'il y avait à savoir à propos d'Istres, lâche-t-elle, le ton cassant.

Maxime esquisse une petite mimique contrariée.

— Tu sais bien que non. Et à Noam ? Tu aurais fini par lui avouer la vérité, à lui, s'il était resté ?

Elle relève la tête avec brutalité :

— Comment ça, s'il était resté ?

— Quel temps de cochon ! On est foutrement mieux au chaud !

L'entrée du camionneur, bruyante, théâtrale, les fait sursauter tous les deux. Il est colossal, sa carrure de déménageur encore épaissie par sa veste à carreaux rouges et blancs, doublée de fausse fourrure comme le bonnet à oreilles qu'il porte sur la tête, ne manquent plus à la caricature que la hache, l'accent québécois et, parqué dehors, le traîneau tiré par des élans.

— Comment tu vas, ma Camille ? poursuit-il, le volume sonore toujours poussé au maximum comme si la question concernait tout le quartier.

Il traverse la salle en faisant trembler le plancher, fond sur Camille et l'embrasse sur les deux joues. Puis il serre la main de Maxime en lui broyant les phalanges, déclare qu'il s'appelle Anatole, qu'il vient au *Péché Gourmand* trois matins par semaine, s'étonne de ne l'avoir jamais vu auparavant ; un blondinet fragile comme lui, pas d'offense, mais ça le surprendrait beaucoup qu'il ait la poigne pour conduire un dix-huit tonnes sans se flanquer au tas ; lui, il y a vingt-cinq ans qu'il taille la route, Paris-Bordeaux, Bordeaux-Amsterdam, Amsterdam-Madrid ; le restaurant n'est pas directement sur son itinéraire, mais pour Camille - rire tonitruant -, s'il fallait, il dévierait volontiers jusqu'en Italie ; le blondinet boira bien quelque chose, c'est la tournée d'Anatole, Anatole déteste boire seul, qu'il s'agisse de pinard, de bière ou bien de thé ; le thé, il avoue, ça ne lui serait pas venu à l'idée, avant de connaître Camille ; il a mis du temps à s'y faire mais il faut admettre que, le matin, ça passe nettement mieux que le ballon de blanc ; et puis, rapport à la « Genmerderie », qui n'attend que de les faire souffler ou de les cueillir au radar sur des routes toutes droites où on ne peut pas faire autrement qu'accélérer, il n'y a pas à dire, le thé est nettement préférable.

La tirade interminable s'achève sur une quinte de toux grasse. Maxime le contemple en silence, fasciné. Camille en a profité pour s'esquiver et s'active derrière le comptoir. La diversion ne durera qu'un temps. Anatole soliloque toujours, et elle essaie de retrouver son calme en écoutant ses platitudes, débitées en rafales.

Elle ne veut plus jamais parler d'Istres. Ni Maxime ni personne au monde ne peut l'y obliger. Et si jamais il insiste… Le regard de Camille, obnubilé, se pose sur le couteau avec lequel ils ont découpé son gâteau. Si Maxime insiste, elle le tuera, décide-t-elle. Ce n'est pas ce gros balourd d'Anatole qui osera s'interposer, et la dénoncer encore moins.

Elle ouvre le robinet avec brusquerie, se penche pour boire au jet glacé qui lui gèle la gorge puis essuie ses lèvres d'un revers de manche. Maxime la surveille du coin de l'œil.

— Et toi, blondinet, qu'est-ce que tu fais ici à une heure pareille ? Le charme de Camille, aussi, qui t'a tiré du lit ?

— Comment lui résister ? lâche mécaniquement Maxime, consentant un embryon de sourire qui ne prend pas les yeux.

Un groupe d'une douzaine de routiers passe la porte à ce moment-là. Ce sont des habitués qui se sont donné rendez-vous sur le parking, comme chaque matin, pour leur petit déjeuner commun avant de débuter la journée. Le bruit des conversations remplit d'un coup le restaurant, couvrant la voix d'Anatole, qui explique qu'il est un ange de patience et saura attendre le jour où, fatalement, Camille se rendra à la raison et l'épousera enfin.

— Nous aurons la vie douce, tu sais, ma Camille. Je te ferai des tas d'enfants, des fils grands et forts comme moi. Ils sauront tenir un volant avant de savoir marcher !

Il avale ses gâteaux avec méthode, à la façon dont un chien gobe sa pâtée.

— Tu dois y réfléchir, hein, ma Camille ? Tu promets, dis ?

— Et toi, Anatole, tu dois te préoccuper de tomber amoureux d'une autre, je te l'ai déjà dit. Mon cœur n'est pas à prendre.

Elle a un regard vers Maxime, que le chauffeur surprend.

— Ne me dis pas que c'est du blondinet que tu es amoureuse ? s'exclame-t-il en basculant brutalement sa chaise en avant.

Il semble plus déconcerté que fâché, considérant le jeune homme d'un air surpris. Celui-ci mordille sa lèvre un moment puis lâche un rire légèrement tendu.

— Mon pauvre Anatole, ni toi ni moi ne sommes à la hauteur. Camille, vois-tu, a un penchant caché pour les intellectuels et les professeurs d'université...

— Ça suffit, Max !

Il n'a pas le temps de renchérir, un des nouveaux venus interpelle la serveuse :

— Hé, Camille, ce gros balourd d'Anatole est déjà servi, et on a faim ! Il te reste des cookies à la vanille ?

— Non, Brice, je regrette. Je n'ai pas eu le temps d'en faire, aujourd'hui.

— La nuit a été bonne pour le commerce, on dirait, remarque un jeune gars très mince, considérant d'un œil déçu la vitrine presque vide.

Gênée, Camille tire son carnet de la poche de son tablier pour prendre les commandes.

— Si vous avez un quart d'heure devant vous, je peux vous faire des pancakes ou des gaufres. Il y a eu beaucoup de passage cette nuit, j'ai été dévalisée.

Ils hochent tous la tête avec compréhension, et elle se félicite intérieurement de l'aisance avec laquelle elle ment. Il faut juste espérer que le gaufrier tienne le choc, se dit-elle, se rappelant la mise en garde que Sandrine lui a faite en partant.

Il reste encore une bonne heure avant que sa patronne n'arrive. Elle va devoir tout mener de front : préparer les boissons, cuire les gaufres et faire dorer les pancakes. Anatole revient déjà pour une nouvelle assiette, il va lui vider à lui seul les stocks déjà maigres. Une nouvelle bouffée d'angoisse commence à monter, aussi désagréable que tout à l'heure, face à Maxime et ses questions.

Ses barrières intérieures sont en train de lâcher. Sous l'effet conjugué de la peur et de la colère, elle sait assez de quelles atrocités l'humain est capable. Elle sait ce dont elle-même est capable. Les images affleurent, se bousculent aux confins de sa conscience, des souvenirs odieux qu'elle a tout fait pour chasser. Quelquefois, elle voudrait s'arracher le cerveau, le piétiner et pulvériser sa mémoire avec lui.

— Tu vas avoir de la peine à les satisfaire tous.

Maxime est dans son dos.

— Toi, je ne veux plus t'entendre !

— Je voulais simplement t'aider.

— Si j'avais besoin d'aide, je te l'aurais dit !

— Écoute... Je m'excuse, d'accord ?

Surprise de le voir abandonner si facilement les armes, elle le considère avec une méfiance évidente.

— Allez, Camille, tu es débordée... Laisse-moi te donner un coup de main.

Elle hésite, tentée d'accepter. Il a raison, elle ne va jamais s'en sortir, elle aperçoit des phares, d'autres clients arrivent, il lui semble que le *Péché* n'a jamais été aussi rempli. Avec humeur, elle ouvre le gaufrier d'un coup sec, découvre la pâte toujours liquide dans les alvéoles et lâche un juron.

— Et merde, il ne manquait plus que ça ! Foutu matériel !

Maxime se penche à son tour, considère le four à gaufres inerte puis l'effleure, d'un doigt prudent.

— Il va falloir renoncer aux gaufres.

— L'ancien appareil est à la cave. Si tu veux vraiment te rendre utile, tu n'as qu'à aller le chercher, la clé est à droite de la porte, dans la réserve. Prends ton portable pour t'éclairer, la lampe de l'escalier est morte.

— Décidément... Il vous manque un homme dans ce restaurant.

— Les femmes aussi sont capables de changer une ampoule, Max ! rétorque Camille, glaciale.

Il lève les mains devant lui, en signe de reddition, et elle songe, à nouveau, qu'il est beaucoup moins combatif qu'elle l'aurait cru.

2.

Le commissariat est en effervescence.

En entrant, Noam s'est fait bousculer par une sorte de commando qui se ruait hors des locaux, trois hommes en noir, leurs corps rendus difformes par le gilet pare-balles. En les voyant, il a senti sa motivation fléchir. Dans quelques heures, il sera là-bas, dans la ligne de mire des barbares. Sans son frère à ses côtés et étranger au reste de sa famille, poursuivi par l'opprobre qui attend ceux qui ont échoué et qui rentrent en vaincus, il ne s'en sortira pas. Il aimerait avoir le courage de défier la mort, d'affirmer qu'il ne la craint pas, mais c'est faux. Il a peur de mourir, et surtout de mourir seul.

Il aurait bien fait demi-tour, mais un policier le hèle :

— Hé, Noam, c'est ça ? Tu as déjà fini ta nuit ?

Interloqué, il considère l'homme qui remonte le couloir d'un pas pressé, trois tasses de café calées entre ses doigts. Il lui faut quelques secondes pour reconnaître le crâne chauve et le visage du flic qui patrouillait cette nuit dans leur quartier. Benoît Quelque chose. Curieux, tout de même, de retomber sur lui. À tout prendre, il aurait préféré se livrer à quelqu'un qu'il ne connaissait pas.

— Pardon de vous déranger, je me demandais si... enfin, si j'aurais pu...

Le policier interrompt son discours embrouillé, jetant un œil à l'horloge murale, l'air nerveux.

— Je suis désolé, mon gars, mais je ne vais pas pouvoir t'écouter, là. Je suis en pleine déposition, on est tous sur les dents...

—Je comprends. Je peux attendre.

L'autre opine, l'air las.

— Si tu veux. Prends-toi un café et installe-toi, ça risque de durer un moment, prévient-il, désignant une rangée de chaises.

Encombré par ses tasses, il s'engouffre dans le bureau tout proche, repoussant maladroitement la porte du pied. Mal à l'aise, Noam s'assied très au bord de la chaise, aux aguets. La machine à café est à quelques mètres, mais il préfère rester sur le souvenir de ceux de Camille. Des agents défilent, l'air affairé. Ça parle fort, ça s'invective, agitation de fourmilière qui l'étourdit. Son cœur bat à tout rompre, il transpire, il se sent comme un homme qu'au dernier instant, on aurait retenu, alors qu'il s'apprêtait à se jeter dans le vide.

Rien d'autre qu'un sursis.

Oppressé, il ferme les yeux, repense à Mossoul. Il sent l'odeur des épices, des amandes torréfiées, du café fort mêlé aux effluves aromatiques des narghilés que les hommes fument devant leur maison. Il voit les couleurs, les ocres des murs et du sable que le soleil pâlit, le rouge écarlate des draps tendus au-dessus des étals du marché, les bleus, les verts, les jaunes éclatants des voiles des femmes, rehaussés d'or brodé. Mossoul, sa terre d'avant, son éden anéanti, martyrisé, ne vit plus que dans ses souvenirs.

—Maxime n'a jamais cessé d'être suivi en psychiatrie, depuis son internement ?

Surgi brusquement au milieu de sa rêverie mélancolique, le prénom familier arrache à Noam un sursaut. D'instinct, il tend l'oreille pour saisir les bribes de la conversation qui se déroule derrière la cloison. Le policier n'a pas refermé tout à fait la porte. Celui qui répond a le timbre d'un homme âgé, un débit rapide, trahissant l'inquiétude.

— Il prétendait qu'il allait mieux, mais nous y tenions. Après son hospitalisation, nous lui avions proposé de revenir vivre avec nous. Il n'a jamais accepté. Je lui ai donné un petit travail au sein de mon entreprise, un job de technicien de surface qui aurait pu l'aider à réintégrer en douceur le monde normal, tout en me permettant de garder un œil sur lui. Son appartement est à deux rues de la maison. Il passait nous voir très régulièrement et il téléphonait chaque soir lorsqu'il revenait du boulot pour dire que tout allait bien.

— Il en a peut-être eu assez de vous avoir tout le temps sur le dos, tout bêtement. Excusez-moi, monsieur Carpentier, mais votre fils a quoi, vingt-cinq, vingt-six ans ? Il est peut-être temps de couper le cordon, remarque Benoît, légèrement condescendant.

La réponse, cinglante, ne se fait pas attendre :

— Je me passe de vos sarcasmes et de vos leçons d'éducation, inspecteur ! Maxime a essayé de se suicider trois fois. Si ça n'avait tenu qu'à moi, il ne serait pas sorti de l'hôpital. Il était encore très fragile, alors imaginez ce qu'il a pu ressentir ces derniers jours, en entendant constamment parler de l'Éventreur dans les journaux et à la radio ! Quand il n'a pas appelé hier, j'ai tout de suite compris qu'il s'était passé quelque chose. J'ai contacté son chef qui m'a confirmé qu'il s'était bien rendu au travail et que sa journée s'était déroulée normalement.

— Mais il n'est pas rentré chez lui.

— J'ai passé la soirée à parler à sa boîte vocale.

— Il est peut-être allé prendre un verre avec des amis ?

— Maxime n'a pas d'amis. En dehors de nous, et de...

Hésitation.

— ... Frédérique, il n'avait personne.

Un silence ponctue les derniers mots. Dans le couloir, Noam crispe sans s'en apercevoir les mains sur l'assise de sa chaise, le dos inondé de sueur.

— Donc, reprend Benoît d'un ton neutre, vous avez fini par vous rendre à son domicile et par forcer la porte.

Au brusque raclement des pieds de la chaise sur le carrelage, Noam devine que le père de Maxime vient de se lever, suffoqué.

— Que sous-entendez-vous exactement, jeune homme ?

— Calmez-vous, monsieur Carpentier. Personne ne vous accuse.

— Maxime est mon fils, je paie toutes ses dépenses, et aussi son loyer. J'ai un double de la clé de son appartement pour les cas d'urgence comme celui-ci. C'était d'ailleurs une des conditions que le psychiatre et moi avions imposées pour le laisser sortir de la clinique. Mais nous avons toujours veillé à respecter son intimité, quoi que vous essayiez d'insinuer. D'ailleurs, avant ce soir, je n'étais encore jamais entré chez lui.

— L'inspecteur Chancel n'a rien voulu insinuer, monsieur. Asseyez-vous et continuez, je vous en prie, intervient une voix de femme.

Sa déférence est frappante et ne laisse place à aucun doute. Cet homme est bien le milliardaire qui emploie Noam et, plus déroutant encore, le père de Maxime. Leur Maxime. Perturbé, il enfouit son visage dans ses mains, prenant lentement la mesure de ce qu'il est en train d'entendre.

Nouveau bruit de chaise. Monsieur Carpentier s'est rassis. Il reprend, plus posé :

— Je ne voulais pas y aller, en dépit de ce que vous pensez. J'avais résolu d'attendre qu'il finisse par appeler, quitte à rester éveillé jusqu'au matin. De toute façon, je souffre d'insomnie, alors une nuit blanche de plus ou de moins... Pour m'occuper et tromper l'inquiétude, j'ai décidé de classer de vieux documents en souffrance qui traînaient au fond d'un tiroir de mon bureau depuis des mois. C'est ainsi que je me suis rendu compte que l'arme avait disparu.

— Quelle arme ?

— Un Smith & Wesson, 357 Magnum. J'ai pratiqué le tir sportif durant des années, mais, ces derniers mois, mon emploi du temps m'avait contraint à délaisser l'entraînement...

— Vous ne savez donc pas précisément à quel moment ce revolver a disparu ?

— C'est Maxime qui l'a pris, inspecteur ! rétorque le milliardaire, excédé. En dehors de ma femme, il était le seul à savoir que je gardais une arme dans mon bureau. Au lieu de me poser des questions inutiles, vous feriez mieux de vous intéresser à ce que je vous ai apporté !

Suit un silence gêné durant lequel Noam entend le bruit de papiers qu'on manipule.

— Vous dites que vous avez trouvé ces documents chez votre fils ?

— Les photos d'elle étaient punaisées sur tous les murs de l'appartement, jusque dans les toilettes. Une véritable obsession. Il sait tout d'elle… Ce qui n'est pas votre cas, apparemment ! ajoute Carpentier, cassant.

— Nos services n'avaient aucune raison de s'intéresser à cette femme en particulier ! Où avez-vous dit qu'elle travaillait, déjà ?

— Dans un établissement de restauration rapide, le *Péché Gourmand*.

Les yeux de Noam s'écarquillent, son sang se fige dans ses veines et, durant une ou deux secondes, il est saisi d'un vertige si violent qu'il manque tomber de sa chaise.

Comment a-t-il pu être aveugle à ce point-là ? Le Viking n'était pas net, il le savait depuis le début. Ses beaux discours n'étaient destinés qu'à endormir la méfiance de Noam, le seul obstacle entre lui et Camille. Le salaud ! Son désespoir sonnait si vrai, il était si attentionné avec elle, si bienveillant… Dire que Noam s'est abandonné jusqu'à lui parler de Yasmine, jusqu'à lui confier ses secrets les plus intimes ! Il hoquète, saisi de nausées. Combien de temps Maxime a-t-il passé à observer Camille depuis les fenêtres de l'entreprise de son père, à la prendre en photo, à étudier les moindres aspects de sa vie ? Comment l'a-t-il choisie, comment les a-t-il toutes choisies, la banquière, les serveuses… ? Et Frédérique, sa fiancée, la femme *qu'il aimait*, nom de Dieu ?!

Ecœuré, bouleversé, Noam se lève en titubant.

Dans un brouillard, il entend Benoît et sa collègue parler calmement d'appeler le procureur, d'obtenir une commission rogatoire. Leurs mots, leurs références à des procédures abstraites n'ont aucun sens, alors que la vie de Camille est en jeu ! Ils expliquent qu'il faut attendre six heures du matin, l'heure légale, avant d'ordonner l'interpellation. Noam manque s'étrangler d'indignation. C'est un cauchemar ! Il doit se faire violence pour ne pas arracher la porte de ses gonds et débouler dans ce foutu bureau où ces trois imbéciles sirotent tranquillement un café en causant règlement, tandis que le Viking s'apprête à éventrer sa Camille !

Un reste de raison le retient alors que sa main est déjà sur la poignée de la porte et il recule en titubant. Il n'est rien, personne, il ne les convaincra pas. Pire, ils auront tôt fait de comprendre sa situation et de le coller en garde à vue.

Il n'a plus le choix.

S'obligeant à ne pas courir, il fait volte-face et, les yeux rivés au sol pour ne croiser le regard de personne, il se précipite vers la sortie du commissariat.

3.

Putain, quel con !

Qu'est-ce qui lui a pris de parler d'Istres à nouveau, qu'est-ce qu'il cherchait à prouver ? Il a tant fréquenté les psys qu'il se met à imiter leurs méthodes, leur foutue manière de gratter les blessures, d'appuyer sur les plaies là où elles font le plus mal. Et, pas plus qu'eux, il ne maîtrise les réactions que ses provocations occasionnent.

Il ne faut rien forcer. L'Évêque l'avait compris bien mieux que les psys, bien mieux que son père, aussi. L'Évêque a su l'écouter et se taire, s'abstenir de lui poser la moindre question. Et, en retour, il a obtenu des confidences dont Maxime n'a pas livré le dixième à ses thérapeutes officiels.

La patience, voilà la plus noble des vertus.

Maintenant, Camille est en colère, et il a torpillé en une seconde la relation de confiance qu'il avait mis la nuit entière à établir. Il n'est décidément pas bon à grand-chose… Il se sent brusquement écrasé par le doute, persuadé de ne pas être à la hauteur de la tâche qu'il s'est fixée. D'ailleurs, il n'a même pas pensé à récupérer le revolver.

S'il peut le voir, l'Évêque ne doit pas être bien fier de lui. Il aurait désapprouvé cette expédition sanglante et punitive. La bienveillance et le pardon étaient les seules valeurs que prônait le vieil homme.

Chaque matin, ils s'installaient dans le jardin, sur un banc qui était devenu le leur, derrière un laurier-rose. L'Évêque se tenait très droit, solennel, et Maxime, assommé par les médicaments à haute dose, s'allongeait en se jurant de ne pas s'endormir, les jambes croisées sur le dossier. Ils avaient presque tout de l'analyste et du patient sur son divan.

Maxime racontait Frédérique. De quoi d'autre aurait-il pu parler ?

Bien sûr, il aurait pu remonter plus loin, à son enfance solitaire de fils unique tant espéré, pour qui son père avait conçu mille projets grandioses. Le talent, chez les Carpentier, avait sauté une génération. L'homme d'exception, c'était Gilles, parti de rien, simple ouvrier qui avait bâti un empire à force de travail et de ténacité, un réseau d'entreprises qui avait fait sa fortune. Son père était brillant, travailleur, obstiné, il avait en lui-même une foi inébranlable, une confiance absolue que Maxime n'aurait jamais. Il n'avait ni les capacités ni l'envie de reprendre un jour la tête de l'entreprise. Il se rêvait dramaturge ou poète, il ne pensait qu'à écrire du théâtre et des textes en prose, très torturés, très noirs, qu'il ne s'était jamais risqué à faire lire à personne.

Il avait pourtant osé les montrer à l'Évêque. Dans ce même jardin, sur une impulsion, il lui avait soudain tendu le carnet où, chaque nuit, dans le calme feutré de l'asile, il noircissait les pages en pensant à elle. L'Évêque avait lu en silence, pendant si longtemps que Maxime s'était presque endormi. À la fin, il avait dit : « C'est beau ». Ce jour-là avait semblé à Maxime un peu moins gris.

Elle lui manquait tellement. L'image qu'il gardait d'elle était encore idéale, ses défauts, ses imperfections occultés par l'euphorie des débuts. La passion retombée, peut-être se seraient-ils aperçus qu'ils s'étaient fourvoyés, peut-être auraient-ils admis qu'ils n'étaient pas faits l'un pour l'autre, qu'ils étaient, finalement, trop différents pour s'entendre.

Il ne saurait jamais, ne voulait pas savoir. Le martyre de Frédérique en avait fait une idole, et Maxime l'adorerait pour toujours. Il ne pensait qu'à elle et, s'il fallait parler, il ne parlait que d'elle, en des termes extatiques dont l'Évêque ne se moquait jamais.

L'Évêque était bienveillant. L'Évêque était bon.

Il venait à l'asile depuis des années en tant que bénévole, donner du réconfort et de l'affection à ceux qui en voulaient. Il n'était pas là pour se raconter, et Maxime, qui souffrait, était incapable de s'intéresser à quelqu'un d'autre que lui-même. Il ne s'est jamais soucié des raisons qui avaient poussé l'Évêque vers les fous, et vers lui en particulier. De toute façon, il est trop tard pour regretter.

Il se souvient de ce jeudi-là. Les psys avaient décidé que sa folie était acceptable, que la société pourrait sans doute s'en accommoder et qu'on allait le laisser sortir. Dans sa chambre, ses bagages étaient prêts. Il avait récupéré son ordonnance. Dans une heure, son père viendrait le chercher. Il voyait l'Évêque pour la dernière fois. Ils le savaient tous les deux, bien sûr, mais d'un accord tacite, ils avaient agi exactement comme tous les autres jours. Ils étaient allés s'installer sur le banc, lui assis, et Maxime allongé. Il faisait froid, l'automne finissait, les feuilles étaient tombées depuis plusieurs semaines, le jardin était digne et triste comme on doit l'être, à l'heure des adieux.

Maxime, alors, lui avait demandé s'il voulait voir une photo d'elle. L'Évêque avait semblé ému. C'était un cliché banal de Frédérique, pris dans la vieille ville, pas très loin de l'endroit où elle avait l'habitude de poser son chevalet. Il avait guetté la réaction du vieil homme avec autant de fébrilité que le jour où il lui avait fait lire ses poèmes, craignant un peu de soumettre au jugement celle qui, pour lui, avait tant compté.

La réaction de l'Évêque n'avait pas été celle qu'il attendait.

Machinalement, il déboutonne le col de sa chemise, manquant un peu d'air. Il ne devrait pas penser à ça, pas maintenant, alors que l'anxiété est déjà dévorante, alors qu'il lutte pour ne pas perdre pied et pour faire taire les voix qui le harcèlent depuis qu'il a chassé le vigile.

L'Irakien a déjà trop souffert, il fallait qu'il le protège, qu'il l'éloigne de Camille, puisque, malgré ses efforts, il n'est pas parvenu à s'en faire un allié. Il n'est pas bon à grand-chose, décidément. Même pas à aider Camille, dont il entend le pas pressé au bout du couloir. Elle s'impatiente, sans doute, et a décidé de trouver elle-même le gaufrier.

— Laisse, Camille ! crie-t-il par-dessus son épaule. J'en ai pour une seconde.

Il traverse en hâte la cuisine, la réserve, trouve la clé et déverrouille la porte de la cave. En actionnant l'interrupteur inutile, il réalise qu'il a oublié de prendre son portable. Il hausse les épaules. La lumière de la pièce attenante suffira bien.

Il vient de poser le pied sur la première marche quand quelque chose explose à l'arrière de son crâne. Il est projeté en avant, dévale les quatre marches du petit escalier. Il atterrit violemment sur le ventre, ses poumons se vident sous le choc.

Dans un brouillard, il entend la porte qui se referme.

Ensuite, c'est la nuit.

L'Évêque était comme les autres.

Il voulait savoir qui avait tué Voulte.

Souvent, l'après-midi, il venait me rejoindre au jardin, sur le banc du fond. Il me regardait dessiner Mélissa. Pour rire, quelquefois, je lui disais que quand je partirais, je lui laisserais mes dessins, mais il savait sûrement que je ne le pensais pas. Je n'aurais rien donné d'elle à personne, même pas son portrait. Quand j'ai fini par foutre le camp, j'ai tout emporté avec moi.

À l'asile, on aimait l'Évêque. Il passait pour un homme débonnaire qui ne cherchait qu'à aider, mais je ne me laissais pas abuser. Je n'étais pas de la même trempe que les autres patients, tu comprends ? Eux, ils n'étaient que fous.

L'Évêque lisait les pensées. Certaines personnes peuvent faire cela et je t'ai dit, déjà, qu'il avait des dons particuliers. Ses mâchoires se crispaient, ses yeux rétrécissaient, et je sentais son âme se coller à la mienne. Le plus souvent, c'était par l'oreille qu'il cherchait à atteindre mon cerveau et les secrets qui y dormaient, et alors je percevais, minuscule, le fourmillement à l'intérieur du conduit au moment où il s'y glissait.

Les pouvoirs de l'Évêque étaient bien plus puissants que son apparence bonhomme l'aurait laissé supposer. Cela aussi faisait partie du plan, mais je voyais clair dans son jeu. Dès que je l'apercevais au bout de l'allée de lauriers-roses, je fermais toutes mes portes mentales et je me barricadais.

Tu peux sourire... Ni lui ni aucun autre sorcier n'ont jamais réussi à entrer.

J'avais tué Voulte. Tout le monde le croyait. On n'avait pas retrouvé l'arme, mais la forêt est grande et le ruisseau tout près... Un fusil,

Frédérique, c'est comme un couteau de chasse, une fois qu'il a servi, ça n'a rien de compliqué de s'en débarrasser. J'ai longtemps laissé dire, mais les dessins, tu vois, ça ne suffit qu'un temps. À la fin, Mélissa s'est mise à me manquer. Malgré tout ce qu'elle avait fait, je lui avais presque pardonné. J'avais besoin d'elle et, même si elle n'était jamais venue me voir à l'asile, je savais que moi aussi, je lui manquais.

Il ne faut pas séparer les amoureux.

Alors, un jour, j'ai autorisé l'Évêque à lire dans mes pensées. Je les avais choisies, bien sûr, ordonnées et triées pour qu'il n'apprenne que ce que je voulais.

Il a su que je n'avais pas tué Voulte. Que je n'étais qu'une victime, abusée et violée par le contrôleur de brioches, comme sa fille l'avait été durant tellement d'années. Et pour faire bonne mesure, j'ai ajouté que, la plupart du temps, le paternel l'aidait.

Je ne crois pas avoir accusé le paternel d'avoir explosé sa sale tête. L'Évêque a dû s'en persuader tout seul, à moins que ce soient les juges à qui il a tout rapporté qui en aient eu l'idée. Ils sont allés l'arrêter à l'usine, sur la chaîne des petits pains où il terminait sa journée. Ils l'ont accusé d'inceste, de viols et tortures aggravés, d'homicide prémédité. Il a essayé de me téléphoner, paraît-il. Puis il s'est pendu dans sa cellule.

Comme quoi, il avait sûrement quelque chose à se reprocher.

Après ça, à l'asile, tout le monde est devenu beaucoup plus gentil avec moi. Ça les rassurait, je crois, que le coupable soit un homme. Les préjugés ont la vie dure, tu sais, et dans l'esprit des gens, les filles, c'est juste bon à se marier, à faire des gosses, la cuisine, et surtout, à la boucler.

Par moment, je le reconnais, ça m'a amusée. Donner le change, enfiler tous les jours mon uniforme de pute, mouler mes seins dans leur corsage, mon cul dans sa jupe et laisser les mecs fantasmer. Faire cuire des gâteaux, astiquer des tables, sourire, remercier, compter la monnaie. Regarder défiler l'humanité à la station essence, rester sur le trottoir, rester sur le côté. Attendre, attendre encore, et penser à elle, chaque jour que Dieu faisait.

J'ai cherché Mélissa et je l'ai vue partout. La folie quelquefois pousse à halluciner. Preuve que je ne suis pas folle, tu vois, puisque je le sais. Je regrette, Frédérique, je t'assure. Toi, tu n'avais rien de commun avec elle, pas plus que les autres filles. Vos ventres nus étaient lisses ; introuvable, la cicatrice en forme de croix qui déformait, horrible, unique, celui de Mélissa.

Peux-tu seulement imaginer la déception que tu m'as infligée en n'étant pas elle ? Suffoquée de frustration, de rage, je taille les chairs, je fore la peau, je mets à nu tes entrailles, je voudrais reproduire sur ton corps les séquelles que porte le sien, mais rien n'y fait, c'est ton sang, pâle copie, ressemblance vague. J'ai trop espéré pour ne pas te détester. Je te viole, alors, avec le long manche du couteau, je souille ton corps comme son père l'a souillée, le salaud. Et pour te punir de m'avoir dupée, à la fin, je te tue.

Que veux-tu que je te dise ? La colère, l'impulsivité... Tu comprends que je ne pouvais pas vous laisser vivre, tout de même ? Face au couteau, vous juriez le contraire, mais vous auriez parlé, vous m'auriez dénoncée avant que je l'aie trouvée pour de bon, ma Mélissa, mon adorée, la seule femme que j'aie aimée.

Une femme avec une femme, une abomination, aurait dit le paternel, et le contrôleur de brioches, sans nul doute, aurait approuvé.

Je les emmerde tous.

Je suis allée la chercher loin, alors qu'elle était tout près. Elle fait semblant de rien, mais elle m'a reconnue, c'est certain.

Elle est inquiète, elle a peur que je lui en veuille encore, mais elle n'a rien à craindre.

Je l'aime. Tout est pardonné.

05 : 00

1.

Petite fille, Camille était rarement malade.

Elle avait de temps à autre le nez qui coulait, quelques éternuements ou une toux qui lui valait, en rituel au coucher, une cuillère de sirop caramélisé. Le docteur venait, il avait une grosse voix, des sourcils broussailleux, une cravate tachée. Son stéthoscope était toujours trop froid quand il le promenait sur la poitrine nue de Camille, l'air suspicieux et las.

« Ce n'est rien, disait la mère de Camille, affirmation plus que question.

— Ce n'est rien, répétait le docteur, toujours suspicieux, toujours las. Un refroidissement. Elle peut aller en classe. »

Autant qu'elle s'en souvienne, jamais le docteur n'a considéré que son cas soit assez sérieux pour manquer la classe. Ses parents étaient sans doute moins conciliants que ceux de ses camarades, moins prompts à s'attendrir d'une petite mine fatiguée ni d'une fièvre qui finirait bien par redescendre. L'école était à peine à dix minutes à pied, mais lorsqu'on est malade, tête lourde, yeux piquants et pensées floues, lorsque, surtout, la fièvre abuse l'esprit et brouille les perceptions, même une distance aussi courte semble le pire des calvaires. Le vent glacial s'insinue par tous les interstices, le moindre effleurement se fait brûlure, les dents claquent toutes seules, et chaque pas coûte.

Ainsi se sent Camille, enfiévrée et nauséeuse. Sa colère ne l'a pas vraiment quittée. Les voix des routiers lui parviennent déformées, assourdies, son cerveau est comme enrayé et elle peine à comprendre ce qu'on lui dit. Le docteur de son enfance ne la jugerait, aujourd'hui encore, pas assez mal en point pour se soustraire à ses obligations, pas assez malade pour manquer la classe.

Bientôt, elle n'aura plus rien à vendre. Où est Maxime, bon sang ? Il n'est même pas capable de trouver un gaufrier dans un local de deux mètres sur trois, cet imbécile qui prétend tout savoir sur tout ?

Ses gestes sont automatiques, les gars sentent bien qu'elle peine, ils s'efforcent à la discrétion, échangent en douce café et chocolat qu'elle a intervertis sans s'en apercevoir, vérifient en catimini la monnaie, prennent sur eux les erreurs de compte en leur défaveur et autrement, posent en silence les pièces rendues en trop sur le rebord du comptoir, en attendant qu'elle s'en aperçoive. Ce n'est pas vraiment le cas.

Elle flotte, entre deux états, entre deux mondes, indifférente à tout, habitée par la rancœur, dépassée par son ressentiment envers Maxime comme envers elle-même.

Elle a menti. Est-ce si grave ? Elle enrobe, déforme la vérité, la modèle et l'arrange pour la rendre conforme, pour gommer les aspérités, les échardes, tout ce qui dépasse et peut blesser. Le mensonge peut parfois être utile et nécessaire, une mesure de sauvegarde, une façon de gommer les ténèbres et l'injustice.

Sa main tremble en tendant à Anatole un nouveau café, un peu de liquide sombre déborde sur la soucoupe, et il lui jette un regard inquiet.

— Ça va, Camille ?

Qu'est-ce que ça peut lui faire ? Il faut qu'elle se secoue. Qu'elle dilue la colère, à ses fourneaux, qu'elle bloque ses pensées sombres en cuisant des gâteaux, qu'elle oublie Istres, Maxime, et qu'elle pense à Noam. Quand il est avec elle, la nuit semble moins sombre, les jours terribles plus lointains, presque inconsistants. Quand il est là, Camille se sent presque digne d'être aimée. Elle aime la façon dont il la regarde, le désir timide qu'elle lit dans ses yeux lorsqu'il la frôle, lorsqu'il lui prend la main ; il y a dans tous ses gestes une retenue pleine de pudeur. Elle aurait tant voulu qu'il ose, qu'il s'enhardisse, une de ces si nombreuses nuits où ils étaient seuls au restaurant.

Il l'aurait enlacée par surprise alors qu'elle pétrissait sa pâte, les mains maculées de farine et de beurre. Elle aurait poussé un petit cri, mais il ne l'aurait pas libérée, resserrant au contraire son étreinte autour de sa taille, son corps collé au sien.

— Camille ?

Ses lèvres sur sa nuque, sa langue sur la peau brûlante de son cou, il l'aurait forcée à se retourner. Dans ses bras, ses seins écrasés sur son torse, elle aurait senti monter une chaleur presque oubliée et pourtant familière, née de son bas-ventre pour l'envahir tout entière. Elle aurait incliné la tête en arrière, invitation muette, bouche entrouverte, respiration raccourcie, goûtant chaque baiser, chaque caresse sur sa gorge nue. La main de Noam, se glissant sous son corsage, l'aurait fait frissonner et elle se serait redressée, ses lèvres contre ses lèvres pour un baiser profond.

— Camille ?!

Elle l'aurait déshabillé et il l'aurait laissée faire, puis il l'aurait regardée ôter l'un après l'autre ses vêtements, avec lenteur, torture délicieuse, effeuillage terriblement sensuel qui les aurait tous deux rendu fous.

Alors, ils auraient fait l'amour. Là, sur le plan de travail enfariné, au milieu des moules et des biscuits crus.

— Camille, réponds, bon sang ! Tu me fais peur !

Elle revient brutalement à la réalité. Anatole l'observe d'un air inquiet.

— Ça fait dix fois que je t'appelle ! Quelque chose ne va pas, dis ?

Elle le dévisage, l'air de ne pas comprendre. Incertain, il lui tend un billet de cinq, du bout des doigts, comme on offre un sucre à un chien vorace, redoutant de se faire mordre.

Noam a menti.

Noam était sa rédemption, mais, comme tous les autres, il l'a trahie, abandonnée. Il ne reviendra pas. Le cœur emballé, le ventre en feu, Camille fait volte-face, plantant là le chauffeur qui reste bêtement le billet suspendu dans le vide. Elle se rue dans le couloir, le pas déterminé et furieux, reportant sa colère sur Maxime, qui n'a toujours pas rapporté ce fichu gaufrier.

Elle déboule dans la cuisine et stoppe net en découvrant une silhouette accroupie devant un placard.

— Sandrine ?

Sa patronne sursaute. Elle ne l'a pas entendu arriver et son expression est tendue, mais très vite elle se redresse et son sourire habituel réapparaît.

— Tout va bien, ma Camille ? J'étais si inquiète !

Sandrine l'embrasse sur les deux joues, avec une tendresse rude.

— Inquiète ? Pourquoi ?

— Tu n'as pas écouté les infos ? L'assassin est dans le quartier, ils en sont sûrs ! Il y a des voitures de police à tous les coins de rues, on se croirait en guerre !

— Oui, je sais bien, mais...

— Je ne voulais pas te laisser seule avec ce fou en liberté dans le secteur. Il sait qu'on le traque, il n'a plus rien à perdre, je ne veux prendre aucun risque ni pour les clients ni pour toi. On ferme.

— On ferme ? répète Camille, abasourdie.

Fermer.

L'idée est insensée. Le *Péché Gourmand* est ouvert jour et nuit depuis toujours, les clients le savent et comptent sur elles. Il est inenvisageable qu'ils trouvent brusquement porte close, c'est aussi aberrant que si Sandrine lui annonçait que les urgences de l'hôpital ne recevront plus, passé minuit, et qu'il faudra désormais veiller, pour agoniser, à se situer dans le bon créneau horaire.

— Ta comparaison est un peu excessive, non ? remarque Sandrine avec un rire forcé.

Elle fait le tour de la cuisine, éteint les fours. Camille s'est adossée au frigo, décontenancée.

— Sandrine, on ne peut pas ! La salle est pleine. Anatole et les autres attendent leurs gaufres, ajoute-t-elle d'un air suppliant, consciente du ridicule de son argument mais incapable d'en trouver un autre.

Comment se fait-il qu'elle ne comprenne pas ? Si elles ferment aujourd'hui, si elles mettent les chauffeurs à la porte, beaucoup se vexeront et ne reviendront pas. Comment feront-elles, alors, pour continuer à rendre le *Péché* rentable ? Sans Anatole et ses camarades, c'est impossible, elles ont besoin de leur vendre leurs gaufres et leurs cafés.

— Mais bien sûr qu'ils reviendront ! Ils comprendront, eux aussi savent qu'il y a un tueur qui rôde. La sécurité passe avant tout, c'est ma responsabilité, tu comprends ça, non ? Imagine qu'il y ait des tirs, une prise d'otages ! S'il t'arrivait quelque chose, ma Camille, je ne me le pardonnerais pas !

Tout en parlant, elle range les moules, les gâteaux, époussette le plan de travail, fait place nette. Son calme tranche avec l'affolement désemparé de Camille. Elle a toujours admiré le sang-froid de sa patronne, son humeur égale et son optimisme, alors qu'elle-même ne maintient une joie de vivre de façade qu'au prix d'un combat intérieur de tous les instants.

Sandrine est bien plus que son employeuse ; Sandrine est son amie, et elle l'aime, comme un double, une âme-sœur. Les matins pluvieux, quand les clients ne veulent pas braver le mauvais temps, elles s'installent en salle, un thé pour Sandrine, un chocolat pour elle, un cookie ou deux. Elles racontent.

Sandrine dit la solitude, les heures trop longues, le silence oppressant de son appartement vide. Elle a aimé jadis, il y a longtemps, d'un amour si parfait que lorsqu'il a fini, personne n'aurait su le remplacer. Elle est seule au monde, comme Camille ; sauf que Camille a Micky. Comme elle plaint Sandrine. Comme elle la comprend.

Quelquefois, elle se sent si profondément seule, elle aussi...

« Tu dis ça, se moque Sandrine, et puis tu fais les yeux doux à ton beau vigile ! Ne crois pas que je n'ai pas remarqué ! »

Camille rougit, renonce à nier. Avec Sandrine, elle est en confiance et, encore aujourd'hui, alors qu'elle la regarde placer leur cuisine en hivernage comme si elle projetait de ne plus jamais y revenir, elle se sent soulagée, rassurée que son amie prenne les choses en main. Sa colère retombe. Depuis que Sandrine est arrivée, Camille a oublié Maxime. Elle ne se souvient de son existence qu'au moment où un bruit terrible leur parvient depuis la cave, fracas de métal et de verre aussi tonitruant que si un pan de l'immeuble s'écroulait.

2.

La neige tombe à nouveau.

Elle était rare à Mossoul. Noam a grandi, bercé par les descriptions épiques des auteurs qu'il chérissait, se passionnant pour les récits vieillots d'anciens guides de montagne reconvertis en romanciers, qui parlaient d'ascensions, de crevasses, de crampons, et de piolets. Il rêvait de mers de glace, de neiges éternelles, de montagnes blanchies à perte de vue, il se voyait conquérant des pics inaccessibles, explorateur de goulets jusque-là inviolés et de cavernes mystérieuses qu'il aurait baptisées.

Les écrivains sont des escrocs, ils abusent de la crédulité de leurs lecteurs, leur vendent du grandiose et du romanesque là où il n'y a que du terne, du sale et du médiocre.

Flocons minables, fondus sitôt qu'ils touchent le sol pour former des flaques d'eau boueuse, des plaques grisâtres qui transforment les trottoirs en patinoire. Nuit opaque, gris triste, noyée par les bourrasques qui lui griffent le visage. La ville est figée par le gel. Pas de voiture, pas de bête, pas d'humains, rien, sous le halo des lampadaires à la lumière crue.

Personne d'autre que lui.

Il est sorti sans peine du commissariat. Il en est encore surpris, quand il a sué quelques litres sous l'effet de l'angoisse, persuadé qu'une meute de flics allait le poursuivre, le rattraper et le mettre aux fers, banni du monde des hommes jusqu'au moment où ils le raccompagneraient à l'avion.

Rien. Le policier de garde, sur le seuil, lui a même dit au revoir avec un gentil sourire.

Il n'y a pas de hasard. Allah n'a pas guidé ses pas jusqu'au commissariat pour qu'il se rende, Il avait pour lui d'autres desseins. Malgré cette confiance divine qui le rassure et le transporte, Noam ne sait plus trop où il en est. Il regrette de ne pas avoir de téléphone portable, même si, en appelant le restaurant pour prévenir Camille du danger qu'elle court, il risque aussi d'alerter le Viking.

Il ne sait pas du tout de quelle façon il va s'y prendre pour le mettre hors d'état de nuire. Il se demande avec angoisse si, pour l'arrêter, il faudra qu'il le tue. L'idée le révulse, même s'il sait ce que Maxime a fait. C'est un criminel, un fou, un assassin, et il devra répondre du sang qu'il a sur les mains, mais Noam ne veut pas du costume de bourreau.

Il court à perdre haleine, déchiré d'inquiétude à l'idée qu'il pourrait ne pas arriver à temps. Son imagination travaille à toute allure, des visions insoutenables l'assaillent, sa Camille prisonnière, ligotée, le corps nu, le viking au-dessus d'elle brandissant un couteau. Il l'entend supplier, pleurer, l'appeler désespérément. Il donnerait sa vie en échange d'un miracle, si cela suffisait à épargner Camille. Il en vient à prier, à supplier un Dieu auquel il n'était plus sûr de croire, à offrir des trésors qu'il ne possèdera jamais.

Si elle est morte, il ne lui survivra pas.

Pourquoi elle, bon sang ? Sa Camille est douce, elle ne veut que le bien, il n'y a qu'à voir la façon admirable dont elle élève son petit garçon, la bienveillance avec laquelle elle sait accueillir un Viking dérangé autant qu'un vagabond apatride.

Dans cinq minutes, il arrivera au *Péché*. Il a tant aimé cet endroit, son confort accueillant, l'odeur du bois et des gâteaux. Il aimait le silence feutré de la salle vide, les lumières fugitives que les phares des voitures dessinaient sur les murs ; il aimait la cuisine où, en familier, il suivait Camille, s'arrêtant sur le seuil, appuyé d'une épaule au chambranle pour la regarder travailler et l'écouter parler.

Ces deux mois n'auront duré que quelques heures ou, aussi bien, mille ans. Le temps n'existe plus quand on vit au présent. Il va arriver à temps. En pensée, il visualise son entrée au restaurant, il voit Camille, indemne derrière son comptoir. Maxime, lui, n'est même pas présent, relégué aux Enfers et au néant. Il y a foule, à cette heure, des routiers surtout, le grand Anatole et tous ces hommes qu'au fil des matins il a vu défiler, sans jamais se risquer à engager la conversation. Il savait que ce monde nouveau ne l'adopterait pas, il savait qu'il ne resterait pas.

Seul, il redoutait de devoir fuir encore, mais pour elle, pour la sauver, il acceptera n'importe quel exil, il l'emmènera au bout du monde connu, au-delà des terres où se risquent les hommes, là où la nature est hostile et où la civilisation n'arrive pas. Il existe encore de ces contrées inviolées, des villages de toiles ou de branchages où vivent quelques poignées d'humains qui se croient seuls sur la planète. Ils les accepteront, Noam en est sûr, parce que leurs cœurs sont purs, le sien, celui de l'enfant et celui de Camille aussi.

Là-bas, ils ne craindront plus jamais rien.

Il l'aime et il va la sauver. Pour qu'encore, une seule fois, elle pose sa main sur la sienne, tendresse distraite et évidente, Noam donnerait sa vie. Il va l'enlever et l'emmener là où il n'y aura jamais d'assassin.

Il est prêt, résolu. Il est invulnérable.

Étouffées par l'air saturé de flocons, des sirènes lointaines retentissent dans la nuit.

3.

Le froid a réveillé Maxime.

Il ne sait plus où il est, ni ce qui s'est passé. Il gît à plat ventre, un bras coincé sous le torse, il ne sent plus sa main, sa joue gauche est écrasée sur un carrelage glacé. Impossible de savoir depuis combien de temps il se trouve là. Il se sent confus, somnolent comme au lendemain d'une cuite.

Bon sang, qu'il fait froid !

Grelottant, il remue un peu, ouvre les yeux à demi et réalise qu'il ne voit rien. Violente flambée d'angoisse, il se redresse brusquement, haletant, le cœur battant à tout rompre, tiré de sa torpeur tandis qu'une partie de la mémoire lui revient.

La cave, le pas pressé de Camille dans le couloir, puis l'épouvantable choc à la tête qui l'a assommé. Le coup aura provoqué sous son crâne un désordre quelconque, une hémorragie qui, le temps de son inconscience - Bordel de Dieu ! -, lui a noyé le cerveau et l'a rendu aveugle. Paniqué, il n'était pas très loin de se mettre à hurler quand il repère les aiguilles phosphorescentes de sa montre au cœur des ténèbres. Le soulagement lui arrache un gémissement étranglé.

Son cerveau peine à se remettre en route, poussif comme s'il l'avait trop longtemps laissé à l'abandon. Ses pensées tournent en rond, le ramenant sans cesse au moment où il a entendu Camille, où il lui a crié qu'il arrivait. À tâtons, il palpe son crâne, effleure une belle bosse, un peu de sang séché qui poisse ses cheveux.

Brusquement, il se souvient. Camille l'a assommé puis poussé au bas de l'escalier.

Il se relève, complètement désorienté. Si encore il y voyait quelque chose... Il lui faut près d'une minute pour se souvenir que son paquet de cigarettes est dans sa poche, et, avec lui, son briquet. Il l'allume avec fièvre, le lève au ras du plafond bas pour inspecter la cave où règne un indescriptible fouillis. Il repère machinalement le gaufrier, posé bien en vue au sommet d'une dizaine de chaises empilées. Il gravit l'escalier branlant pour essayer d'ouvrir la porte. Sans surprise, elle est verrouillée.

Il ne faut pas qu'il panique. Lorsqu'il panique, il le sait, il n'est plus du tout capable de raisonner. La respiration raccourcie, il redescend les marches, son ventre noué de nervosité l'obligeant à garder le buste légèrement ployé. Presque inconsciemment, il écrase son pouce contre la molette du briquet. La morsure brûlante du métal chauffé par la flamme le fait grimacer, une douleur tangible, rassurante, qui l'empêche de basculer, qui le raccroche à la réalité.

Il faut qu'il sorte d'ici.

Résolument, il rouvre son paquet de cigarettes, en allume une, tirant une ou deux taffes avant de se décider à se faufiler au milieu du capharnaüm. En face de lui, derrière une haie de parasols poussiéreux alignés comme des soldats au garde-à-vous, il lui semble avoir repéré l'éclat métallique d'une porte.

Une issue de secours, peut-être, qui avec un peu de chance ouvre directement sur le parking. Oppressé, il s'approche. C'est bien une porte. Il halète, de plus en plus conscient de l'exiguïté des lieux, sa cigarette qu'il aspire comme un forcené, insuffisante à compenser le manque d'air frais. L'angoisse remonte, la claustrophobie rend ses gestes brusques et imprécis. Il bouscule les parasols qui basculent les uns sur les autres. Comme dans un jeu de mikado géant, ils entraînent dans leur chute une étagère pleine de vaisselle qui s'effondre au sol à son tour, dans un vacarme assourdissant.

Obnubilé, c'est tout juste si Maxime s'en aperçoit.

Ce n'est pas une sortie. Pas une issue de secours, mais juste un placard aux étagères étroites, sur lesquelles s'entassent des centaines de papiers. La déception arrache à Maxime un cri de dépit. De colère frustrée, il balaie violemment les feuillets, balance les documents au sol avec une frénésie rageuse, tenté d'y mettre le feu.

Tout balancer aux flammes, tout ce bordel inutile, les parasols, la paperasse et le gaufrier, et bien sûr lui avec ! C'est la meilleure idée qu'il ait eue depuis longtemps. Presque soulagé, il ramasse une feuille au hasard pour l'approcher du briquet puis il se fige, bouche entrouverte, ses yeux horrifiés fixés sur le papier.

C'est une série de cliquetis bruyants qui l'arrache à l'hébétude. On déverrouille la serrure de l'extérieur. Il se redresse avec brusquerie, la feuille serrée dans la main gauche, gardant dans l'autre le briquet éteint, cherchant l'escalier du regard malgré l'obscurité.

Un faisceau de lumière l'aveugle. Des pas descendent.

— Max ?

En reconnaissant la voix de Camille, il sent ses poils se hérisser sur ses bras.

— Qu'est-ce que tu fiches, enfermé là-dedans ?

Elle est devant lui, et il la dévisage, décontenancé. Il ne comprend pas son étonnement qui semble parfaitement sincère. Il secoue la tête à son tour.

— Comment ça, ce que je fiche là ? Ce n'est pas toi qui… ?

Il n'a pas le temps d'aller au bout de la question. Les yeux de Camille viennent de le lâcher pour se poser sur le monceau de feuilles à ses pieds. Elle blêmit, tombe à genoux, lâchant sa lampe de poche pour fouiller dans le tas de papiers, à deux mains, soudain frénétique.

De plus en plus déboussolé, Maxime se baisse à son tour, contemplant avec elle les centaines, les milliers de visages qui les observent tous les deux.

— Ce n'est pas possible, balbutie Camille, brandissant sous son nez un des portraits, comme si elle l'accusait.

Les innombrables esquisses représentent toutes la même femme, le seul amour de Maxime.

Frédérique.

L'artiste l'a représentée à l'infini dans la même posture, de trois quarts, pensive, son regard sombre dans le vague. Une mèche de cheveux rebique derrière son oreille, une autre boucle sur son front. On devine le haut de son buste et ses épaules drapées dans une écharpe, d'où émerge son cou fin et gracieux.

Le même portrait, reproduit durant des heures, des jours, des années, obsession morbide qui tutoie la folie.

Camille a lâché la feuille. Elle dévisage Maxime, l'expression vide.

— C'est elle, parvient-il à souffler. Frédérique.

Elle laisse passer un temps, sans avoir l'air de comprendre, puis enfin elle murmure, la voix rauque, changée :

— Non, ce n'est pas elle.

Dans la seconde suivante, le tonnerre explose près de la porte de la cave. Maxime bascule en arrière, avec un cri étouffé, la main crispée sur son épaule, le visage contracté de douleur. Camille se retourne d'un bond pour apercevoir une silhouette qui dévale l'escalier avant de se fondre dans la pénombre.

— Camille… balbutie Maxime, la voix hachée. Je suis blessé.

Comme à contrecœur, elle l'aide à s'asseoir, le force à retirer sa main de son épaule. Elle jette à peine un coup d'œil à la plaie dont un peu de sang s'écoule.

— La balle n'a fait qu'effleurer, diagnostique-t-elle avec froideur. Trois fois rien.

Maxime la fixe d'un œil épouvanté, proteste, incrédule :

— Bordel, Camille, on m'a tiré dessus !

Dans un nuage d'irréalité, il suit Camille des yeux tandis qu'elle se relève, puis empoigne résolument un parasol. Le tendant devant elle à la manière d'une hallebarde, elle fixe le fond de la cave et annonce, d'une voix ferme :

— Montre-toi ! Je sais que tu es là.

— Camille, baisse-toi ! supplie Maxime, en tendant le bras pour la tirer par la jupe jusqu'à la table sous laquelle il s'est réfugié.

Agacée, elle tape le dos de sa main, comme elle rappellerait à l'ordre un gamin qui l'importune. Il va insister quand une forme humaine émerge de l'ombre, enjambe l'étagère et la vaisselle fracassée et se dresse devant eux. Dans la confusion, ils ont perdu la lampe et ils ne peuvent pas voir son visage, mais Maxime reconnaît immédiatement sa silhouette menue, sa démarche sans grâce, étrangement dénuée de féminité.

Il l'a observée si souvent, par la fenêtre du local technique où, chez son père, il rangeait les seaux et les balais... Pendant des semaines, il l'a suivie, consignant chacun de ses déplacements, observant son environnement jusque dans ses détails les plus insignifiants, jusqu'à fouiller ses poubelles et forcer sa boîte aux lettres pour lire son courrier. Il a pris des centaines, des milliers de photos d'elle, qu'il a affichées partout sur les murs de son appartement.

Il fallait qu'il soit sûr. Il a pris son temps.

Il l'aurait reconnue même dans le noir complet. Il a toujours su qu'il n'aurait pas de seconde chance, qu'il lui faudrait frapper vite, par surprise, accomplir sans faillir une vengeance qu'il a minutieusement préparée.

Cela se serait passé aujourd'hui. Tout à l'heure, un peu avant six heures, il serait allé l'attendre à l'arrêt de bus, ligne 13, près du jardin public. Il se serait dissimulé dans la haie de cyprès, le long du trottoir que Sandrine remonte tous les matins pour se rendre au Péché. Il avait repéré l'endroit exact et, la veille, discrètement, il était venu casser quelques branches pour ne pas risquer de s'y accrocher au moment où il s'élancerait. Il aurait vérifié, pour la vingtième fois de la nuit, que le revolver de son père était bien chargé, l'arme prête à tirer. Il sait s'en servir. À une époque, Gilles Carpentier s'était mis en tête de l'emmener au stand de tir, avant de se rendre compte que, pour cette activité comme pour tant d'autres, Maxime était assez peu doué. N'importe qui, cependant, peut viser juste à bout portant. Il aurait attendu qu'elle passe à sa hauteur et il aurait jailli de la haie. Elle aurait sursauté, crié de saisissement, effrayée, la garce, comme ses victimes, comme Frédérique.

Elle ne pensait sûrement pas que quelqu'un comprendrait. L'Éventreur, les flics, les journalistes et tous les autres étaient tellement persuadés qu'il ne pouvait s'agir que d'un homme… Personne ne pouvait savoir. Personne, à part l'Évêque. Et à part Maxime.

Une bouffée de haine le submerge et l'aiguillonne, il se lève, chancelant.

C'est sa vengeance, putain! Il avait tout prévu, tout minuté, et voilà que l'arme de son père se retrouve dans la main de Sandrine, voilà même que c'est elle qui l'a blessé !

Et Camille, qui espère se défendre avec un parasol ! Il lui jette un coup d'œil, impressionné malgré lui par son sang-froid apparent, son expression glaciale, ses yeux qui lancent des éclairs.

— Ne t'approche pas ! prévient-elle, le ton sourd, tandis qu'elle relève légèrement son arme improvisée, visant la poitrine de Sandrine.

Celle-ci avance pourtant d'un pas, éclatant d'un rire forcé.

— Voyons, chérie, tu ne vas pas me dire que tu as peur ? Tu n'as rien à craindre de moi. Je suis si heureuse, si tu savais… Tu m'as tellement manqué ! Mais le passé n'a plus d'importance. Nous allons pouvoir tout recommencer, vivre ensemble, enfin… Nous sommes l'une à l'autre, c'est écrit, ma Mélissa, ni ton père ni le mien n'auraient dû chercher à nous empêcher de nous aimer.

Les yeux de Maxime se sont habitués à la pénombre. Il distingue le sourire de Sandrine, béat, celui d'une femme éperdument amoureuse.

— Je ne m'appelle pas Mélissa, réplique Camille, comme si elle crachait.

L'expression de Sandrine se modifie aussitôt, son sourire s'efface, ses sourcils s'arquent en une mimique interloquée qui, en d'autres circonstances, pourrait presque sembler drôle.

— Comment ?

— Je ne suis pas Mélissa, pauvre conne ! Je suis Camille, ton employée !

Les yeux fixés sur le revolver, Maxime secoue la tête, au bord du malaise. L'insulter, la contredire, rien de tout cela ne peut être bon.

— Soulève ton corsage, Méli ! ordonne brusquement Sandrine, la voix changée, hystérique, hargneuse. Montre-moi ton ventre, je veux voir ta cicatrice !

— Ah oui ? Je croyais que tu n'avais pas le moindre doute ? raille Camille, sans amorcer un geste.

Dans les yeux de Sandrine, la rage a remplacé la tendresse. Maxime agrippe l'épaule de Camille pour l'attirer à lui mais elle résiste, le parasol toujours brandi comme un épieu à quelques centimètres du cou de Sandrine. Brusquement, la tueuse pousse un hurlement tandis que sa jambe lâche. Sans un seul aboiement, Uruk a surgi de nulle part et a fondu sur son mollet pour y planter les crocs.

Déstabilisée, Sandrine tombe sur un genou, évitant de justesse la pointe acérée du pied de parasol. En jurant, elle braque le revolver sur la tête du chien.

— Non ! crie Maxime.

Durant un horrible instant, il a cru qu'elle allait tirer et a fermé les yeux, impuissant. Nom de dieu, qu'est-ce qu'il pensait ? Comment s'est-il cru capable d'affronter cette Éventreuse et de la vaincre, s'il ne supporte même pas de la voir menacer un foutu chien !

Le bruit d'une lutte indistincte, un nouveau hurlement se mêlent aux jappements frénétiques d'Uruk. Maxime, en apnée, se force à ouvrir les yeux, reconnaît Noam, qui a roulé au sol avec Sandrine et s'efforce de lui faire lâcher son arme. Hors d'elle, Camille tourne autour des deux combattants, brandissant le parasol qu'elle semble décidée à planter dans la poitrine de Sandrine, à la manière d'un pieu dans le cœur d'un vampire.

Maxime se précipite, retient son bras au moment où elle va l'abattre.

— Tu es folle, arrête ! s'exclame-t-il, pas très loin de l'hystérie, lui non plus. Tu pourrais blesser Noam !

Elle le repousse avec une violence telle qu'il craindrait presque qu'elle ne le prenne pour cible. Pas le temps d'en dire plus. De nouveau, un coup de feu déchire les ténèbres.

Les deux corps sont au sol. Ils ne bougent plus.

De la salle du restaurant, des cris fusent, alors que jusqu'ici et malgré le premier coup de feu, tout était resté anormalement silencieux. Quelqu'un, peut-être Anatole, ordonne à la cantonade de prévenir la police.

Bon sang, songe Maxime, il serait temps !

— Noam...

La voix de Camille est méconnaissable, le prénom du vigile soufflé dans un sanglot. La poitrine de Maxime le brûle, il respire en sifflant, la vision pas très nette.

— Noam ! répète Camille, le ton plus urgent.

Pas plus que Maxime, elle ne semble trouver le courage de s'approcher, et ce n'est qu'au moment où le vigile se redresse sur un coude, livide, que l'un et l'autre osent se remettre à respirer.

Sandrine git au sol, les yeux fermés. Ses vêtements sont sombres, mais on devine, au creux du flanc, une tache humide qui s'agrandit.

— Je l'ai tuée... balbutie Noam, fixant le vide d'un air égaré.

— Elle ne méritait rien d'autre ! rétorque Camille aussitôt, et Maxime à nouveau est saisi par sa violence haineuse.

— Elle est encore vivante, murmure-t-il, atone. Il faut une ambulance.

Sans réfléchir, il se penche, saisit le revolver qui dans la lutte a glissé sous un banc et le considère, peinant à réaliser que c'est le sien.

— Camille ! rugit soudain Anatole depuis la cuisine, sans qu'ils puissent encore le voir. Qu'est-ce qui se passe ? On aurait dit un coup de feu !

Noam s'est relevé, très chancelant. Ils se dévisagent un moment en silence. Maxime se sent vide. Il n'éprouve, bizarrement, aucune satisfaction. Absent, il fait glisser hors du chargeur les munitions restantes et glisse l'arme à sa ceinture.

— Tes empreintes... remarque Camille, sans aller au bout de la phrase.

Ce n'est pas utile, ils ont tous compris ce qu'elle voulait dire.

— C'est mon revolver, se contente de répliquer Maxime.

Elle hausse vaguement les épaules, se tourne vers le vigile.

— Noam, la police va arriver. Il faut que vous partiez d'ici.

Le vigile la regarde sans bouger, égaré. À la porte, le géant Anatole ose enfin glisser la tête.

— Camille ? Ça va ?

Elle ne prend pas la peine de lui répondre, enjambant Sandrine comme elle ferait d'un obstacle quelconque pour saisir Noam par le col de sa veste et le secouer.

— Vous ne pouvez pas rester !

— Je n'ai nulle part où aller, Camille... finit par murmurer le vigile, dont le regard ne cesse de revenir vers Sandrine.

— Quand vous êtes parti d'Irak, c'était déjà le cas, et vous ne vous êtes pas posé de questions, tranche-t-elle, étrangement calme.

Elle ne le lâche plus des yeux, rien d'autre que lui ne semble compter. Maxime vacille, s'appuie au mur, évitant de regarder son bras le long duquel il sent le sang couler. Est-ce que ça connaît quelque chose aux plaies par balle, une serveuse ? songe-t-il vaguement, luttant contre un assaut de nausée.

Lorsque Camille entraîne Noam dans l'escalier et qu'il les voit disparaître, il n'a pas l'énergie de les retenir.

Nous aurons des draps en lin, des voilages aux fenêtres. Le calme de la campagne, en Toscane, peut-être, une maison en pierre, du soleil à l'année.

Elle fera la cuisine, je m'occuperai des tâches plus lourdes, les travaux extérieurs, le jardin, repeindre la façade ou bien couper du bois. La cuisine, je n'ai jamais réellement aimé ça.

Ce gros lourdaud d'Anatole appuie trop fort sur la plaie.

Saigner. Saigner. Saigner. Si tu savais combien j'aime cette odeur-là.

L'Évêque, tu sais, ce n'était pas un mauvais bougre.

À l'asile, il y eut un dernier soir, après une journée triste et émaillée d'orages. Dans la chambre, je faisais mes bagages, quelques vêtements, des livres, et surtout les dessins. Les portraits de Mélissa occupaient une pleine valise.

Il a tourné un moment, au seuil de la chambre, comme un chien cherche sa place en hésitant. Puis il est entré, il s'est assis sur le lit, comme le tout premier soir quand j'étais arrivée ici.

Je lui en avais dit tellement. Comme en confession, je lui avais tout livré du contrôleur de brioches et du paternel, et puis de ma Mélissa adorée, que j'espérais chaque jour et que l'Évêque, je crois, espérait avec moi.

Il brûlait de poser la question.

Si ce n'était pas moi, si ce n'était pas le paternel, alors qui avait tué Voulte ?

Il n'a pas demandé. Il s'est contenté de me regarder remplir mes sacs en silence, puis je suis partie.

Elle a dû courir vite, pour rentrer chez elle avant moi. Depuis la zone de battue, ça faisait un bout, mais c'est vrai qu'elle connaissait bien la forêt. Malgré tout, elle n'a pas eu le temps de changer de jean ni de se laver les mains. Les deux, je m'en souviens, étaient couvertes de terre, et son bas de pantalon mouillé et raidi par la boue, mais, sur le moment, je n'y ai pas attaché d'importance...

Ma Méli... Petite bonne femme pleine de surprises.

Tuer ce sale con est la meilleure chose qu'elle ait faite. Elle n'a rien à craindre, je ne trahirai pas son secret. Je l'aime à tout jamais.

Nous sommes l'une à l'autre. Les cœurs amoureux ne se séparent pas. Elle peut toujours fuir, elle peut suivre son vigile aussi loin qu'elle voudra. Je la retrouverai. Je l'ai toujours retrouvée.

Je la retrouverai, je la tuerai, et, pour l'éternité, enfin, elle restera avec moi.

Saigner. Saigner. Saigner. Si tu savais combien j'aime cette odeur-là.

Elle n'avait pas à me montrer sa cicatrice. Elle a raison, je n'ai pas besoin de preuves, je sais qu'elle était là. Quand on aime, il ne faut pas douter.

Anatole appuie trop fort, le sang coule et je pense au lièvre, à Voulte et surtout à nous deux.

Je vais peut-être m'endormir un peu, mais ne crois pas que je meure, non, mourir, je ne peux pas.

Je sais que Mélissa va revenir. Je l'attendrai, et, si elle ne vient pas, c'est moi, sois-en bien sûre, qui irai jusqu'à elle.

Nous aurons des draps en lin, des voilages aux fenêtres. Le calme de la campagne, en Toscane, peut-être, une maison en pierre, du soleil à l'année.

06 : 00

1.

Lorsqu'ils sont passés devant lui, un peu déboussolé, Anatole a retenu Camille par la manche.

— On ne se mariera jamais tous les deux, hein, ma Camille ?

Elle a souri, touchée malgré elle, peut-être parce qu'elle avait conscience que c'était la dernière fois qu'elle le voyait.

— Tu mérites mieux, Anatole.

Noam a traversé la salle sans regarder personne, il est déjà loin, talonné par le chien. Elle doit courir pour le rattraper, dérapant un peu sur le trottoir verglacé.

— Noam, attendez !

— Laissez-moi, Camille. Il faut que vous retourniez là-bas, ou les flics vont se mettre des idées en tête et s'imaginer que vous avez quelque chose à voir là-dedans.

— Mais j'ai quelque chose à voir là-dedans !

— Vous le saviez ? Que c'était Sandrine ?

— Vous plaisantez ?

— Pourquoi vous a-t-elle appelée Mélissa ? Et qu'est-ce que c'était que cette histoire de cicatrice ?

Camille écarquille les yeux, choquée.

— Vous me soupçonnez, Noam ?

Il reste silencieux, une seconde ou deux, puis il lâche un soupir épuisé et se frotte les yeux, comme pour chasser les restes d'un rêve mauvais.

— Non, bien sûr que non. Pardonnez-moi, je ne sais plus où j'en suis. Je dois partir, si la police me trouve ils sauront tout de suite que je n'ai pas de papiers, et mêlé à une histoire de meurtre… Je ne risque plus d'obtenir le statut de réfugié, maintenant ! ajoute-t-il avec un ricanement nerveux.

— Il doit y avoir un moyen d'arranger les choses. Après tout, vous avez aidé à arrêter une tueuse en série.

— Ce n'est sans doute pas ce qu'ils voudront retenir.

— Mais...

— Il a raison, Camille.

Surprise, elle se retourne et découvre Maxime. Il a remis sa veste mais il frissonne un peu, et tient son bras blessé serré contre son ventre.

— Max, tu aurais dû rester là-bas. Il faut que tu ailles à l'hôpital.

— C'est une égratignure, tu l'as dit toi-même, contre-t-il avec légèreté. Ma voiture est à deux pas. Venez.

— Ta voiture ?

— Tu n'iras pas loin à pied, fait Maxime à l'adresse de Noam, sans vraiment d'ironie.

— Parfait, allons-y ! tranche Camille.

Le vigile proteste aussitôt :

— Camille, ce n'est pas raisonnable ! Les flics connaissent votre existence, ils savent que vous étiez au *Péché*. Ils vont vous rechercher, vous accuser, peut-être... Moi, c'est différent, moi, je n'existe pas...

— Que croyez-vous, Noam ? Que Maxime et moi nous existons davantage ? Croyez-vous qu'elles comptent, nos vies, que nos actions ont la moindre importance ? Bien sûr que non ! Nous pouvons modeler le monde à notre manière et à notre avantage, personne ne s'en rendra compte, personne ne s'en inquiètera, car nous n'avons ni poids ni réelle essence. Nous sommes des fantômes, Noam, voilà la vérité. Nous pouvons disparaître et renaître ailleurs, c'est notre rare privilège, à nous les sans-valeur, les insignifiants. À l'échelle du monde et des hommes, nous inexistons.

Un ange passe. La neige s'est remise à tomber, et, si tous les trois tremblent de froid, aucun ne songe à s'abriter.

— Ce verbe n'est pas français, Camille, finit par dire Noam, très doucement. Et je ne suis pas sûr que...

— Maxime, conduis-nous à la voiture ! ordonne Camille sans écouter. J'ai froid, et je veux mon Micky.

Les deux hommes échangent un regard incertain. À proximité, on entend des sirènes. L'ambulance arrive, et la police aussi. Aiguillonnés malgré eux, ils se mettent en marche, têtes rentrées dans les épaules pour se protéger des flocons.

Le plaidoyer de Camille n'a guère convaincu Noam. Si petits soient-ils, si négligeables, ils existent, il le sait assez. Les faibles existent toujours quand il faut choisir un coupable. Mais il est fatigué et il a peur. Conscient qu'aux côtés de Camille, il vit ses derniers moments, il ne veut pas les gâcher par des querelles vaines. Il veut bien les suivre, aller chercher Micky, voir enfin l'enfant que le destin l'oblige à déjà abandonner avant d'avoir pu l'aimer.

Ensuite, il partira.

La voiture de Maxime est récente, luxueuse. Elle sent le neuf et le cuir.

— Je conduis, déclare Camille, s'attirant de ses compagnons le même regard dubitatif.

Maxime, qui lui tenait avec cérémonie la portière côté passager, se laisse pourtant délester de ses clés de contact sans protester. D'un mouvement de menton, il incite Noam à s'asseoir à côté d'elle tandis qu'il s'installe à l'arrière.

— Je te laisse la place du mort.

— Trop aimable.

— Ton chien ne risque pas de pisser sur le tapis de sol ?

— Il est bien dressé. Il ne le fera que si je lui en donne l'ordre.

Noam s'installe, Uruk logé entre ses jambes, son museau confiant posé sur sa cuisse. L'animal semble nettement plus à l'aise que le maître.

— C'est une boîte automatique.

— Je vois bien, Max, je ne suis pas idiote, dit Camille en déboîtant pour quitter le parking. Au lieu d'asséner des évidences, raconte-nous une dernière histoire. Nous en avons besoin tous les trois.

Elle fait vrombir le moteur, s'engage sur la bretelle d'autoroute qui contourne la ville par le Nord. Un détour, songe Noam, une manière d'allonger le trajet et de prolonger le huis-clos, quel que soit exactement l'endroit où Camille habite. Il remue dans son siège, pose une main sur la tête d'Uruk, qui ferme à demi les yeux de contentement.

— Il faisait gris, dit Maxime, le jour où j'ai quitté l'asile. L'Évêque et moi n'avions rien voulu changer aux habitudes, peut-être pour nous faire croire que ce n'était pas la dernière fois que nous allions nous voir. Nous avions une vraie affection l'un pour l'autre, pas de ces liens d'empathie que les thérapeutes se doivent d'établir avec leurs patients, simulant l'amitié malgré l'indifférence. Il avait la tolérance qui manquait à mon père, et je lui rappelais peut-être le fils qu'il n'avait pas, ou plus. Nous nous sommes installés dans le jardin, l'un à côté de l'autre sur notre banc, et nous avons parlé, encore, de Frédérique, qui après plusieurs mois me manquait toujours autant. J'avais tant partagé d'elle, je l'avais si souvent décrite à l'Évêque qu'il devait avoir l'impression de l'avoir lui-même connue. Je gardais sur moi une photo que j'ai toujours, une des seules que j'ai prises. Je lui ai demandé s'il désirait la voir. Vous comprenez, c'était une vraie marque de confiance, un cadeau que je lui faisais. Partager ne serait-ce que son image me dépossédait d'elle un peu plus. Les souvenirs, c'était tout ce que j'avais, mais l'Évêque avait été bon, il m'avait aidé, et je savais qu'il apprécierait le geste à sa réelle valeur. Je lui ai tendu la photo en espérant qu'il s'extasie, j'imagine, et qu'il parle d'elle au présent.

Maxime s'interrompt, et Camille cherche son regard dans le rétroviseur.

— Qu'est-ce qu'il a dit ?

— Rien. En découvrant son visage, il est devenu blême, a ouvert la bouche comme s'il manquait d'air, une main crispée sur sa poitrine, les yeux à demi révulsés. Il a lâché la photo, et je me suis précipité pour la reprendre avant qu'elle s'abîme, pour la remettre en lieu sûr dans ma poche, avant de chercher à comprendre ce qui lui arrivait. Ensuite, les infirmiers sont arrivés. Ils ont d'abord cru que je l'avais agressé, mais heureusement, malgré sa faiblesse, l'Évêque a pris ma défense et leur a juré que je n'avais rien fait. J'ai tenu sa main jusqu'à ce que le SAMU arrive. Il ne parlait plus, il se contentait de me regarder. Une attaque foudroyante, je l'ai appris plus tard. Une artère qui se bouche, sans signe avant-coureur, un accident vasculaire que rien ne permet de prévoir. Mais quoi que les médecins en disent, je suis sûr que le choc que l'Évêque a éprouvé en découvrant Frédérique a tout déclenché.

Il se tait de nouveau, le regard tourné vers la vitre, l'air sincèrement affecté. Ils sont sortis du périphérique, ils avancent au pas dans une longue avenue aux feux tricolores mal cadencés. Malgré l'heure matinale, les rues ne sont plus vides, l'impression qu'eux seuls sont levés et possèdent les clés et le savoir du monde est en train de disparaître. Bientôt, quand le jour sera levé, il faudra qu'ils s'effacent. On ne peut pas, à la fois être dans la lumière et aussi dans la nuit.

— Il est mort ? finit par demander Noam.

— Quelques semaines après. Mais avant de s'en aller, il a eu le temps de m'écrire. Il savait, disait-il, qui était Frédérique, il l'avait reconnue, et ce n'était pas son nom. Frédérique, soutenait l'Évêque, s'appelait Mélissa. La muse, l'obsession d'une patiente du même asile que, jadis, il avait bien connue.

Noam ferme les yeux, Camille lâche le volant pour porter une main à sa bouche.

— Sandrine… souffle-t-elle.

— Sandrine, confirme Maxime. D'elle, l'Évêque disait que sa folie était trop ancrée et profonde pour espérer en guérir. Il disait qu'elle était dangereuse, que les psychiatres n'auraient pas dû la laisser sortir. On l'avait internée après un meurtre abominable qu'elle avait vu de près et que, peut-être même, elle avait commis, même si de cela l'Évêque n'était pas certain. Elle en avait accusé son père, et le père s'était suicidé. Elle s'en était réjouie. Sans qu'elle l'ait clairement dit, il pensait qu'elle avait été abusée par son père autant que par celui de Mélissa, tout au long de son enfance. Leur calvaire commun aurait rapproché les deux adolescentes, et, pour Sandrine, l'amitié aurait évolué vers des sentiments plus passionnés. Difficile de savoir s'ils étaient partagés, mais, d'après l'Évêque, durant les onze années que Sandrine a passées à l'asile, Mélissa n'est jamais venue la voir.

— Onze ans… répète Noam, passant une main sur son front, où la sueur perle. Bon sang…

— Onze ans durant lesquels pas un jour n'est passé sans qu'elle dessine le portrait de Mélissa, toujours le même, sur des milliers de feuillets qu'elle a emportés avec elle le jour où elle est partie.

— Ceux que tu as trouvés dans le placard de la cave, au restaurant.

— Elle ne se cachait pas pour dessiner, laissait voir à qui voulait le visage aimé, sa seule exigence étant que personne ne s'aventure à le toucher. L'Évêque a eu tout loisir de graver ses traits dans sa mémoire.

— Et de les reconnaître, quand tu lui as montré la photo.

— Ou du moins il l'a cru. Frédérique n'était pas Mélissa, elle a juste eu le malheur de lui ressembler. Comme les autres filles que l'Éventreuse a tuées parce qu'elles n'étaient pas elle.

Le silence retombe dans l'habitacle. Camille s'est murée dans ses pensées, le regard fixé sur la route. Noam se tourne à demi sur son siège.

— Tu aurais dû aller voir les flics.

— Je voulais venger Frédérique.

— Tu n'es pas un tueur, Max, dit Camille, émergeant de son hébétude. Tu ne sais pas faire le mal.

— Non. Sans doute.

Il soupire, fouillant sa poche d'un air absent pour y prendre ses cigarettes, en extirpe une du paquet et la garde en main, sans l'allumer.

— Je crois bien, en fait, que je ne suis pas fou.

— Tu n'entends pas de voix ?

— Ça n'a rien à voir, réplique Maxime fermement.

— C'est vrai, approuve Camille, tandis qu'elle tourne dans une petite avenue plantée de marronniers, puis se gare au pied d'un immeuble triste. C'est ici, fait-elle, l'air de s'excuser un peu. Au quatrième.

Noam incline la tête, observe la façade grise. Le quatrième étage n'est pas différent des autres, une fenêtre avec un rideau blanc, un petit balcon animé de jardinières vides en plein cœur de l'hiver, mais qu'aux beaux jours il imagine débordant de fleurs rouges et roses, dégringolant en cascade jusqu'au ciel du voisin du dessous. Camille doit être aussi douée pour s'occuper des plantes qu'elle l'est pour les gâteaux, songe-t-il avec la fierté d'un mari pour son épouse, souriant vaguement alors que, par réflexe, il tourne la tête et la regarde.

Son sourire s'efface.

— Camille ? Vous allez bien ?

Elle se tient toute raide sur son siège, les yeux fermés, le teint blafard. Maxime, un pied sur la chaussée, interrompt son mouvement.

— J'ai la tête qui tourne.

— Le contrecoup, sûrement.

— Je voudrais prendre l'air. Aller marcher au parc, avec Micky et vous.

— Vous ne croyez pas que vous devriez plutôt monter vous reposer ? questionne Noam, un peu incertain.

Il lui a pris la main, l'a trouvée froide et, tandis qu'il parle, il la réchauffe entre les siennes, délicat comme s'il s'agissait d'un oiseau blessé.

— S'il vous plaît, Noam... Allez chercher Micky. Maxime et moi, nous attendrons ici.

Dans le rétroviseur, elle a un bref regard pour Maxime, qui, docile, se rassied et referme la porte.

— Je n’ai jamais pensé que tu étais fou, dit-elle, tandis que Noam descend.

— Je sais, répond Maxime.

2.

L’immeuble est plus pimpant au-dedans.

Noam observe le hall à travers la porte vitrée, détaille l’imitation marbre sur le sol et aux murs, faux luxe des années cinquante, la série de boîtes aux lettres, les deux ficus près de l’ascenseur, qui n’ont pas l’air d’être en plastique.

La vieille dame ne répond pas. Il avait pourtant compris qu’elle gardait Micky chez Camille, entreprise risquée, s’il doit donner son avis. Noam a des personnes âgées la vision caricaturale de ceux qui n’en côtoient pas. Il les suppose à peu près incapables de voir, d’entendre et de penser efficacement, et il s’adresse en hurlant à tout individu aux cheveux blancs. La Germaine de Camille est sûrement sourde comme un pot et à demi sénile, et il commence à s’inquiéter pour de bon. Oublier le gaz, se casser le col du fémur en glissant sur un jouet du gamin, ou passer l’arme à gauche, d’ailleurs ; les vieux meurent inopinément plus souvent que les jeunes, statistique irréfutable. Soudain, il pressent le drame, écrase son doigt sur l’interphone et ne lâche plus.

Il en est à envisager de forcer l’entrée quand une dame sort de l’ascenseur et lui ouvre. Il s’engouffre dans le hall, monte les marches quatre à quatre jusqu’à l’appartement de Camille et frappe avec frénésie, évitant la sonnette. Il a lu quelque part qu’en cas de fuite de gaz, la dernière chose à faire était de sonner, l’étincelle risquerait de tout faire exploser. La tension des dernières heures lui a mis les nerfs à vif. Si dans les dix secondes la vieille n’a pas ouvert, il enfonce la porte.

— Elle n’est pas là.

De l'autre côté du palier, une vieille dame l'observe à travers le minuscule espace laissé par sa porte entrebâillée et bloquée par la chaîne de sécurité. Les yeux de Noam dérivent vers la plaque dorée vissée sur le battant puis reviennent sur elle.

— Vous êtes Germaine ?

Déjà méfiante, la vieille se fait encore plus suspicieuse.

— Et vous, qui êtes vous ? Je ne vous ai jamais vu dans l'immeuble. Je ne sais pas comment vous êtes entré, mais le colportage est interdit.

— Je ne suis pas colporteur, je suis un ami de Camille. Je viens chercher Micky.

Sa réponse n'allume aucune flamme de compréhension dans l'œil de la vieille. Sénile, c'est bien ce qu'il pensait. Sitôt qu'il sera redescendu avec le gosse, il faudra qu'il discute avec Camille et qu'il lui fasse admettre qu'une nounou qui a l'âge d'avoir connu De Gaulle et les anciens francs ne peut pas être une bonne option pour s'occuper d'un petit garçon.

— Elle m'a dit que vous le gardiez chez elle. J'ai peut-être mal compris.

— Mais... De quoi parlez-vous ? Qui est Camille ?

Cette fois, Noam ne peut masquer son effarement.

— Camille. Votre voisine, dit-il, d'un ton d'évidence, tandis que de la main, il désigne dans son dos l'appartement clos.

— Ah ! La jeune femme qui habite en face ? Je n'ai jamais su comment elle s'appelait. Avec tout ce qu'on voit, je préfère rester prudente, on ne peut jamais savoir à qui on a affaire. Les premiers temps, elle a cherché à lier connaissance, elle me posait des gâteaux devant ma porte, comme on cherche à appâter un chien. Comme si c'étaient des manières ! ponctue-t-elle, réprobatrice. Bien entendu, je n'ai jamais accepté ces offrandes ridicules, et après quelque temps elle a fini par se lasser d'elle-même. Les jeunes, de nos jours, on dirait que personne ne s'est donné la peine de les éduquer ! ajoute la vieille, observant Noam d'un air qui laisse supposer que la remarque vaut aussi pour lui.

Il reste un moment interdit puis articule précipitamment, comme la vieille dame fait mine de refermer sa porte :

— Mais où est Micky, s'il n'est pas avec vous ?

— Je ne connais aucun Micky.

— Mais si, voyons ! Le fils de Camille, un petit garçon handicapé, en fauteuil roulant !

— En fauteuil roulant ? Vous avez vu la taille de l'ascenseur ? Rien n'est aux normes, ici, jeune homme, un fauteuil roulant ne pourrait même pas entrer dans la cabine ! Je ne sais pas qui vous êtes ni ce que vous voulez, mais, dans cet immeuble, nous n'aimons pas les escrocs qui cherchent à abuser de la crédulité des gens âgés. Vous feriez mieux de partir avant que j'appelle la police ! crache-t-elle, menaçante, avant de claquer violemment le battant.

Il lui faut plusieurs minutes pour réussir à bouger. Sonné, il traverse le palier dans l'autre sens, descend d'un demi-étage, conscient, malgré son trouble, que la vieille dame continue de l'observer à travers le judas et que, s'il reste encore, elle va effectivement finir par alerter les flics.

Inutile de les avoir fuis là-bas pour les attendre ici.

Il ne comprend plus rien. Camille et son fils, indissociables, fusionnels dans le malheur, s'accrochant l'un à l'autre pour, vaille que vaille, avancer sur le chemin périlleux de leur toute petite vie... Elle semblait si sincère, si habitée par la force de son amour de mère, elle décrivait si bien les progrès et les victoires de son petit garçon, ils étaient tellement courageux tous les deux face à l'adversité... L'a-t-elle placé dans un centre ou une clinique quelconque, un foyer où se débarrasser d'un fardeau bien trop lourd à porter ? Est-ce la culpabilité qui la pousse à mentir, à prétendre qu'elle n'a manqué à aucun de ses devoirs de mère, que jamais elle ne l'a abandonné ?

Quelquefois, le mensonge se comprend, personne ne le sait mieux que lui.

Il n'en veut pas à Camille. Il faut beaucoup de courage pour aimer un enfant absent, Micky doit lui manquer terriblement.

Pourquoi n'a-t-elle rien dit, et pourquoi, par Allah, l'envoyer chercher son fils, sachant qu'il n'y est pas ?

Se pourrait-il qu'il s'agisse d'un piège ? Camille a-t-elle simulé un malaise pour l'expédier dans l'immeuble et prévenir les flics ? L'idée est aberrante et pourtant elle fait soudain sens. Le ventre contracté d'angoisse, il doit agripper la rampe pour ne pas chuter, saisi de vertige au milieu de l'escalier. Il lui semble même entendre les sirènes.

C'est donc ainsi que tout cela finit.

Sa Camille l'abandonne, le livre sans remords et sans lui accorder au moins un mot d'adieu. Atterré, il se force à reprendre la descente de l'escalier, trébuchant à chaque marche.

Était-ce ce qu'elle voulait dire, tout à l'heure, lorsqu'elle parlait de leur inexistence ? N'a-t-il pas compté, au moins un peu ? Bouleversé, il ravale ses larmes, cramponné à la rampe, avançant à tâtons. La minuterie s'est arrêtée depuis longtemps et les parties communes sont plongées dans le noir. Un aveugle, voilà ce qu'il est, cherchant sans espoir son chemin au cœur des ténèbres, sachant trop bien qu'il ne pourra pas le trouver.

3.

— Tu sais, n'est-ce pas ?

Sans un mot, Camille vient de lancer le moteur.

Ni elle ni Maxime n'ont changé de place et, dans le rétroviseur, elle ne le lâche pas des yeux. Soutenant son regard, il porte sa cigarette à ses lèvres, l'allume. Après tout, c'est sa voiture.

— Pour Istres ? Oui, Camille, je sais.

— Comment ?

— Il le fallait. Pour connaître Sandrine je devais tout savoir d'elle, mais aussi de ceux qui l'entouraient. Je n'ai rien négligé, aucun des clients habituels du *Péché*, ni même ces trois voyous qui traînaient dans le quartier depuis quelques jours. J'ai enquêté sur toi, et aussi sur Noam. Je connais tes secrets comme je connais les siens.

— Je ne veux rien savoir des secrets de Noam.

— Ça tombe bien, je n'ai aucune intention de t'en parler. Si tu veux savoir, tu n'auras qu'à lui demander.

— Nous savons tous les deux que je n'en aurai plus l'occasion, contre Camille d'un air de regret.

Sans rien manifester, il se contente de souffler la fumée au plafond, observant un moment le nuage bleuté qui s'est formé.

— Raconte-moi, reprend-elle.

— Que veux-tu que je te raconte ?

— Ce qui s'est passé à Istres. Je veux entendre l'histoire.

— Tu la connais.

— Qu'importe.

— C'est une histoire triste. Et Noam va bientôt redescendre.

— Alors fais-la courte. J'en ai besoin, Maxime, ajoute-t-elle, soudain suppliante. S'il te plaît.

Troublé, il entrouvre la vitre pour jeter sa cendre dehors. Un air glacé s'infiltre dans la voiture, les bruits de la ville en éveil se font agressifs. À l'heure qu'il est, les policiers ont dû arriver au *Péché Gourmand*. Ils ont fouillé les bâtiments autour du restaurant, investi le vide-sanitaire où Noam se cachait. Anatole les aura dénoncés ou, au contraire, aura tenté de les couvrir, sans doute maladroitement. Dans tous les cas, ils savent, forcément. Ils les cherchent. Maxime pousse un soupir, mordille sa cigarette. Devant le siège avant sur lequel il a posé la tête, Uruk le fixe, attentif, attendant sans impatience le retour de son maître.

La neige a repris.

— À Istres, dit Maxime, Camille et Micky étaient heureux. Ils s'étaient fabriqué une vie de famille à deux où Timothée n'avait pas sa place. Il l'avait perdue dès la naissance de Micky en les abandonnant. Timothée était un égoïste, il n'aurait jamais supporté qu'elle consacre tout son temps à l'enfant plutôt qu'à lui et il n'avait pas non plus le courage nécessaire pour élever un petit porteur de handicap.

Sans bouger, Camille renifle sur le siège avant. Maxime s'interrompt.

— Continue.

— Camille avait tout fait pour ne pas qu'il la retrouve. Elle avait effacé les traces, et même changé de nom. Elle ne se méfiait plus. Il a sonné à la porte, elle sortait de la douche et elle lui a ouvert, sa serviette sur la tête, croyant trouver la voisine et sans prendre la précaution de regarder par le judas.

— Elle aurait dû savoir.

— Non, Camille. On ne peut pas prévoir ce genre de malheur-là.

— Elle s'en veut tellement. Jamais, tu sais, jamais elle ne se pardonnera.

— C'est l'effet que ça fait quand on perd ceux qu'on aime. Ça ne sert à rien, Camille. Le passé ne se change pas.

— Que s'est-il passé ensuite ?

— Elle a ouvert la porte. Il a bondi sur elle. Elle a voulu se défendre, tu t'en doutes, elle a lutté, griffé, mordu, elle l'a bourré de coups, elle s'est débattue, mais il était trop fort et il était en rage. Il l'a frappée à son tour, et elle s'est évanouie.

— Lorsqu'elle a repris conscience, dit Camille, Timothée n'était plus là.

— Elle a cru d'abord qu'il était simplement parti, puis elle a entendu des pleurs venant du salon. Camille, je pense qu'il vaudrait mieux que j'arrête, souffle Maxime.

Il est en larmes. Il ne peut plus voir son visage, mais bien sûr, elle pleure aussi.

— Non. De toute manière, l'histoire est bientôt finie.

— Elle s'est levée, reprend Maxime, le timbre fêlé. Elle a parcouru le couloir jusqu'au salon et là, elle les a vus...

Il s'interrompt, incapable de poursuivre. D'un geste brutal, il balance son mégot dehors et se penche en avant, le front posé sur le dossier du siège conducteur, les poings serrés sur ses paupières humides.

— Elle les a vus, poursuit Camille, lointaine. Timothée était à genoux, face à elle. C'était lui qui pleurait. Micky était dans ses bras, la tête toute pendante et le corps mou. Ses jolis yeux étaient grands ouverts, et Camille a compris aussitôt qu'il ne respirait plus. Timothée a dit qu'il était désolé. Qu'il ne voulait pas, qu'il fallait qu'elle comprenne. Il a cru qu'ainsi les choses seraient plus simples, qu'elle reviendrait vers lui et l'aimerait à nouveau. Il l'a suivie jusqu'à Istres, jusqu'à l'appartement, jusqu'au canapé où se tenait le garçon. Il l'a étouffé avec un coussin et Camille n'a pas pu le défendre. La rage l'a envahie, alors. Elle était hors d'elle-même. Elle ne se contrôlait plus. Elle a pris un couteau sur la table et elle s'est jetée sur lui.

Un temps. Maxime est toujours recroquevillé, sa voix presque inaudible. Il proteste faiblement :

— Ce n'était pas de ta faute, Camille. Tu as fait tout ce que tu pouvais pour protéger Micky. Timothée t'a assommée, tu étais inconsciente. Tu n'es pas responsable.

— Merci, Max.

— De quoi ?

— D'avoir raconté. Tu devrais t'obstiner et écrire. Poète ou romancier, je crois que ça t'irait bien. Tu sais le plus souvent tirer d'une histoire triste quelque chose de grand, sublimer le médiocre et transformer le mal, comprendre le sens de la souffrance pour aider à l'accepter.

— Pas là.

— Non. Pas là. Descends de la voiture, maintenant.

Avec lenteur, il se redresse. Chaque muscle de son corps lui fait mal, sa vision est brouillée par les larmes. Du bout des doigts, il s'essuie les yeux, tandis que Camille augmente la puissance de la ventilation pour chasser la buée qui se forme sur les vitres et le pare-brise.

Dehors, la neige tombe toujours.

— Tu voles ma voiture ?

— Bien sûr. Comment faire autrement ?

— Et Noam, tu y penses ? Tu vas le planter là, alors qu'il a tué cette garce par amour pour toi ?

— Sandrine n'est pas morte.

— C'est tout comme.

— Tant qu'elle ne sera pas morte, il n'y aura aucun endroit assez loin d'elle pour mon Micky et moi.

Maxime tressaille aux derniers mots. Elle s'est retournée et le fixe d'un air de défi.

— Fous le camp, Max.

— Si tu t'enfuis maintenant, les flics penseront que tu es coupable.

— Tu n'auras qu'à leur raconter ce qui s'est passé... Et puis, quelle importance, de toute façon ? Nous allons simplement continuer comme avant, Micky et moi. Nous avons l'habitude d'inexister.

Avec lenteur, elle reprend sa position de conduite, les mains sagement posées à dix heure dix sur le volant. Le regard braqué au loin, elle attend qu'il descende et fasse sortir le chien. À travers la portière ouverte, il se penche. Elle tourne la tête avec un temps de retard, comme à regret.

— Camille, j'ai besoin de savoir... Mélissa, est-ce que c'est toi ?

En posant la question, il a baissé les yeux vers son ventre, comme s'il pouvait discerner, à travers le tissu léger de son corsage, l'affreuse cicatrice d'une opération ancienne et ratée. Il fallait qu'il demande, bien qu'il ait su avant même d'ouvrir la bouche qu'elle ne répondrait pas. Muette, elle a repris sa position de conductrice appliquée, prête à s'en aller. Une boule dans la gorge, il referme doucement la portière.

Elle démarre. Maxime fixe ses feux arrière jusqu'à ce qu'ils disparaissent au virage suivant. Noam n'est toujours pas là. Il donne une caresse au chien.

— Reste là, lui ordonne-t-il, tandis qu'il fait défiler les numéros dans le répertoire de son portable.

Son père répond à la première sonnerie.

4.

En sortant de l'immeuble, Noam n'a trouvé qu'Uruk, qui l'attendait sagement et lui a fait la fête.

Plus de voiture. Plus de Camille ni de Maxime, et pas de police non plus.

La rue est déserte, la neige s'y engouffre en bourrasques et glace Noam au plus profond.

Du museau, le chien pousse son genou pour l'inciter à marcher, alors il marche, d'un pas mécanique, offrant son visage au vent gelé, les yeux fermés sur les souvenirs des derniers mois. Il est assailli d'images entrechoquées, où se mélangent en désordre chacune de ses existences, le Liban, l'Irak et ce voyage dantesque auquel il a survécu pour échapper à l'enfer mais surtout - ce n'est que maintenant qu'il le comprend vraiment - pour trouver Camille.

Uruk secoue sa queue et son pelage constellés de flocons, il cherche à happer la neige puis court se rouler dedans.

Quand Camille reviendra, Noam sera là.

Ils partiront ensemble. Il la suivra au bout du monde, il ira partout où elle voudra, à Autun, en Inde ou à Ouagadougou. Ensemble, ils habiteront une maison flanquée d'une tourelle, elle fera du pain, il coupera du bois. Il la protégera et il la chérira et, parce que c'est la condition pour que sa Camille soit heureuse, il aimera l'enfant, qu'il soit là ou pas.

Ils ne parleront pas de Mossoul ni du *Péché Gourmand*, jamais ils n'évoqueront les crimes de l'Éventreuse ni le Viking. De leur passé commun, seul restera le chien.

Inexister, ce doit être possible.

Oublier le passé, s'en défaire et garder ses secrets, ceux qu'elle lui a confiés et tous ceux qu'il devine.

Ils seraient si bien. Camille et lui, comme Noam et Yasmine, couple idéal, heureux amants, pour tout le reste de l'éternité. Ils le méritent. Ils n'ont rien fait de mal.

Le chien s'approche de lui en remuant la queue puis repart sans se laisser caresser.

La route est là, semblable à celles qu'il a empruntées sur des milliers de kilomètres pour arriver jusqu'ici, voyageur absurde et sans but, dans l'espoir d'un ailleurs qu'il n'a jamais atteint.

Où est donc Camille ? Pourquoi est-elle si longue ?

Il ne faut pas qu'il s'éloigne, elle sait où le trouver. Il a hâte qu'elle arrive, hâte de se réfugier dans l'habitacle chauffé de la voiture de Maxime, où il sait que le Viking ne sera pas. Le Viking est sorti de leur histoire, la suite ne s'écrit qu'à deux. Sous la neige, ils quitteront la ville en avançant au pas à cause du verglas.

« Roulons encore un peu, dira Camille. Roulons jusqu'à l'autoroute puis nous nous arrêterons à la première station pour manger un morceau et somnoler un peu. »

Et Noam acquiescera, dispensé de penser, indifférent à tout, tant qu'il est avec elle.

Il ne l'a jamais embrassée. Il ne lui a même jamais dit « tu ».

Il tourne sur lui-même, regarde le haut de l'avenue puis le bas.

Rien. Camille n'est plus là.

La route est devant lui, bande de bitume rassurante qui ne débute jamais et qui ne finit pas. Le passé, l'Irak autant que les derniers jours, les derniers mois jusqu'à cette nuit si étrange lui semblent soudain flous, dénués d'importance, autant que l'avenir.

Il n'y a rien d'autre que le silence. Les flocons se glissent dans son cou. Il resserre le col de sa veste.

Il porte toujours son uniforme troué, dernier vestige d'une vie usurpée à laquelle il ne peut avoir droit. Un vêtement trop léger, dérisoire protection contre la neige et le froid.

Demain, il en volera un autre.

Autun est là, quelque part au nord, plus ou moins loin, il ne sait pas. Ça n'a pas d'importance. Il sait être patient.

Uruk jappe brièvement.

Il se remet en marche.

Remerciements

L'histoire de Camille, Noam et Maxime est née en 2017. Je venais de terminer *Le Cas singulier de Benjamin T.* et j'allais écrire *La Dormeuse*, deux livres flirtant avec le surnaturel, quand ces personnages ancrés dans le réel se sont imposés à moi.

La structure du roman, sa construction selon les trois unités du théâtre classique (temps, lieu, action) et son ambiance sombre en font un ouvrage très différent de mes précédents, mais j'ai pour lui une grande tendresse.

Plusieurs personnes ont contribué, au fil de ces presque cinq années, à faire des *Inexistants* ce qu'il est aujourd'hui.

Ma maman, qui attendait avec ferveur la publication de ce texte qui lui est dédié, et mon papa, toujours dans l'ombre. Je vous aime tous les deux.

Ma douce fée Mélaine, qui n'a cessé d'y croire dès la première lecture et ne m'aurait pas pardonné de le laisser dans un tiroir. Et d'un, pas vrai ?

Mon amie Laura-Maï Gaveriaux, grand reporter, spécialiste du Moyen-Orient, qui m'a apporté ses connaissances indispensables et son expertise de terrain, elle qui a connu la bataille de Mossoul de l'intérieur et qui m'a fourni « la matière » pour au moins dix romans. J'espère que celui-là te rendra fière.

Giuseppe, qui m'a ouvert les portes de sa belle maison d'édition. Merci pour ta confiance.

Marc, Christophe, Guillaume, mes trois hommes, qui me conseillent, me soutiennent, m'encouragent livre après livre. Sans vous, ça ne rimerait à rien. Je vous aime.

Lolo et Sonia, Pierre et Mireille, Nini, Sésé, parce que le soutien de la famille compte toujours double !

Mes lectrices et lecteurs de la première heure, toujours là aux dédicaces, sur les réseaux, vous êtes géniaux (dans le désordre et en espérant n'oublier personne) : Cathy, André, Natacha, Mireille, Céline, Salomé, Agathe, Claude-Alain, Maryline, Isabelle, Jean-Pierre, Christelle, Clotilde, Jean-Louis, David et le gang, Marie-Claude, Stéphanie, Laure, Cédric, Sylvie, Magali, Viviane, Véronique, Monja, Olivier, Claude, sans oublier, Geneviève, Annie, Karine et bien évidemment Angela, ainsi que Danielle, Marie-Claire, Lise et Myriam.

Mes libraires chouchous : Florence (*La boîte à Parenthèses* à Saint Martin en haut), Dominique (*Une petite prose* à Boudry), Sophie (*La p'tite librairie* à Château-d'Oex), Rachel (*Payot* La Chaux-de-Fonds), Anne et Sylviane (*Page 2016* à Payerne) et Noémie (*Payot* Neuchâtel), merci de votre accueil enthousiaste livre après livre !

Ma chère Laurence, pour son oreille attentive et compréhensive, et bien sûr mon Jeannot, dont je connais l'impatience de découvrir enfin la fameuse « histoire du migrant » ! Votre amitié est précieuse.

Enfin, Caroline, Flo et Ghislaine qui, chacune à leur manière, ont contribué à l'écriture et à la genèse de ce roman.

Chez le même éditeur

Théâtre

Pauline Epiney
Et si tu n'existais pas, dis-moi pour qui j'existerais ? [pièce],
collection « Fictio », 2022.

Antoine Jaccoud
Désalpe, suivi de *Parfois je parle toute seule* [monologues],
collection « Fictio », 2022.

Mélanie Chappuis
Dépendances [monologues],
collection « Fictio », 2022.

Fabrice Melquiot
Le Bizarre [monologue],
collection « Fictio », 2022.

Yan Walther
Win-Win (Nos armes) [pièce],
collection « Fictio », 2021.

Julien Mages
Un arbre est assis [pièce],
collection « Fictio », 2021.

Metin Arditi
Freud, les démons et autres monologues,
collection « Fictio », 2021.

Dominique Brand
À quai la terre [poèmes pour la scène],
collection « Fictio », 2021.

Mali Van Valenberg
Sing Sing Bar [pièce],
collection « Fictio », 2021.

Benjamin Knobil
Neil [pièce],
collection « Fictio », 2020.

Mélanie Chappuis
Après la vague [pièce],
collection « Fictio », 2020.

Mélanie Chappuis
Exils, suivi de *Femmes amoureuses* [monologues],
collection « Fictio », 2020.

Joseph Incardona
Les Hommes [pièce],
collection « Fictio », 2018.

Littératures policières

Jean-Jacques Busino
Le Ciel se couvre [roman noir],
collection « Fictio », 2022.

Alain Bagnoud
De la part du vengeur occulte [polar],
collection « Fictio », 2022.

Antonio Albanese
Les Abricots de la colère [polar],
collection « Fictio », 2021.

Marie-Christine Horn
Dans l'étang de feu et de soufre [polar],
collection « Fictio », 2021.

Rafael Wolf
La Prophétie des cendres [thriller],
collection « Fictio », 2021.

Gilles de Montmollin
En plein brouillard [polar],
collection « Fictio », 2021.

Michel Bory
Les 13 enquêtes du commissaire Perrin [polar],
hors collections, 2021.

Nicolas Verdan
La Coach [roman noir],
collection « Fictio », 2018.

Sport et littérature

Michaël Perruchoud
1937 – Les Ratés du démiurge [récit],
collection « Uppercut », 2021.

Florian Eglin
Ring [microroman],
collection « Uppercut », 2021.

Olivier Chapuis
Balles neuves [roman],
collection « Fictio », 2020.

Lolvé Tillmanns
Fit [microroman],
collection « Uppercut », 2020.

Claire Genoux
Giulia [microroman],
collection « Uppercut », 2019.

Laure Mi Hyun Croset
Pop-Corn Girl [microroman]
collection « Uppercut », 2019.

Littérature générale

Abigail Seran
D'ici et d'ailleurs [roman],
collection « Fictio », 2020.

Pierre Fankhauser
Bergstamm [roman],
collection « Fictio », 2019.

Edmond Vullioud
SAM [roman],
collection « Fictio », 2019.

Joseph Incardona
Permis C [roman],
collection « Fictio », 2016.

bsnpress.com

Ouvrage réalisé par BSN Press,
département éditorial de l’association « Molly & Bloom
www.bsnpress.com

1e édition

ISBN 978-2-940648-26-9

Imprimé par TypoLibris - N° 22020028